『闇の魔女』
ネイミリア
「もう朝ではありませんよ？
お寝坊なご主人様」
ザイン王国国王
グラナード・ザイン
「も
ございま……ひぐっ!?」
ルの元
ティナ・マーセ

レイドール聖剣戦記
EXCALIBUR CHRONICLE OF RAIDORL

王国千騎長
ダレン・ガルスト
「私に契約の呪いをかけたということか？」
「国王陛下の命により、レイドール王弟殿下を迎えに参上した！」
レイド
メル

AUTHOR : LEONAR D ILLUSTRATION : FUYUYUKI

レイドール聖剣戦記

〈著〉レオナールD 〈画〉冬ゆき

一迅社ノベルス

CONTENTS

プロローグ 4
第一章 王都追放 12
第二章 呪剣の剣士 28
第三章 王都からの客人 45
第四章 破滅の魔女 81
第五章 暗雲の王都 97
第六章 再会と決別 120

† 〔第七章〕 嵐の前の静けさ 161

† 〔第八章〕 戦いの始まり 211

† 〔第九章〕 二つの聖剣 233

† 〔第十章〕 終戦と波紋 256

† 〔書き下ろし番外編〕 王都観光 300

あとがき 319

プロローグ

大陸西方部にある小国——ザイン王国。
東の大国アルスライン帝国、西の山脈を隔てた複数の小国群に挟まれたその国は、建国から二百年の歴史を持つ王政国家である。

少年——レイドールはザイン王国の第二王子としてこの世に生を受けた。

幼少期に母を事故で失うという不幸はあったものの、レイドールの人生はおおむね順風満帆《じゅんぷうまんぱん》なものである。大きなケガや病気をすることもなく、十三歳まで過ごすことができていた。

性格は利発で素直。好奇心はかなり旺盛《おうせい》で、時折王宮を抜け出して城下町に『冒険』に出かけ、世話役を困らせることもしばしば。とはいえ、銀色の髪に赤い瞳《ひとみ》という大陸北方出身の母親に似た容姿は非常に人目を引くため、すぐに連れ戻されて叱《しか》られてばかりだった。

政治や経済を始めとした学問の成績はやや伸び悩んではいるものの、剣術の腕前は指南役も目を見張るほど優れている。すでに大人《おとな》の騎士を相手にして、手加減なしの模擬戦で勝利を収めるほどだった。

第二王子ゆえに兄王子が健在である限り王位に就くことはできないものの、レイドールは十歳年上の兄を慕っており、そのことに不満を持つこともなかった。

もしも何事もなかったのであれば、レイドールの人生はそれから先も穏やかなまま進んでいったことであろう。

「レイドール様は将来、どんな大人になりたいのですか？」

「何だよ、ティナ。急に変な質問をして」

幼馴染《おさななじみ》であるメルティナ・マーセルの質問に、レイドールは怪訝《けげん》そうに眉根《まゆね》を寄せた。

二人がいる場所は、王都中心にあるザイン王宮。その中庭に作られた庭園である。レイドールとメルティナは庭園の真ん中に置かれたベンチに座っていた。

春の庭園には色とりどりの花が咲き乱れており、風に乗って甘い香りが鼻をくすぐってくる。メルティナの膝《ひざ》の上にはハンカチが広げられており、花壇から摘んだ花が数本並べられていた。

レイドールは現・国王の息子。メルティナは国王の側近である宰相の娘。どちらも十三歳の同い年であり、王子と貴族令嬢という身分もあって子供ながらに身なりの良い服を着ていた。

身分も近い二人は幼少期から幼馴染として長い時間を過ごしており、成人した後は正式に婚約を結ぶことも予定されている間柄である。それは『政略結婚』などと呼ばれるものだったが、二人に不満そうな様子はない。レイドールの目にはメルティナに対する好意が浮かんでおり、メルティナも王子から向けられる親愛の情を受け入れているようだった。

今日もいつものように父親に連れられて王宮にやって来たメルティナと、レイドールは連れ立って他愛《たわい》もない話をしている最中である。

「急ではありませんよ。レイドール様は来月には成人されるのですから、その後はどうするおつもりなのかと思っただけです」

メルティナが紫の髪を揺らして、レイドールの顔を覗《のぞ》き込む。

メルティィナ・マーセルという令嬢は、見るからに愛らしい容姿をした少女である。紫水晶のような色合いの髪と瞳。切り出したばかりの大理石のように白い肌。まだ子供ではあるが発育は悪くはなく、ほっそりとした身体《からだ》の要所要所で女性らしい丸みを帯びている。

フリルのついた桃色のドレスは愛らしい令嬢に非常に良く似合っており、庭園に座る姿はまるで花の妖精《ようせい》のようだった。

「そ、そうだな……あまり考えたことはなかったけど、確かにそろそろちゃんと考えておかないとな！」

年々、大人びた魅力を獲得していく幼馴染に間近で見つめられ、レイドールはややたじろぎながらも考え込む。

レイドールは来月には十三歳になり、この国における成人を迎えることになる。

そうなれば、これまでのように子供として遊んでばかりはいられない。成人してすぐというわけではないだろうが、大人の一員として遠からず何らかの職務に就くことになるだろう。

「当たり前かもしれないけど、いずれ国王になる兄さんを支えられる仕事をしたいかな？」

「あら？　意外ですわ。てっきり『冒険者になって世界中を旅したい！』などと言い出すのかと思っていたのですけど」

「人を何だと思ってるんだ！　僕だってザイン王家に生まれた王子なんだ。王族としての務めを無責任に放《ほう》り出したりしないよ！」

レイドールは憮然《ぶぜん》として腕を組みながら、少年なりの未来への展望を語っていく。

「そうだな、兄さんの家臣。宰相や大臣は……ちょっと無理かな？」

「お勉強は苦手ですものね」

「……そうだけどさ。だから、まあ剣を振って戦う仕事。敵国の侵略からこの国を守る、騎士や武官になりたいかな」

「まあ、それでしたらレイドール様にピッタリですわ！　きっと素敵な騎士様になりますわね！」

「う、うん！　ティナもそう思うよな！」

両手を合わせて華やいだ声を上げるメルティナに軽く照れながら、レイドールは「そうだ！」と胸を張ってベンチから立ち上がる。

「どうせなるのなら、あらゆる危難から国を守れるような英雄になってやろう！　魔物とか、他《ほか》の国の軍隊とか、ザイン王国を脅《おびや》かす全《すべ》ての敵を僕の剣で斬《き》り伏せて歴史に残る英雄になるんだ！」

「ぷっ……！」

少年らしい大言壮語《たいげんそうご》を吐くレイドールに、メルティナが思わず吹き出してしまう。

「あっ！　今、笑っただろ!?」

「わ、笑っていませんわ！　とっても素敵な夢で……ふふっ！」

「やっぱり笑った！　人の夢を笑うなんて酷《ひど》いじゃないか！」

「だ、だって。英雄だなんて……！」

「む……」

背中を丸めていよいよ本格的に笑っているメルティナに、レイドールは拗《す》ねてそっぽを向いた。

見るからに不機嫌な顔になった王子。その頭に大きな手の平が乗せられる。

「面白い話をしているじゃないか、レイ」

「わっ……兄さん!?」

いつの間にか後ろに立っていたのは、レイドールの兄であるグラナード・ザインだった。

すでに二十歳を過ぎた第一王子はブラウンの髪と目をしており、一目には銀髪赤眼のレイドールと兄弟であるとはわからないだろう。

これは『実は本当の兄弟ではない』などというドラマティックな事情があるわけではなく、たんにグラナードが父親似であり、レイドールが母親似というだけのことである。

「いい夢じゃないか。英雄になる……王家の男子にふさわしい、素晴らしい目標だ。やっぱり男はそれくらい大きな夢を語れないとな」

「むう……」

グラナードは笑いながら弟の頭を撫《な》でる。十歳年上の兄に子供扱いされていることを不満に感じながらも、レイドールは心地良さそうに目を細めた。

「その通りですな。レイドール殿下の夢はとても素晴らしいものです」

「お、お父様……」

グラナードの後ろには宰相であるロックウッド・マーセルの姿もある。

令嬢らしからぬ大笑いをしているところを父親に見られて、メルティナがどこか気まずそうな表情になった。

宰相の表情は穏やかなものであったが、メルティナを見る目には窘《たしな》めるような色が混じっている。

メルティナは膝の上の花をベンチに置き、立ち上がってスカートの端を指でつまんで頭を下げた。

「無礼をいたしました。レイドール殿下」

「別にいいよ……それよりも、兄さんはこれからお暇ですか？　時間がおありでしたら、これから一緒に遠駆けでもいかがですか？」

兄を遊びに誘うレイドールであったが、グラナードは困ったように眉尻《まゆじり》を下げた。

「すまない……今からロックウッドと片付けなければならない仕事があるんだ。どうも最近、父の体調が良くないからな」

「そうですか……いえ、仕方がないですね！」

申し訳なさそうな顔の兄に、レイドールは慌てて首を振った。

二人の父親である現・国王バーナードは数ヵ月前から胸を患っており、ベッドから起き上がれない日々が続いていた。そのため、国王代理としてグラナードが政務を行っているのだ。

「レイ……最近、お前の相手をしてあげられなくてすまないな。父上があんなことになって、お前も寂しい思いをしているだろうに」

「まさか！　兄さんは国王代理としての仕事があるのですから、仕方がないです！　僕にはティナもいますし、他の臣下も良くしてくれます。ちっとも寂しくなんてないですよ！」

「そうか……そう言ってくれると有り難いのだが……」

グラナードは弟の気遣いに相貌《そうぼう》を緩めるが……ふと、その横顔に影が差す。

「英雄、か……そうか、もうじき成人の儀式があるのだったな。あの場所、『聖剣の間』で……」

「兄さん？　どうかされましたか？」

どこか思いつめたような表情でつぶやく兄に、レイドールは首を傾《かし》げた。

グラナードはすぐにいつもの優しげな顔に戻り、再びレイドールの頭を撫でる。

「いや、何でもない。レイ、英雄になるのは簡単なことではない。この国の『聖剣』は私を含めて、誰《だれ》も選んでこなかったのだから。しかし、お前だったら、聖剣などなくたって立派な英雄になれるだろう」

「兄さん……」

「誰よりも強い英雄になって、この国を守ってくれ。私のことを支えてくれるのだろう？」

「はい！　もちろんです！」

レイドールは力強く頷《うなず》いた。隣でメルティナが苦笑しているのを感じながら、ドンと胸を叩《たた》いた。

「僕は立派な英雄になります。なってみせます！　誰にも負けないくらいに強くなって、兄さんのこともティナのことも、ザイン王国のことだって守れるようになります！」

言い放つレイドールに、グラナードは穏やかな表情で頷きを返した。

それは二人の王子がまだ仲睦《むつ》まじかった頃《ころ》の風景。

レイドールがまだ現実を知らず。真っ黒な裏切りや、深紅《しんく》の血に染まる戦場を経験する以前の記憶である。

後に、レイドール・ザインの夢は叶《かな》えられることになるだろう。

夢を語るしかできなかった少年は鳳凰《ほうおう》のごとく力強い翼を持つ英雄となり、戦場という大空へと羽ばたいていくことになる。

しかし——まだレイドールは知らなかった。

歴史に星々のごとく輝く英雄達。その誰しも、傷を負わずに英雄になることができた者はいないのだと。

英雄と呼ばれる人間は、誰もが多くの悲劇を経験している。

敵を殺して血を浴びて、自らも傷だらけになって血を流して。裏切り、裏切られた末に英雄と呼ばれるようになる。時に親兄弟とすら殺し合い、故郷を戦火で失うことだってあるのだ。

そして——レイドールが多くの犠牲《ぎせい》と引き換えに英雄となる瞬間は、暗闇《くらやみ》に潜む悪魔のように一歩一歩確実に迫ってきているのであった。

第一章　王都追放

整地されていない不安定な道を、一台の馬車が走っている。

車輪が転がるたびにガタガタと断続的に揺れ、時折大きな石に乗り上げて車体が跳ねる。

二頭の馬にひかれた馬車は表面に鉄の板が張られており、明かり取りの窓には鉄格子が嵌《は》められていた。その重厚な造りは外敵の襲撃を警戒しているというよりも、中にいる人間を逃がさないためのものであろう。

「まるで罪人扱いじゃないか……」

そんな武骨な馬車の中。少年――レイドール・ザインが暗い表情で嘆息した。

広々とした馬車にいるのはレイドールただ一人であり、王子であるはずの少年のそばには護衛やお付きの一人もいない。

服装は王族らしく身なりの良いものであったが、レイドールの両手には金属製の手錠がかけられていた。手錠の表面には象形文字のような文様が彫られており、うっすらと青白い光を放っている。

それが装備者の魔力を封じる『封魔の枷《かせ》』と呼ばれるものであることを知っているレイドールは、苦々しく唇を歪《ゆが》めた。

「兄さん……どうしてこんなことを……！」

思い出されるのは、レイドールが罪人のように連行される原因となった人物。血を分けた実の兄の顔だった。

順風満帆《じゅんぷうまんぱん》な人生を送っていたはずのレイドールがどうして虜囚《りょしゅう》のような扱いをされているのか。そのきっかけとなったのは、レイドールが十三歳になった誕生日に行われた成人の儀式である。

ザイン王国では十三歳で成人として認められ、王族や貴族は家督継承などの権利が認められるようになる。

王子であるレイドールの場合、成人を迎えることによって王位継承権を得ることになるのだが、レイドールも周囲の人間も彼が国王になるとは考えていなかった。兄王子であるグラナードがすでに国王代理として政務に携わっており、次期国王としての地位は盤石だったからである。

野心家の貴族であっても、グラナードの反感を買ってまでレイドールを担ぎ出そうという者などいなかった。

レイドールも自分が王になれないことに対して不満らしい不満はなく、自分が王という地位を望んではいけない存在であることをしっかりとわきまえていたのである。

しかし――そんなレイドールに運命の悪戯《いたずら》としか言いようがない出来事が襲いかかった。

ザイン王家の男子は成人の際に『継承の儀』という特別な儀式を行うことになる。

その主な内容は、ザイン王国の国宝である聖剣『ダーインスレイヴ』を握りしめて、王家と王国の発展のために尽くすことを誓うというものだった。

ダーインスレイヴはザイン王国の建国者である初代国王の佩剣《はいけん》だった。初代国王はこの聖剣を使って周辺諸国をまとめ上げ、ザイン王国を建国したのである。

初代国王は年を経て自分が戦うことができなくなると、王宮の奥に『聖剣の間』という部屋を造り、そこに設置した台座に剣を突き刺した。

そして——当時の家臣や国民に次のように宣言したのである。

『いずれこの国に破滅の暗雲が訪れし時、再びこの聖剣を抜く者が現れるだろう！　その者こそが我が後継者であり、王国に平和をもたらす救世の王である！』

それから二百年、聖剣を引き抜いて初代国王の後継者となるものは現れなかった。

今では、成人の儀式で剣を握りしめるのは抜くためではなく、初代国王に王族としての意志や抱負を示すという儀礼的な行事と化していたのである。

ゆえに、レイドールも特に緊張などすることなくその儀式に臨んでいた。剣の前で跪《ひざまず》き、自分の名前を名乗り、定型文のようにお決まりの誓いの文句を唱えるだけ。

レイドールは第二王子であったが、成人すれば一人の大人《おとな》として国務を任されることになる。国王の代理として式典や行事に出席することもあるだろう。大使として国外に赴くこともあるかもしれない。儀式そのものよりも、これから待ち受けている王族としての義務のほうがレイドールにとっては重く感じられた。

兄のグラナードや家臣らが見守る中、大人の仲間入りすることへの緊張と興奮から胸を高鳴らせ、レイドールは国宝の聖剣を握りしめる。

「え……？」

しかし、そこで予想外の事態が生じた。レイドールは思わずポカンと口を開いて、間抜けな声を出してしまう。

視線を下ろせば、そこには一本の剣が握られている。見間違えるわけもない、ザイン王国の国宝である聖剣ダーインスレイヴだった。

墨《すみ》で塗ったような漆黒の剣が足元の台座から引き抜かれて、その全貌《ぜんぼう》を露《あら》わにしている。抜き放たれた刃《やいば》からは瘴気《しょうき》としか言いようがないような禍々《まがまが》しいオーラが立ち昇っており、周囲を威圧するように剣身を取り巻いている。

「ど……どうして？　何で僕に聖剣が……？」

レイドールは困惑に目を白黒させる。

儀式として聖剣を握ったレイドールであったが、剣を抜くつもりなど全くなかった。しかし、聖剣の柄《つか》を握りしめた途端、まるで聖剣が己の意思を持っているかのように台座から浮き上がってきたのである。

漆黒の聖剣はレイドールの手の中でドクドクと小刻みに脈打っており、まるで長い時を越えて現れた新たな所有者を祝福しているようだった。

「馬鹿《ばか》なっ！　何故《なぜ》レイが聖剣を抜けるのだ!?」

「に、兄さん……」

突然の事態に驚いているのはレイドールだけではない。兄王子グラナードもまた予想外の事態を受けて、愕然《がくぜん》として叫んでいる。

レイドールは途方に暮れたような表情で背後の兄を振り返り、そして凍りつく。

慣れ親しんだ兄の顔が、まるで悪鬼のような表情に歪んでいたのだ。驚きと怒り、妬《ねた》み、嫉《そね》み、絶望、狂気——兄の顔にはレイドールがまだ見たことがない感情がいくつも浮かんでおり、血走った両目がレイドールを睨《にら》んでいる。

聖剣ダーインスレイヴは初代国王だけに使うことができた剣。それを抜くことは即《すなわ》ち、初代国王の後継者である証拠《しょうこ》。

そして——聖剣が選んだのは第二王子であるレイドール。第一王子であり、現在、病床の国王に代わって政務を執り行っているグラナードではなく、弟のレイドールを聖剣が王者として認めたことになる。

その事実を受け入れることができず、グラナードは発狂したように己の顔に爪《つめ》を突き立て、激しく肌を掻《か》きむしる。

「そんな……どうして私に抜けなかった剣が、レイに抜けるのだ!?　ずっと国を支えてきた私を差し置いて……何故だ、こんなことがあっていいものか！」

「ぐ、グラナード殿下……」

周囲で継承の儀を見守っていた家臣達は、狂ったように叫んでいる第一王子にどうしていいのかわからず、困惑の表情でレイドールとグラナードを交互に見やる。

レイドールがダーインスレイヴの所有者として選ばれたことを喜べばいいのか、それとも嘆けばいいのか、どう反応するのが正解かわからず途方に暮れているのだろう。

とりあえず、これ以上の自傷行為は止めなければならない。この場にいた家臣の一人――宰相であるロックウッド・マーセルが進み出て、兄王子の両肩に手を置く。

「グラナード殿下、落ち着いてください」

「ろ、ロックウッド……しかし……」

「この場は多くの人目があります。今後の対処はまた考えるとして、ひとまずは……」

「う、む……そうだな」

宰相の説得に激情を振り払ったのか、グラナードは顔を掻きむしる動きをやめて深呼吸を繰り返す。

そして、冷静な為政者《いせいしゃ》としての顔になってその場にいる全員に告げる。

「これで継承の儀を終了する！　なお、この場で見たことについては一切の他言を禁じる！　いいか、これは国王代理としての命令だ。背いた者は厳重に罰を与えるものと思え！」

「はっ、承知いたしました！」

「それと……レイ」

「な、何でしょうか。にいさ………ひっ！」

抜けると思っていなかった聖剣を抜いてしまったこと。さらに信頼していた兄の豹変《ひょうへん》ぶりを見て、呆然《ぼうぜん》と立ち尽くしていたレイドールはハッと顔を上げる。縋《すが》るような目でグラナードの顔を見て、そこに浮かぶ烈火の激情に恐怖の悲鳴を上げた。

「……お前は部屋に戻って休んでいろ！　いいか、許可なく部屋から出ることは許さない！　絶対にだ！」

「わ、わかりました」

「……聖剣はこちらで預かる。そこに置いていけ！」

「はい……」

レイドールが怯《おび》えた眼差《まなざ》しでグラナードの表情を窺《うかが》いながら、引き抜いたばかりの聖剣を兄に手渡す。

「ぐっ……！」

「に、兄さん？」

グラナードがダーインスレイヴを手にした途端、王家に伝わる聖剣は巨石のように重くなった。先ほどレイドールが片手で軽々と持ち上げていたのが冗談に思えてしまうほどの重量である。とても武器として振り回すことなどできそうもなかった。

「これが聖剣に選ばれるということなのか……！　何故私を拒む、何が私に足りないというのだ……！」

「にいさ……」

「早く行け！　私の目の前から今すぐ消えろ！」

「ひっ……！」

かつてないほどの怒りを湛《たた》えた兄の剣幕に、涙目になったレイドールは侍従に連れられて部屋から出ていった。

その背中を忌々しげに見送り、グラナードは重さに耐えられずに聖剣を床に落とした。

○　○　○

継承の儀から数日後。レイドールは王都を追放され、辺境の開拓都市へと送られることになった。病床の国王ではなく、代理であるグラナードの独断による決定だ。

名目上は開拓都市周辺の土地を領地として与えられ、領主としての任を果たすために赴任するという形を取っている。だが、それが事実上の追放であることを、事情を知る一部の者達は察していた。

レイドールが聖剣ダーインスレイヴを引き抜いたことについては箝口令《かんこうれい》が出されており、その場に立ち会った者達だけの秘密となっている。

それというのも、もしもレイドールが聖剣に選ばれたことが公になってしまえば、十三歳の第二王子が次期国王となる大義名分《たいぎめいぶん》ができてしまい、グラナードとの間で権力闘争が起こることが目に見えているからだ。

レイドールが王位を望んでいなかったとしても、初代国王を敬愛する者達がその後継となったレイドールを放《ほう》っておくわけがない。レイドールを切り捨てることは、国の分裂を回避して内乱を未然に防止するうえでやむを得ないことであった。

たとえそこにグラナードの私怨《しえん》や嫉妬《しっと》が過分に含まれていたとしても……その決定が覆ることは決してない。追放の原因となった聖剣ダーインスレイヴを取り上げられ、レイドールが身一つで辺境に追いやられることは決定事項であった。

辺境送りになるレイドールを見送りに来たのは、わずかに三名である。

この国における内政の責任者である宰相ロックウッド・マーセル。同じく、軍事の責任者である将軍バゼル・ガルスト。そして——レイドールの幼馴染《おさななじみ》であり、婚約者でもある、宰相の娘メルティナ・マーセルである。

「レイドール殿下。道中、どうぞお気をつけて」

胸に手を当てて、宰相ロックウッドが丁寧に頭を下げた。

メルティナの父親でもある宰相は四十前ほどの年齢で、娘と同じ紫の髪をオールバックにまとめている。鼻の下には八の字型に髭《ひげ》を生やしており、いかにも貴族といった風体をしていた。

「…………」

レイドールは頭を下げる宰相を無言で睨みつけ、沈痛な面持《おもも》ちになって己の両腕を見下ろす。

追放される王子の両腕には手枷が嵌められている。魔力を封じる効力がある枷はレイドールの動きを制限すると共に、聖剣を引き抜いたことで身についた力を封印するためのものだった。

聖剣を抜いてからというもの、レイドールの身体《からだ》には不思議な力が宿るようになっている。腕力や脚力など身体《しんたい》能力が以前の何倍にも高まっていた。さらに、感情が昂《たかぶ》るとレイドールの意思とは無関係に、身体から聖剣が纏《まと》っていたのと同じ黒い瘴気が湧《わ》き出してくるのだ。その瘴気に触れてしまったものは体調を崩し、まるで病に侵されたように寝込んでしまう。

おそらく、聖剣の所有者に選ばれたことにより、『呪《のろ》いの聖剣』の異名を持つダーインスレイヴの加護を身に宿すことになったのだろう。

継承の儀が終わってから聖剣はグラナードに取り上げられていたが、それでもダーインスレイヴはレイドールを主人と認めているのか、離ればなれになった主《あるじ》に加護を与えているようである。

レイドールが己の意志では制御できない力を暴走させないためにも、封魔の枷は必要な物だった。とはいえ――本来であれば罪人というわけでもない人間、それも王族に手枷を嵌めるなど許されることではない。

今回は兄王子グラナードの特別な命令によって、その冷酷な処遇が実行されていたのである。

レイドールはしばし拘束《こうそく》された両腕を見つめていたが、やがて小さく口を開いた。

「…………兄さんはどうしたんだ？　何故、ここにいないんだ？」

ポツリとつぶやかれた言葉。その声音に込められた悲哀と絶望を感じ取り、ロックウッドが目を細める。

「グラナード殿下は政務多忙により見送りには来れないとのことです。弟の出立に顔を出せない薄情を許して欲しいとの言伝《ことづて》を預かっております」

「薄情だって？　もっと他《ほか》に謝らなければならないことがあるじゃないか……！」

咎《とが》めるような口調でレイドールが言うと、ロックウッドはピクリと眉《まゆ》を震わせて首を振る。

「殿下はあくまでもご自分の領地に赴任されるだけ。それ以外に意図することなどございません」

「……ならばこの手枷は何だ！　これではまるで罪人ではないか!?」

「それはあくまでも安全上の配慮でございます。殿下」

叫ぶような訴えに答えたのはロックウッドではなく、隣に立っている鎧姿《よろいすがた》の大男——バゼル・ガルスト将軍だった。二メートルの長身であるバゼルは巌《いわお》のような顔でレイドールを見下ろし、固い口調で言葉をつづる。

「殿下は聖剣の所有者となり、その加護の一部を身の内に宿すこととなりました。その力が万一暴走すれば、周囲に甚大《じんだい》な被害をもたらすこととなりましょう。手枷はそれを防ぐためのもの、罪人への刑罰とは別のこととお考えいただきたい」

「だけど……！」

レイドールは反論しようとして口を開き、結局何も言うことなく黙り込んだ。

この二人にどんな言葉をぶつけたとしても意味がない。彼らは国王の側近であり、兄王子グラナードを次期国王として支持しているのだ。レイドールが辺境送りとなる処遇を決めた人間である二人が、レイドールの言い分を聞き入れるわけがなかった。

「……殿下。貴方《あなた》は何一つ悪くはございません。されど、これは国家の統治に必要なこと。どうぞ恨むことなどなきようお願いいたします」

「さようでございます。グラナード殿下が即位され、その治世が安定すればいずれ殿下を王都に呼び戻すことがありましょう。それまで、どうぞご健勝で」

奥歯を噛《か》みしめてうつむいたレイドールに、やや同情したようにロックウッドが慰めの言葉をかける。バゼルも引き継ぎ、不器用な武人なりの激励を送った。

「………………」

レイドールは口を噤《つぐ》んだまま、悔しそうに唇を噛みしめた。

ロックウッドやバゼルの言い分には理があるのかもしれない。しかし、納得のいかない理由で生まれ故郷を追われることになる少年にとって、そんな大人の身勝手な事情が慰めになどなるわけがなかった。

代わりに、この場にいる最後の人物へと目を向ける。

「ティナ……」

縋るように、泣きつくようにレイドールが幼馴染を呼ぶ。

宰相の娘である彼女がレイドールの処遇を見直すように請願してくれれば、あるいは辺境送りがなかったことになるかもしれない。そうでなかったとしても、同年代の誰よりも親しい彼女であれば王都を追われる自分についてきてくれるかもしれない。

そんな思いを込めての懇願の呼びかけであったが、メルティナから帰ってきたのは無情な返答である。

「はい、レイドール様。どうぞお気をつけて行ってきてください」

「え……？」

「南の辺境は王都よりも暖かいと聞いております。レイドール様は寒いのが苦手ですから、今回の赴任はちょうどよいですね。次にお会いする時には、ぜひとも面白い土産話《みやげ》を聞かせてくださいな」

「え、ちょ……ティナ？」

婚約者となるはずだった幼馴染の顔には悲しみの色など欠片《かけら》もない。清々《すがすが》しいほど落ち着いた穏やかな笑顔で、レイドールを送り出そうとしている。

まるで別れを惜しむ様子のない幼馴染にレイドールは戸惑いを隠すことができず、思わず父親のロックウッドを見上げた。

「殿下。メルティナは宰相の娘として、貴族令嬢として教育を受けております。情よりも国家の安寧を選ぶように幼い頃《ころ》から教え込んでおります」

「それはどういう意味だ……？」

「もはや貴方はこの子の婚約者ではない。すでに過去の人間ということになります」

「は……？」

申し訳なさそうなロックウッドの言葉に、レイドールの頭の中が真っ白になる。

メルティナとは物心ついた頃から一緒にいて、同じ時間を過ごしてきた。その思い出はどれもかけがえのないもので、レイドールにとって宝石のように価値があるものである。

しかし──そう思っているのはレイドールだけだった。メルティナは自分のことなど何とも思ってはおらず、ただ宰相の娘として、貴族としての義務感からレイドールと一緒にいただけだったのだ。

「殿下？　どうかされましたか、気分でも悪いのですか？」

「っ………！」

メルティナが不思議そうにレイドールの顔を覗《のぞ》き込んでくる。

優しそうに見える顔が恐ろしい怪物の形相に見えてしまう。レイドールは恐怖に表情を歪めて後ずさり、牢獄《ろうごく》のような馬車に自分から逃げ込んだ。

辺境に送られれば、魔物や蛮族《ばんぞく》に怯える日々が待っている。それでも、自分の家族を、友人を平気で切り捨てることができる者達のほうが、魔物よりもずっと恐ろしく感じた。

自分の家だったはずの王宮が、いつの間にか怪物の巣窟《そうくつ》となっている。その事実は幼いレイドールには到底受け入れられないものだった。

「いってらっしゃいませ、殿下」

馬車の扉越しにメルティナの声がする。レイドールは馬車の中で身体を丸め、枷を嵌めた両腕で頭を抱えて幼馴染の言葉を拒んだ。

ロックウッドとバゼルが深々と頭を下げ、馬車が走り出す。

レイドールは悲痛に表情を歪め、ガタガタと肩を震わせながら連行されていく。

こうして、ザイン王国第二王子レイドール・ザインは辺境の開拓都市に送られることとなり、王都からその姿を消した。

レイドールが歴史の表舞台に再び姿を現すのは、それから五年後のことである。

その五年の間に、父親である国王が病によって眠るようにこの世を去り、第一王子グラナードが新たな国王として跡目を継ぐことになった。

王が身罷《みまか》られる以前から政務を行っていたグラナードのおかげで、ザイン王国は表面上は何の混乱もなく、穏やかな治世が続いている。

しかし——そんな平和な王国にも、蛇《へび》が這《は》うように静かに戦乱の波が近づいていた。

主と離ればなれになった聖剣ダーインスレイヴは王宮の奥深くに安置されたまま、歩み寄ってくる戦乱の足音に耳を傾け、再会の時を待ち続けるのであった。

第二章

呪剣の剣士

レイドールが王都を追放されてから五年の歳月が流れた。

「撃てえええええええええええっ！」

ザイン王国南方にある開拓都市『レイド』にて、怒号と轟音《ごうおん》が鳴り響いて空気を震わせる。

城壁に立った男が野太い声を張り上げ、一斉に放たれた矢が雨のように敵の頭上に降り注ぐ。

「ゴアアアアアアアアアアアッ！」

全身に矢が突き刺さり、二本足の猪《いのしし》が断末魔の悲鳴を上げた。

開拓都市の南側には、魔物の襲撃を防ぐためにレンガと木材で建てられた重厚な防壁が築かれている。その防壁を乗り越えんと迫ってきているのは人身猪面の魔物だった。

大陸全域に広く生息する獣人系の魔物であるオーク。その変異種である『カタストロ・オルグ』だ。赤黒い体毛を持つカタストロ・オルグは通常のオークよりも一回り以上は身体《からだ》が大きく、腕力に至っては数倍にも達している。

それが数十匹も開拓都市へ押し寄せているのだ。小さな町であれば、一晩で壊滅してしまう規模の災厄である。

「チッ……まだ迫ってきやがるか！」

防壁の上で指揮を執っていた中年の男が舌打ちをする。

大柄で熊《くま》のような体躯《たいく》をした男の名はザフィス・バルトロメオ。開拓都市を守る戦力である『冒険者』の中心人物であり、多くの魔物との戦いを潜《くぐ》り抜けてきた歴戦の勇士である。

獣の皮で作った鎧《よろい》を身につけたザフィスは、粗野でいかにも無法者といった顔を歪《ゆが》めながら防壁から眼下を見下ろす。大量の矢を撃ち込んだにもかかわらず、依然としてカタストロ・オルグは勢いを落とすことはなく、外に張り巡らせた木の柵《さく》を壊している。

「撃て！　撃ち続けろ！　野郎共、手を休めるんじゃねえぞ！」

「「「「おうっ！」」」」

ザフィスが声を張り上げると、弓を構えている冒険者達が次々と矢を放っていく。

ただの弓矢では分厚い筋肉を持つカタストロ・オルグには致命打となりえない。しかし、弓矢には一本一本に魔物の毒が塗られており、強靭《きょうじん》な生命力を持つカタストロ・オルグにも有効なはずである。

カタストロ・オルグの出現からすでに丸一日、ひたすらに矢を撃ち込んでいるにもかかわらず、依然としてカタストロ・オルグの勢いは弱まらない。

このままでは柵を破壊して防壁までたどり着いてしまう。防壁の外には空堀が掘られているが、カタストロ・オルグの身体《しんたい》能力であれば容易《たやす》く乗り越えて防壁を突き破るに違いない。

「このままじゃジリ貧だな……どうするか」

ザフィスが奥歯を噛《か》みしめて苦々しく唸《うな》った。

ザフィス・バルトロメオという男はもともと大陸中央にある帝国で冒険者として活動しており、仲間とパーティーを組んでドラゴンを討ち取ったことすらある豪傑だった。

しかし、そんなザフィスをもってしても、目の前に迫りくる災厄の群れは冒険者生涯《しょうがい》で指折りの危機である。

「連中が防壁にたどり着く前に、女子供を外に逃がすしかねえか。退避の準備をしておけ！」

「ギ、ギルドマスター。しかしそれは……」

開拓都市を捨てるという事実上の敗北宣言を受けて、冒険者の一人が悔しそうに表情を歪める。

辺境の開拓都市に集まっている冒険者は、何らかの理由で故郷に居場所を失《な》くしてしまった流れ者ばかりだった。彼らにとってこの町は最後の居場所であり、第二の故郷と言ってもよい場所である。

そこを捨てるという宣言は容易く受け入れられるものではない。

そんな冒険者の内心を汲《く》んで取り、ザフィスはニカッと気の良い笑みを浮かべる。

「もちろん、俺《おれ》は最後までここに踏みとどまる！　ここが俺の墓場だ！」

「へい、俺もお供しやすぜ！　親分！」

「親分じゃねえ。ギルドマスターと呼べよ！」

ザフィスは投げ槍《やり》を手に取って全力で投擲《とうてき》する。砲弾のように撃ち放たれた槍はカタストロ・オルグの一匹の腹部を貫き、膝《ひざ》をつかせることに成功した。

「さあ、野郎ども！　ここが地獄。ここが修羅場だ！　血の一滴まで振り絞って、最後まで戦って

「……」

「ギルドマスター！」

「踏みとどま……何だよ、こんな時に！」

ザフィスの口上を途中で断ち切ったのは、避難する住民の誘導をしていた若い冒険者である。

いざとなったら女子供を連れて逃げるように命じていた若者の登場に、ザフィスの眉間《みけん》にシワが寄る。

「ジャン！　テメエ、なんで戻ってきやがった！　逃げろと言ったじゃねえか！」

「領主様がお戻りになりました！　今、こちらに向かっています！」

「おお、マジか！」

『領主』という言葉を聞いて、ザフィスが目を輝かせる。

周りの冒険者達も口々に喜びの声を上げて、先ほどまでの死を決意した神妙な空気が吹き飛ばされていく。

「ははっ、遅いお帰りじゃあねえか！　流石《さすが》は王族様は違いやがるぜ！　随分ともったいぶってくれやがってよお！」

「悪かったな。ノロマで偉そうな王族でよ！」

「おおっ!?」

悪態をつくザフィスの横を疾風のような影が走り抜けた。

熟練の冒険者であるザフィスでさえ目で追うのがやっとの速度。思わず目を剥《む》いて背後を振り返る。

振り返った先には、城壁に積まれた石を足場にして黒衣を身につけた青年が立っていた。

「待たせたな！　よくここまで保《も》たせてくれた！」

銀髪赤眼《あかめ》。黒衣の青年が腰に差した剣を抜き放って天へと向ける。

そのあまりにも威風堂々《いふうどうどう》たる存在感に、弓を構えていた冒険者はもちろん、防壁へと迫っていたカタストロ・オルグでさえ立ち竦《すく》む。

「領主様……！」

「ああ……来てくれたのか！」

「俺達の領主様！　我らが大親分！」

「来るに決まってるじゃねえか！　この町の領主であるこの俺が、町の危機に現れないわけがないだろうが！」

剣を天に掲げた青年は己に集まった希望の称賛に応《こた》えて、好戦的に唇を吊《つ》り上げて笑う。

そして——剣を振り下ろして防壁の外へと切っ先を向けた。

「このレイドール・ザインが治める町を攻めておいて、タダで帰れると思うなよ！　一匹残らず斬《き》り刻んで、皮も肉も剥《は》ぎ取って財布の肥やしにしてやる！」

傲然《ごうぜん》と言い放ち、黒衣の青年レイドール・ザインは大きく跳躍して防壁から飛び降りた。

その雄々しく逞《たくま》しい姿からは、五年前に王都を追放された時の弱々しさは微塵《みじん》も見られない。

我こそが英雄——そう言わんばかりの精悍《せいかん》な顔で敵に躍りかかっていく。

「ブフオッ？」

防壁から突如として飛び降りてきたレイドールを目にして、カタストロ・オルグは目を丸くさせた。どうしてわざわざ自分から降りてきたのだ。この人間は殺されに来たのだろうか？　猪の顔にはくっきりとそんな困惑が浮かんでいる。

棒立ちになった魔物の顔を下から見上げて、レイドールは嘲弄《ちょうろう》して鼻を鳴らす。

「はっ！　呆《ほう》けてんじゃねえ！」

「ブヒイッ!?」

レイドールがぐっと腰を落としたまま横薙《な》ぎに剣を振るう。

真一文字に放たれた斬撃《ざんげき》がカタストロ・オルグの分厚い筋肉をやすやすと斬り裂き、でっぷりとした腹部から血と内臓が噴き出した。

「フギイイイイイイイッ！」

どさりと倒れて臓物を撒《ま》き散らせる仲間を見て、周囲のカタストロ・オルグが激昂《げっこう》する。武器代わりの丸太を大きく振りかぶって目の前の人間の頭へと叩《たた》きつけようとした。

「フッ！」

岩を砕くような轟音を上げて丸太が地面を殴打した。カタストロ・オルグの豪腕によって地面が揺さぶられ、砂塵《さじん》が周囲に撒き散らされる。

「ブホオ?」

しかし――すでにそこにレイドールの姿はない。

まるで蝋燭《ろうそく》の灯《ひ》が吹き消されるように、黒衣を纏った人影が忽然《こつぜん》と消えてしまった。

「遅いんだよ。欠伸《あくび》が出やがるぜ」

「ギッ……!?」

一瞬で背後に回り込んだレイドールが猪獣人の首へと剣を突き刺した。延髄を正確に貫いた切っ先によって、巨体の怪物はあっけなく絶命した。

「まだまだ準備体操にも足りないぜ？　どんどんかかってきやがれよ！」

「ボハアアアアアアアアアッ!!」

わざとらしく指先を曲げて手招きをするレイドールへ、残っているカタストロ・オルグが殺到していく。

まるで巨体で押し潰《つぶ》さんばかりに詰め寄ってくる猪獣人の群れに、若き剣士は好戦的に牙《きば》を剥いて剣を構える。

「呪剣闘法《じゅけんとうほう》【毒竜の尾《ニーズヘッグ》】！」

レイドールが手にしていた鉄製の剣に、闇夜《やみよ》を練り固めたような黒い霧が凝《こご》っていく。

触れただけで身体の芯《しん》まで汚染してしまうのではないかと思わせる黒い瘴気《しょうき》を纏い、レイドールは渾身《こんしん》の一撃を放つ。

「ギアアアアアアアアッ!?」

剣から放たれた瘴気が黒い旋風《せんぷう》となり、密集しつつあったカタストロ・オルグを吹き飛ばす。推定五百キロはあるであろう巨体が冗談のように宙へ舞う。

「ア……グ……ガアッ……！」

しかし、流石は辺境の地にあって災害級と称される魔物。斬撃の旋風を受けて身体のあちこちから血を流しているものの、彼らの大半にまだ息があるようだった。

カタストロ・オルグは地面に倒れたまま憎々しげにレイドールを見上げて、緩慢な動きで身体を起こそうとしている。彼らの目からはいまだに闘志が衰えていない。レイドールは称賛するように口笛を吹いた。

「ヒュウ、なかなか丈夫じゃねえか。感心したぜ」

「グ、グウウウッ……！」

「だけど……立ち上がれるかね？」

「グ……ッ!?」

全身から血を噴きながらも巨体を起こそうとしていたカタストロ・オルグであったが、急に脱力してガクリと崩れ落ちた。

愕然《がくぜん》と見開かれた目に映し出されるのは、同じように地面に倒れて、小刻みに身体を震わせながら泡を吹いている同胞の姿だった。

「俺の呪剣は斬って終わりじゃない。これから先が本領発揮だ」

「ブ……ヒ…………ッ？」

黒い斬撃を浴びせられたカタストロ・オルグの赤黒い肌が、見る見るうちに紫色に染められていく。毒々しい真紫となった猪獣人の口からゴポリと血の泡が噴出された。

それは斬撃に込められた呪《のろ》いの毒による効力だった。

もともとオークという種族は魔法抵抗はそれほど強くない。変異種であるカタストロ・オルグも例外ではなく、レイドールの呪いの剣技の前では格好の餌食《えじき》である。

「さて……残りはどうするかな？」

レイドールは皮肉そうに唇を舐《な》めて、斬撃を免れたカタストロ・オルグを睥睨《へいげい》する。

辛《から》くも呪毒《じゅどく》から逃《のが》れたのはほんの数匹であったが、彼らの目には先ほどとは打って変わって怯《おび》えの色が浮かんでいた。

目の前で仲間を切り刻まれ、さらには正体不明の毒によって悶え苦しんでいるのだ。当然の反応だろう。

残されたカタストロ・オルグはジリジリと後ずさりをして、レイドールから逃げ出す機を窺《うかが》っていた。

「今だ、出撃！　豚どもを討ち取るぞ！」

「「「「オオオオオオオッ！」」」」

しかし、彼らが逃げ出すことは叶《かな》わなかった。開拓都市レイドの門扉《もんぴ》が開け放たれ、籠城《ろうじょう》していた冒険者達が飛び出してきたのだ。

その先頭に立っているのはギルドマスターのザフィスである。巨大な戦斧《せんぷ》を振り上げて、カタストロ・オルグへと勢い良く叩きつけた。

年齢に似合わぬ奮戦ぶりを見せるザフィスに、レイドールは呆《あき》れ返って肩を竦《すく》めた。

「おいおい、ギルマスも無理しやがるぜ。テメエの年を考えろっての」

「ブピイイイイイッ⁉」

敵の援軍を見るや、カタストロ・オルグが背中を向けて逃走を始める。

本来であれば、殻にこもった獲物が自分から出てきてくれたことを喜ぶ場面なのだが、すでに仲間の大半が呪いの斬撃によって倒れていた。人身猪面の怪物の勢いは底辺にまで落ち込んでおり、この期に及んで踏みとどまって戦うものなどいるわけがない。

カタストロ・オルグにとって、この戦いは開拓都市を襲い、一方的に略奪するためのもの。自分達が殺される覚悟などしていない。故郷と居場所を守るために戦っている冒険者とは、士気という点で雲泥の差があるのだ。

逃げ惑うカタストロ・オルグへと次々に冒険者が武器を突き立てていく。断末魔の悲鳴が立て続けに辺境の森へとこだまして、巨体が倒れて地面を震わせた。

○　○　○

今を遡《さかのぼ》ること五年前。

ザイン王国第二王子であったレイドール・ザインは王都より追放され、王国南方の開拓都市へと送り込まれた。

名目上は「領主」という地位を与えられたレイドールであったが、彼に向けられる開拓都市の人々からの視線はあまり好ましいものではない。

十三歳の王子に向けられた視線の半分は、過酷な辺境に住むことになった幼い王子への同情。もう半分は、明らかに敵愾心《てきがいしん》を孕《はら》んだ侮蔑《ぶべつ》である。

そもそも、当時は名もなき開拓都市であったその町は、ザイン王国の援助によって建てられたものではない。魔物との戦いを生業《なりわい》とする冒険者ギルドが、有志を募って自発的に建設した町だった。

そんな開拓都市に今さら王国から領主が送り込まれてくるなど、苦労して磨き上げた宝石を横から掻《か》っ攫《さら》われるようなものである。とてもではないが受け入れられるものではなかった。

もしも領主となったのが十三歳の少年でなかったのならば、暗殺などの暴力的な手段をもって領主の排除を目論んだかもしれない。

開拓都市を築いた冒険者は領主となったレイドールへの悪意を隠すことはなく、幼い王子は針の筵《むしろ》のような生活を送ることになってしまったのである。

兄王子であるグラナードから疎《うと》まれて、信頼していた臣下や婚約者からは見捨てられて、おまけに追放されて流れ着いた辺境では同情と悪意の視線にさらされ続ける。

そんな地獄に引きずり込まれるような転落を経たレイドールは地べたを這《は》い、涙が枯れるまで泣き続け、爪《つめ》が剥がれるほどに地面を掻きむしった。

しかし――幼い王子はそこでは終わらなかった。人生のどん底を経験しながら、レイドールは苦しみに耐えて地獄の底から這い上がることを選択したのである。

「ギルドマスター、俺に魔物との戦い方を教えてくれ！」

悲しみと絶望を胸にしてレイドールは猛然と立ち上がり、その二本の足でギルドマスターであるザフィス・バルトロメオのもとを訪れて弟子入りを志願した。

「へえ……名ばかりの領主かと思いきや、なかなかの度胸じゃねえか。おもしれえ」

当時、今ほど顔にシワがなく頭の白髪も少なかったザフィスは、幼い領主の行動に驚きながらも、快く了承してレイドールに冒険者としての戦い方を叩き込んだ。

もともと、ザフィスは領主となった幼い王子の扱いに難儀している部分があった。理由は知らないが辺境送りにされてしまった境遇には同情しているものの、王家が開拓都市に必要以上に干渉してくるのは面白くない。とはいえ、他《ほか》の冒険者が十三歳の王子に悪感情を向けているのも良心が痛むので、早急に手を打たなければいけないと考えていたのである。

そんなザフィスにとって、レイドールの提案は渡りに船だった。ザフィスは幼い領主をギルドの訓練場に連れていき、あえて他の冒険者の目に映るところで叩きのめし、芯から鍛え直すように戦い方を教え込んだのである。

もともと王宮で剣術を習っていたレイドールであったが、聖剣の所有者に選ばれるだけあって潜在能力は非常に高い。ザフィスの指導を受けて、その才能が大輪の花となって開花していく。

また、聖剣はグラナードに取り上げられていたものの、レイドールの身の内にはダーインスレイヴの加護が宿っている。最初は封魔の枷《かせ》なしでは制御できなかったその力も、少しずつ使いこなせるようになっていった。

十八歳になった現在では、レイドールは聖剣の加護による呪いの力を完全に掌握《しょうあく》しており、剣に呪いの瘴気を纏わせて戦う『呪剣闘法』という我流の戦闘技術を編み出していた。その実力はすでに師のザフィスを凌《しの》いでおり、開拓都市で一番の剣士となっている。

冒険者を始めとして、開拓都市で暮らす人々がレイドールに向ける感情も変わっていた。魔物の襲撃の際には常に最前線に立って戦う青年の姿に、人々は敬意と信頼の眼差《まなざ》しを向けるようになっていたのである。

開拓都市レイド――後になって付けられた町の名前は、開拓都市を守るために命懸けで戦っている若き領主への尊敬と親しみの証《あかし》なのだった。

○　○　○

「やれやれ……帰りが遅いから肝を冷やしたぜ！」

「悪かったな。待たせちまって」

カタストロ・オルグを撃退したレイドールは冒険者ギルドでザフィスと向かい合わせに座っていた。

テーブルには二人分の紅茶と茶菓子が置かれている。

この場にいるのはレイドールとザフィスの二人だけである。他の冒険者はカタストロ・オルグの亡《なき》骸《がら》の回収と、町の外壁にある柵と罠《わな》の補修に取り組んでいた。

カタストロ・オルグは今回のように群れで出没すれば、町の一つや二つ軽々と滅亡させられる災害級の魔物である。

しかし、強力な魔物であるがゆえにその素材は非常に価値が高く、全身の部位が高値で取引されている。皮は防具の材料として、骨は溶かして鉄に混ぜるとより硬く鋭い合金へと仕上がる。内臓は薬の材料となるし、肉は人間の食用にはならないものの家畜の飼料に混ぜることで牛や羊がより大きく逞しく育つと言われていた。

ちなみに、レイドールの呪剣は生きている相手にしか通用しないため、カタストロ・オルグの骸《むくろ》から毒は消えている。素材として使用するのに何の問題もないだろう。

「仕方がないじゃねえか。アイドラスの奴《やつ》がずいぶんと粘ってきやがってな。これだから臓腑《ぞうふ》まで腐った金喰い貴族は嫌いなんだよ」

レイドールは忌々しそうに吐き捨てて、憮然《ぶぜん》とした様子で紅茶を口に流し込む。

カタストロ・オルグの襲撃があった当初、レイドールが開拓都市を留守にしていたのは、隣の町の領主であるアイドラス伯爵を訪ねていたからである。

領地の境界上で見つかった銀鉱脈の所有権を巡って、話し合いのためにアイドラスの町に滞在していたのだが、強欲な貴族が執拗《しつよう》に自分の権利を主張し続けたせいで帰りが遅くなってしまったのだ。

カタストロ・オルグの襲撃を聞いて慌てて町に戻ったせいで話し合いもおざなりとなってしまい、鉱脈の利権についてずいぶんと譲歩することになってしまった。

「そいつは大変だったたな。しかし、まあ。戻ってきてくれて助かったぜ」

一息に紅茶を飲み干したレイドールに、ザフィスが労《ねぎら》いを込めてティーポットを手に取った。お代わりの一杯を注ぎながら、「それにしても」と話題を切り替える。

「さっきの戦いぶりは見事だったぜ。帝国にあるギルド本部にだってあれほど戦える奴はいねえ。『魔剣士』としてはもう敵なしだろうよ」

「へえ、剣士としてはまだまだ……そう言ってるように聞こえるぜ?」

「ふんっ、剣術で勝負をしたら俺にはまだ敵《かな》わねえだろうよ。伊達《だて》や酔狂で辺境のギルドマスターはしちゃあいない。舐めるなよ、若造め!」

カラカラと笑うザフィスに、レイドールは苦笑しながら肩を竦めた。

剣の師であり、開拓都市における後見人でもあるザフィスに対して、レイドールはいまだに頭が上がらない。

立場からすれば王族で領主でもあるレイドールのほうが上であるが、兄と国から捨てられた自分を拾ってくれた親代わりの相手なのだから、こればかりは仕方がない。

「しかし、鉱脈は惜しかったなあ。アレはどちらかと言うとこちら寄りにあったんだろう?」

「そうらしいな。アイドラスは頑《かたく》なに認めなかったけどな」

アイドラス伯爵領との境界で見つかった銀鉱であったが、結局、八対二で相手に大きく権利を譲ることになってしまった。その損害は決して小さいものではないだろう。

「是非もないさ。それくらい譲らなければ、大人《おとな》しく帰してはくれなかったからな」

カタストロ・オルグの襲撃に誰よりも喜んだのはアイドラスに違いない。

いかにレイドールが王族であるとはいえ、ザイン王国南方における影響力は古参の貴族であるアイドラスに軍配が上がる。緊急時といえど、やすやす話し合いを切り上げて席を立つことなど許されない。

　話し合いを打ち切るために利権を譲歩することは、やむを得ないことであった。

「すまねえな。俺達だけで守り切ることができればよかったんだが……」

「構わないさ。ここは俺の領地。俺の故郷だ。何を後回しにしたって守りに駆けつけるのは当然じゃないか」

　申し訳なさそうに眉尻を下げるザフィスに、レイドールはティーカップを掲げながら答えた。紅茶を一口含んで、少年のように悪戯《いたずら》っぽく笑う。

「それに……すぐにアイドラスは泣きついてくると思うぜ？」

「うん？　どういう意味だ？」

「あの場所も辺境の一部。安全な場所じゃあないってことさ」

「ああ……そういうことか。なるほどな」

　レイドールの返答を聞いて、ザフィスは同情するような表情になる。ザフィスの脳裏には、魔物から予想外の襲撃を受けて大損害を被《こうむ》る強欲な伯爵の姿が浮かんだ。

　新しく発見された銀の鉱脈。その地域もまた、多くの魔物が出現する危険地帯である。

　定期的に開拓都市の冒険者が魔物の間引きを行っているおかげで、今のところは大きな問題とはなっていない。しかし、そんな危険地帯を切り拓いて鉱脈の採掘を行うのは、アイドラスが予想している以上に至難を極めるはずだ。

「しばらく、あの辺りから冒険者を引き上げよう。強欲な貴族様にはせいぜい干上がってもらおう」

「そうしてくれ。さてさて……いつまで耐えられるかね」

レイドールはくつくつと肩を揺らして笑った。


二人の予想通り、銀鉱の開発を始めたアイドラスは度重なる魔物の襲撃によって多くの労働者と兵士を失い、莫大《ばくだい》な損害を受けることになった。

伯爵が銀鉱の権利を大幅に譲渡することを条件に魔物の討伐を依頼してきたのは、それから一ヵ月後のことである。

第三章 王都からの客人

「ん……朝か……」

カタストロ・オルグの襲撃から二ヵ月が経《た》ち、レイドールは開拓都市の屋敷で目を覚ました。

カーテンの隙間《すきま》から差し込んでくる陽光に顔をしかめて、レイドールはベッドの上で寝返りを打つ。

ザイン王国第二王子であるレイドール・ザイン。開発都市レイドの領主であるその男の生活は決して贅沢《ぜいたく》なものではない。

レイドールが暮らしている屋敷は領主としてはあまりにも質素なものであり、開拓都市にある一般的な家屋よりも少し大きい程度の規模である。

時折酒瓶を片手に招いてもいないザフィスが尋ねてきた時には、大酒を食らって熟睡する師を寝かせる場所に難儀するくらいだ。

「もう朝ではありませんよ？　お寝坊なご主人様」

「うおっと!?」

突然、部屋に響いた女性の声にレイドールは思わず上擦った声を放つ。

声の主を探して左右に視線をさまよわせるが、部屋の中にはレイドールを除いて誰《だれ》もいない。

「まさか……」

そして、ふと身体《からだ》の上に感じる重みに気がついて布団をまくった。

そこには予想通り。上半身裸のレイドールに密着するようにして黒髪の少女の姿があった。

「あ、おはようございます。ご主人様」

「おはよう……で、何やってる？」

「いえいえ、ちょっと朝の御奉仕をと……ふぎゃっ⁉」

「落ちろ」

レイドールは布団ごと少女をベッドから蹴《け》り落とした。

床に転がった少女は、身体の上に覆いかぶさってくる布団の中で溺《おぼ》れるようにもがいていたが、やがてガバリと布団を跳ねのけて顔を出す。

「もうっ！　いきなり何をするのですか！」

布団から出てきたのは、艶《つや》のある黒い髪を背中に流したメイド服の少女だった。

その少女の名前はネイミリア。レイドールが居住する屋敷で働いている唯一の使用人である。

色白の肌に幼い顔つきのネイミリアは、一見すると精巧な人形のように整った顔立ちだった。カラスの羽のような黒い髪と、満月のように輝く金色の瞳《ひとみ》が印象的で目を引いてくる。

黙って座っていれば、数多《あまた》の男性を虜《とりこ》にするであろう魅力的な容姿なのだが……雇い主であるレイドールはそれが外見だけであることを骨身に染みて熟知していた。

「何をするって……お前のほうこそナニをしていやがる」

「ナニって……それはもうご主人様のご主人様をお口でねぷねぷもねもね……」

「やっぱり言わなくていい、黙れ！」

御覧の通り、口を開けば平然と下ネタが飛び出してくる。

花のように可憐《かれん》な少女の口から放たれる下品な言葉の数々には、レイドールはいつも頭を悩まされていた。

それでも冒険者やならず者ばかりの開拓都市において、彼女のように家事に従事してくれるメイドは非常に希少な存在である。

彼女が抱えているとある事情もあって、レイドールは追い出すこともできずにネイミリアのことを雇い続けていた。

ちなみに、一応は領主邸ということになっているこの屋敷にはレイドールの他《ほか》にはネイミリアしか住んでいない。そのため、ネイミリアは開拓都市の人々からレイドールの愛人として認知されており、それもまたレイドールにとって頭の痛い話であった。

「まあいい……着替えるからさっさと出てってくれ」

「もちろん、お手伝いいたしますよ。手取り足取りおはようからおやすみまで……ぬふふ」

「いいから出てけ！」

レイドールは顔をしかめて、メイド服の少女を部屋から追い出した。

置き時計を一瞥《いちべつ》すると、すでに時間は十時を回っている。朝というにはやや遅い時間帯である。

レイドールは領主であったが、財務や軍務などの仕事は商業ギルドや冒険者ギルドなど、レイドールがこの町の領主になる以前から運営に携わっている者達に一任していた。

レイドールの仕事といえば彼らの決定を追認すること。そして、外部の貴族や有力商人との交渉で矢面《やおもて》に立つことくらいである。

そのため、生活は不規則で昼近くまで寝ていたとしても咎《とが》める人間などいなかった。

「ふあ……眠てえ……」

さて、今日はどうやって過ごそうか、レイドールは下着を替えながら思案する。

領主の仕事は特になかったし、誰かと会う用事もない。冒険者の一人として辺境の魔物を間引きにでも行こうか。

辺境の魔物はどれも希少な素材となるため、開拓都市の重要な資金源になっていた。レイドールが魔物を狩るほどに開拓都市の運営資金が増えることになる。

「ぬふ、ぬふふふっ……ご主人様の生着替えです……これははかどりますの！」

「……だからお前は何をしている」

本日の予定を考えながら着替えるレイドールであったが、扉の陰から見つめる視線と目が合った。あえて説明するまでもなく、当然のごとくエロメイドであった。

扉越しにこちらを見入っている猫のような瞳《め》を睨《にら》み返して、レイドールは頭痛を堪《こら》えるように額を押さえる。

「ああ、申し訳ございません。美味《おい》しそうな大胸筋につい……」

「よし、わかった。今日は金物屋に行って南京錠《なんきんじょう》を買ってくることにしよう。今日からお前は部屋に入れん」

「ええっ！　いやいやいやっ！　ちゃんと用事あるんですよ!?　ただ覗《のぞ》きに来たわけではないのですよっ！」

ネイミリアが慌てたように言い募ってきた。

涙目になっている金色の瞳を半眼で見やり、レイドールは舌打ちを一つする。

「だったらその用事をさっさと言いやがれ。大した用事じゃなかったら承知しないぞ」

「むう……ご主人様のサディスト……！　今、玄関にお客様が来ているんですー！　王都からご主人様を尋ねてきたようですよー？」

「王都から……？」

「ええ、王都から。確かにそうおっしゃっていました」

「む……」

レイドールは眉《まゆ》をひそめて、毒草を食《は》んだように表情を歪《ゆが》ませる。

レイドールが辺境に追放されてからというもの、王都からは音沙汰《おとさた》が消えていた。どれほど釈明の手紙を出そうと、親交のあった者達に助けを求めようと、一切返事は返ってこなかったのだ。

もはや二度と関わるつもりはないのだろうと思っていたのだが、今さらになってどうして自分を訪ねてくるというのだろうか。

「……わかった、会ってやろう。応接間で待たせておけ」

「かしこまりました。あ、それとザフィス様にも連絡しておきますね？」

「……そうだな。そのほうがいいな」

王都からの使者がどのような用件であるか想像がつかないが、面倒事であることだけは疑いようがない。レイドールの後見人ということになっているザフィスがいたほうが、いざという時に問題も減るだろう。

(厄介事でも押しつけようとしているのか。それとも、まさか今さらになって兄貴が和解を望んでいるのか。どちらにしても、鬱陶《うっとう》しい用件であることは間違いないな)

チリチリと心の奥底で炎が燻《くすぶ》っているのを感じて、レイドールは掻《か》きむしるように胸を押さえた。

はたしてそれは自分を裏切った者達への憎しみの火なのか、あるいはこれから先に待ち受けているであろう戦いの気配を感じ取った闘争心の火なのか。

「むふふふ、ご主人様がやる気になっている。下もあんなにお元気になって……」

「いいからさっさと行け！」

レイドールは部屋の入口でヨダレを垂らしているメイドを怒鳴りつけ、上着を羽織って肌を隠した。

○　○　○

王都からの客人に会うためによそ行きの服へと着替えたレイドールは、ネイミリアを引き連れて応接間へと向かった。

応接間とは言ったものの、ここはろくに客人が訪れることのない狭い屋敷である。リビングを急ごしらえで片付けて応接間として仕上げただけのお粗末なものだった。

レイドールが扉を開けるや否や、すでに部屋に入っていた客人が頭を下げて挨拶《あいさつ》をしてくる。

「お久しぶりでございます。レイドール王弟殿下」

「お前は……」

レイドールは部屋に一歩足を踏み入れた体勢で固まり、限界まで目を見開いた。

王都からの客人と聞いて顔見知りの顔をいくつか思い浮かべていたが、そこにいたのは予想外の人物である。

即席の応接間には、水色の清潔そうなドレスを身に纏《まと》った女性が椅子《いす》に座ることなく立っていた。

背中に滝のように流れる紫がかった長い髪。スラリと長い手足に、鼻筋が整った彫りの深い美貌《びぼう》。

落ち着いた柔和な表情には幼い頃《ころ》の面影が残っている。

忘れたくても忘れることなどできない、彼女の名前はメルティナ・マーセル。ザイン王国の宰相であるロックウッド・マーセルの一人娘であり、レイドールにとっては幼少時から親交のある幼馴染《おさななじみ》であった。

「……まさか、お前が来るとは思わなかったな。宰相閣下の娘が、よくぞまあこんな田舎《いなか》まで来てくれたものだ」

聖剣に選ばれなければ伴侶《はんりょ》となっていたはずの女性であり、辺境に追放される自分をあっさり見捨てた女との再会に、自然とレイドールの声も険しいものに変わっていく。

念のためにと腰に差してきた剣に右手が伸びそうになるのを必死に堪えながら、「ふう」と大きく

息を吐いて昂《たかぶ》る感情を鎮める。

「……息災そうで何よりだ。幼馴染殿？」

「昔のように『ティナ』と呼んではいただけないのですか、殿下？」

「……それで？　いったい、どうして王都から遥々《はるばる》こんな辺境まで来たんだよ？」

幼馴染の言葉を無視してどっかりとソファに腰かけると、レイドールは顎《あご》でしゃくってメルティナにも着座を促した。

「殿下……」

メルティナは短く溜息《ためいき》をついて、対面のソファに腰かける。

彼女の背後には護衛と思われる騎士が二人並んでいた。騎士達は二人とも高級そうな白い鎧《よろい》を着こんでおり、装飾の施された剣を腰に下げている。

対するレイドールの背後にはメイドが一人きり。護衛の一人すらここにはいない。これではどちらが王族かわからない状況である。

「………………？」

メルティナの視線がレイドールの後ろに立つネイミリアへと向けられ、わずかに目を細める。おそらく、王族と公爵令嬢との対談にたかが使用人が同席していることを不審に思っているのだろう。

しかし、レイドールも自分のメイドに退室を促すようなことはしない。メルティナがいくら気分を害したところで、今のレイドールにとっては痛痒《つうよう》にも感じないことである。

(変わったな……この女も)

レイドールはソファに座っているメルティナを眺めて、心中でつぶやく。

辺境で五年の月日を過ごして、かつてただの子供であったはずのレイドールは一流の剣士へと成長した。

しかし、成長したのはレイドールだけではなかったようである。メルティナもまた五年前とは見違えるほど様変わりしていた。

もともと可愛《かわい》らしい美少女であった顔立ちはすっかり大人《おとな》の女性のものに変貌《へんぼう》している。高く伸びた鼻とふっくらとした唇、アーモンド形の大きな瞳は驚くほどに魅力的だった。

首から下の身体つきも大人の女性のそれに変わっており、特に胸元の二つの果実は生唾《なまつば》を飲むほど豊かに実っている。

(ああ、畜生が！　なんでこんな良い女になっていやがる！)

レイドールは奥歯を噛《か》みしめて、心の中で悪態をついた。

かつて自分を捨てた女が、とんでもなく魅力的な女性へと成長を遂げている。それが悔しくて仕方がなかった。心から憎んでいるはずの女に対してわずかでも情欲を掻き立てられてしまったことが、生涯《しょうがい》消えない汚点のようにさえ思えてしまう。

「……変わったな。お互いに変わった」

「ええ、五年間とは存外に長いものでしたわ」

レイドールは悔しさを気づかれないように注意しながら、そっけない口調でつぶやいた。メルティナもまた感情の読めない声で応じる。

幼馴染であった二人はしばし無言で見つめ合い、やがてメルティナが先に口を開いた。

「このたびは突然の来訪、誠に失礼をいたしました」

「そうだな……五年も音沙汰なしで、ずいぶんと急な来訪だ」

「それに関しましては、後日、父のほうから正式に謝罪させていただきます。王弟殿下」

「……さっきから気になっていたんだが、その呼び方は何だよ。俺《おれ》がいつから王弟になった？」

薄々、答えに感づきながらもレイドールは尋ねる。メルティナは一瞬だけ目を伏せて、すぐに顔を上げて答えた。

「先日、先王陛下……レイドール殿下のお父君がお亡くなりになりました」

「…………そうか」

「現在はグラナード陛下が新王として即位されています。これにより、レイドール殿下は王子から王弟となられました」

「…………」

なかば予想していた答えにレイドールは目を伏せる。

父王はまだ五十代と若いが、レイドールが追放された時点で重い病に臥《ふ》せっていた。むしろ五年間もよく生きながらえたというべきだろう。

二人の王子を生んだ王妃はレイドールが幼い頃に亡くなっている。これで血のつながった肉親は、自分を辺境に追放した兄だけになってしまった。

レイドールは数秒だけ目を閉じて、辺境に追放されたきり再会することがなかった父親の冥福《めいふく》を祈る。

若き王子の追放は国王代理だった兄と側近達が決定したこと。父王はそれに関与してはおらず、レイドールと父王との間に遺恨や確執はない。

メルティナの手前、涙こそ流すことはなかったが、臓腑《ぞうふ》に石を詰め込んだような沈痛な気分になってしまう。

「……そうか、報告ご苦労だった。だが、わざわざ父の死を伝えに来てくれたわけじゃあないんだろう？　さっさと本題に入れよ」

短い黙祷《もくとう》を終えて、レイドールは改めて用件を尋ねる。

父が逝《い》って、兄が新たな王として即位した。それは国家の一大事には違いないが、五年間も音沙汰のなかった王都の者達がわざわざ伝えに来てくれるとは思えない。本題は別にあるはずだ。

「それでは……レイドール王弟殿下に、新王グラナード陛下より勅命《ちょくめい》を伝えます」

「…………」

「王弟レイドール・ザインは、直《ただ》ちに開拓都市の領主の任を外れ、王都に戻るように……とのことです」

「何だと……？」

レイドールは目を細めて、わずかに苛立《いらだ》った口調で訊《き》き返す。

剣呑《けんのん》な視線を向けられながらも、メルティナは一切たじろぐ様子はなく見つめ返してくる。感情の読めないガラス玉のような瞳に、レイドールはさらに目元の険を深める。

「今さらどういうつもりだ？　事情を説明する気はあるんだろうな」

底冷えのする声でレイドールが詰問した。

メルティナの目の前にいるのは、かつての優しく穏やかな幼馴染ではない。辺境の開拓都市で魔物と戦い続けてきた歴戦の無頼漢《ぶらいかん》である。その殺気は肌を刺すほど鋭いものであった。

事実、荒事に慣れているはずのメルティナの護衛は慄《おのの》きに顔を引きつらせながら、それでも主《あるじ》の警護という任務を果たすため、いつでも動けるよう警戒を強めている。

「もちろんでございます。ぜひとも殿下に聞いていただきたく思っております」

しかし――その殺気を真っ向から向けられているはずのメルティナの顔に恐怖の感情はない。微笑《ほほえ》みを浮かべたまま、毅然《きぜん》とした顔つきでレイドールを見返してくる。

（へえ……相変わらずおっかない女じゃねえか。やっぱり、俺はこいつのことをちっともわかってなかったみたいだな）

表情を変えることのないメルティナに、レイドールは彼女に対する評価を再確認した。

五年前もそうだったが、やはり恐ろしい女である。思い返して見れば、メルティナはかつて追放されるレイドールを表情一つ変えることなく送り出した娘だ。その心の内は五年前でさえまるで読むことはできなかった。成長した今であれば、なおさらのことだろう。

レイドールは深呼吸をして煮えたぎる感情を抑え込み、目で話の続きを促す。メルティナは頷《うなず》いて、口を開いた。

「現在、我が国は大きな危機に面しています……殿下、東方のアルスライン帝国についてはご存知でしょうか？」

「知らないわけがないだろう。大陸中央の覇者であり、世界最大の強国だろう？」

「はい、その帝国がザイン王国へと宣戦布告をしてまいりました。すでに東方国境地域で戦端が切られており、二ヵ月が経っております」

「はあ？」

レイドールは思わず素っ頓狂な声を上げる。メルティナの口から出たのが予想外の情報だったからだ。

大陸中央の大部分を領有しているアルスライン帝国は領土の広さ、国力ともにザイン王国の十倍以上を誇る大国である。

帝国は武力による大陸統一を国家の指針として定めており、過去に何度かザイン王国とも矛《ほこ》を交えていた。

しかし――アルスライン帝国は大国であるがゆえに四方に敵を抱えているため、ザイン王国を滅ぼすほどの兵力を送り込むことができず、ほとんどの戦いが小競り合い程度に終わっていたはずだ。

「どうせ今回もいつもの威力偵察だろう。その程度のことを国の危機なんて言うのは、大げさすぎじゃないか？」

「残念ながら、今回は本気で我が国を滅ぼすつもりのようです……敵に『聖剣保持者《エクスカリバーホルダー》』がいるようですから」

「聖剣保持者《エクスカリバーホルダー》……!?」

聞き捨てならない言葉にレイドールは思わず声を上げた。聖剣――それは若き王子の人生を根本からひっくり返したものである。

聖剣とは神話の時代に神が人間に与えたとされる聖具であり、伝承では地上に十二本あるとされていた。そのうちの一本こそがザイン王国が所有し、レイドールが聖剣保持者《エクスカリバーホルダー》として選ばれたダーインスレイヴである。

驚きに目を見開くレイドールをよそに、メルティナは淡々とした口調で説明を続けた。

「アルスライン帝国は三本の聖剣を所有しています。そして……現在、三本全《すべ》てに保持者が現れたとの情報が入ってきています」

「全部だと⁉　それは何とまあ……」

聖剣というのは誰でも使える物ではない。神の意志か、あるいは運命によって選定された者にしか所有することは許されない。ダーインスレイヴの使い手がザイン王国の初代国王を最後に現れなかったように、百年以上も保持者が不在となることも珍しくはなかった。

それが一つの時代に三人も。レイドールを合わせれば四人も現れたということになる。

(話が読めてきやがった……ああ、クソが！　どこまでも勝手なことを……！)

レイドールは右手で顔を覆い、激しい怒りに肩を震わせる。

メルティナの言葉の続きが予想できてしまった。それはあまりにも身勝手で、こちらを馬鹿《ばか》にしているとしか思えないものである。

「レイドール王弟殿下。どうぞ王都に戻ってきてダーインスレイヴを手に取り、王国を救うために帝国の聖剣保持者《エクスカリバーホルダー》を打ち倒してくださいませ」

予想通りの言葉を受けて、レイドールは全力で拳《こぶし》をテーブルに叩《たた》きつける。木製の簡素なテーブルが真ん中から真っ二つに割れた。

「ふざけるなよ！　人を虚仮《こけ》にするのもいい加減にしやがれ！」

それは魂の奥底から放たれた怒号であった。

レイドールが辺境へと追放されたのは、そもそも聖剣ダーインスレイヴの保持者として選ばれたことが原因だ。それなのに、その追放した側の人間が聖剣の力が必要になったから帰ってこいとのたまっている。その勝手な言い分は、とてもではないが感情を抑えられるものではなかった。

「人の人生を何だと思っていやがる⁉　俺はお前達の都合のいい玩具《おもちゃ》じゃねえんだよ！」

「殿下！　どうか落ち着いてください！」

剣の柄《つか》に手を伸ばすレイドールに、メルティナの護衛達が慌てて止めに入る。

しかし、レイドールを押さえようと前に出てきた騎士へと、目にもとまらぬ速さで放たれた拳打が喉《のど》に突き刺さる。

「ぐげっ⁉」

「黙っていろ！　斬《き》り殺されたいのか！」

「ひっ……！」

メルティナの護衛をしている二人の騎士、その一方が喉を強打されて仰向けに倒れた。もう一方は剥《む》き出しの激しい殺意をぶつけられて、凍りついたように立ち竦《すく》んだ。

護衛の騎士は訓練を積んでおり、決して弱くはない。それでも、開拓都市で嫌というほど実戦経験を積んだ今のレイドールであれば、素手で屠《ほふ》れる程度の相手でしかない。

ましてや、貴族令嬢であるメルティナであればなおさらである。片手で細い首を掴《つか》んで、ニワトリを絞めるかのように命を奪い取ることができるはずだ。

レイドールは護衛の二人が黙ったのを確認して、椅子に座ったままのメルティナを睥睨《へいげい》する。

「メルティナ……心して答えろ。お前は俺に戦えと言うのか？　俺を王都から追い出したお前達のために、命懸けで戦えと言うのか？」

「殿下……どうか心をお鎮めくださいませ。これは貴方《あなた》のためでもあるのですから」

「ほう……説明してみやがれ。俺が自分を抑えていられるうちにな」

最後通牒《さいごつうちょう》のような言葉を受けながら、メルティナの瞳は瞬き一つすることなく怒れる幼馴染を見返した。その決意に引き締められた唇に、レイドールの頭がわずかに冷える。

「国王陛下は、レイドール様が聖剣保持者《エクスカリバーホルダー》として戦場に立つのであればどのような願いでも叶《かな》えるとおっしゃっています。王族としての地位を取り戻すことはもちろん、このような辺境ではないもっと恵まれた領地を得ることも可能でしょう」

「はっ、そんなことかよ！」

五年前であれば一も二もなく食いついた提案であるが、残念ながら今のレイドールにとってはなんら魅力のない話である。

すでにレイドールは辺境の開拓都市を新たな故郷として定めており、今さら王都に帰りたいなどとは思っていなかった。ましてや、他の領地に移されるなどもっての外である。

「言いたいことがそれだけならお帰り願いたいものだな。人の領地を『このような辺境』などと侮辱するとは、随分と偉くなったものじゃないか！」

「侮辱するつもりで言ったわけではなかったのですが……殿下、本当に王都に戻ってきてはいただけないのですか？」

「くどいぞ、命を惜しむのであれば、俺の理性があるうちにここから消えるんだな！」

「そうですか……それでは仕方がありません」

メルティナが目を伏せて、諦《あきら》めたように溜息をつく。

レイドールは鼻を鳴らして退出を促すために扉を開けようとするが、メルティナがどこからか取り出した宝石のようなものを見て目を剥いた。

「お前っ……！」

「このようなことはしたくありませんが……殿下を拘束《こうそく》させていただきます」

「くっ……！」

メルティナが握りしめているのは赤い宝珠。それはあらかじめ魔法を閉じ込めて、時間差で発動することができるマジックアイテムであった。

メルティナの手の中で赤い宝珠が粉々に砕け散る。宝石の中から巣穴を突かれた蛇《へび》のように鎖が飛び出してきて、レイドールの身体へ巻きついて縛り上げた。

「ご主人様!?」

ネイミリアが甲高い悲鳴を上げて、縛られて膝《ひざ》をついてしまったレイドールに駆け寄った。メイドに肩を支えられながら、レイドールは憎々しげにメルティナを見上げる。

「この……！　最初からそのつもりだったのか、メルティナ！」

蛇が獲物を圧殺するかのように黒い鎖がレイドールを締め上げてくる。ギシギシと四肢を縛る拘束魔法に奥歯を噛みしめながら、レイドールは烈火の怒りを込めた口調で問う。

「できればこんなことをしたくはない。それは嘘《うそ》ではないのですけど」

詰問されたメルティナは困ったような表情を浮かべながら、細い首を傾《かし》げた。

「それでも、私は宰相であるロックウッド・マーセルの娘ですので。この国のために手を汚し、必要であれば全てを投げ出す義務があるのです。殿下にもご理解いただけると有り難いのですが……」

「宰相の娘だから……そうか、そうだったな。だから五年前もお前は俺のことを見捨てたんだったな……！」

「そんなこともありましたね。懐かしい話です。ともかくとして、全てはザイン王国の未来のためです。レイドール王弟殿下には、このまま私達にご同行していただきます」

メルティナが右手を上げると、護衛の騎士が前に進み出てくる。一人はレイドールに昏倒《こんとう》させられてしまったが、騎士はもう一人残っている。

いくらレイドールが過酷な辺境で生き抜いてきた強者といえども、四肢を拘束された状態で勝てるわけがない。

「無理やり王都まで連れていって、それで俺がお前らのために戦うと思っているのか？」

「そこはそれでございます、殿下。最悪の場合は隷属魔法を使ってでも戦っていただきます」

「隷属魔法……外道が、お前らはどこまで……！」

隷属魔法とは呪術《じゅじゅつ》の一種であり、魂に枷《かせ》を嵌《は》めることで強制的に他者を使役する魔法である。

本来であれば罪人や捕虜などの一部の人間にだけ使われるものであり、何の罪も犯していない人間……ましてや王族に対して使われていいものではない。

「かつての臣下として、そして、かつての婚約者としてのお願いでございます。どうぞこのまま大人《おとな》しく捕まってくださいませ」

メルティナの言葉は、声音だけ聞けば真摯《しんし》なものに聞こえた。

だが、レイドールがそれに従うことなどありえない。目の前の幼馴染がレイドールのことを裏切るのは、これが二度目なのだから。

「いまさら婚約者と言われて納得できるかよ！　悪いが、俺はもう二度とお前達に屈するつもりはない！」

「でしたら、どうされるおつもりですか？　縛られたまま抵抗しますか？　それとも、そちらの使用人に助けてもらいますか？」

メルティナが聞き分けのない子供を相手にするように、呆《あき》れ返った口調になる。

「はっ、そのまさかだよ！　うちのメイドを舐《な》めるなよ？」

「はあ？」

レイドールが言い放ったのは、まさかの返答である。メルティナはきょとんとした顔になって目を瞬かせた。

　レイドールは唖然《あぜん》とした様子の幼馴染にニヤリと笑い、自分に寄り添っているメイドに命じる。

「ネイミリア、遠慮はいらない。無礼な客人に灸《きゅう》を据えてやれ！」

「かしこまりました、ご主人様！　お客人の皆さん、私の主への狼藉《ろうぜき》は許しませんよー！」

　レイドールを連行しようとする騎士の前に、ネイミリアが立ちふさがる。

　ネイミリアは両手を広げてレイドールを守る壁となり、自分よりも頭一つ以上は大柄な騎士をまっすぐと睨みつけた。

　護衛ですらない、明らかな非戦闘員であるネイミリアに騎士は怪訝《けげん》な様子で眉をひそめる。

「随分と可愛らしい護衛ですな。申し訳ありませんが、退《ど》いてはいただけませんかな。娘さん」

「退きませんよー。ご主人様は私が守ります！」

「はあ、騎士として丸腰の娘にケガをさせたくないのだが……」

　騎士は物憂げに息を吐いて、立ちふさがるネイミリアの肩へ手を伸ばした。女の細い身体など、戦いを生業《なりわい》とする騎士にかかれば容易《たやす》く押し飛ばされてしまうだろう。

　しかし、そこで騎士にとってもメルティナにとっても、予想外の事態が生じた。

「ご主人様には手出しは許しません。そう言っているのですよ！」

「なっ……!?」

　次の瞬間、ネイミリアの身体から嵐《あらし》のような魔力の奔流が噴出した。同時に背中を流れる漆黒の髪が生き物のようにのたうち、瞳が夜空の満月のごとく金色に輝いていく。

それはまるで神話に登場する女神のように荘厳《そうごん》で恐ろしく、そして背筋が震えるほどに美しい姿であった。

「ご主人様を縛って鞭《むち》で打っていやんあはんできるのは、このネイミリアただ一人！　貴女《あなた》のような乳デブ女に、それを許した覚えはありません！」

「ぐあああああっ⁉」

ネイミリアが見当違いな言葉と共に手をかざす。瞬間、暴力的な勢いで迸《ほとばし》った魔力が物理的な力をもって騎士を撥《は》ね飛ばし、屋敷の壁に叩きつけた。

簡素な壁は男の身体を受け止めることもできずにあっさりと突き破られ、騎士が外の地面をゴロゴロと転がっていく。

あっけなく倒れて動かなくなった騎士の姿に、ネイミリアはふふんと得意げに胸を張る。

「ふっ……この程度でご主人様と縛りプレイだなんて片腹痛いです！　せめてボンテージファッションで出直してくるのですね！」

「いや、何を言ってるんだお前は……」

ビシリとメルティナに指を突きつけるネイミリア。レイドールは頼もしくも緊張感のない従者に苦々しい表情で突っ込みを入れた。

一方、そんな間抜けなやり取りを目の当たりにしていたメルティナであったが、彼女はネイミリアの金色の瞳に目を奪われて硬直していた。

「夜空に輝く月のような金色の瞳……まさか、どうして『破滅の六魔女』がこんなところにいるのですか!?」

本性を露《あら》わにしたネイミリアの姿に、ずっと冷静を装っていたメルティナの顔が愕然《がくぜん》としたものへと歪んだ。

『破滅の六魔女』とは教会の教えにおいて、神敵とされている怪物だった。

百年前に帝国を襲った大地震。二百年前に大陸東部に蔓延《まんえん》した伝染病。三百年前に数多の国を滅亡させ、多くの文明を消し去った『大厄災』。その他にも様々な歴史的災害の影に魔女がいるとされており、金の瞳を持つ六人の魔女は子供の寝物語にも語られる恐怖の対象である。

「ご主人様、ご無事ですか？　まだ調教されてはいませんよね？」

騎士を無力化したネイミリアがレイドールを拘束する鎖に触れ、ブツブツと呪文《じゅもん》のような言葉を唱える。すると、まるで水に濡《ぬ》らした紙のように黒鎖は千々に砕け散り、霞《かすみ》のように空気に溶けて消えてしまった。

「……ああ、問題ない。助かったよ」

「ぬふふふ、従者として当然のことをしたまでです。ご主人様のお世話は上から下までバッチリとお任せください！」

「お前が言うと下ネタに聞こえるんだが……いや、まあいい」

解放されたレイドールはネイミリアの色々とぶっ飛んでいる言動に釈然としない表情をしながらも、助けてもらったことに素直に礼を言う。

手足の関節を軽く動かして問題がないことを確認して、改めてメルティナに向き直る。

「さて……仮にも王族である俺を呪《のろ》いで拘束しようとして、おまけにそれを失敗して。自分がこれからどんな目に遭うかわかるよな、メルティナ」

「……まさか王弟殿下が伝説の魔女を味方につけているとは思いませんでしたわ。これは私の負けですね」

メルティナが諦めたように肩を落とす。

言い訳の一つもしない神妙な態度を取る幼馴染に、レイドールは詰問の言葉をかける。

「一応、聞いておこう。俺を呪いで拘束して無理に王都へ連れていくように命じたのは、兄……グラナードか？」

「いいえ」

メルティナが目を閉じて、間髪入れずに即答した。

「これは私の独断です。陛下も、父も、なにも関与してはおりません。全ては功を焦った私の罪にございます。殿下の望まれるようにお裁きくださいませ」

「下手《へた》な嘘だな。だが……そういうことにしておいてやる」

レイドールは腰に差した剣を抜き、横薙《な》ぎに振り払った。鈍い銀色の刃《やいば》がメルティナの首へと放たれる。

「フッ！」

目の前に迫る不可避の死。メルティナは抵抗することなく目を伏せてそれを受け入れる。

「……ふん、つまらないことだな」

斬撃《ざんげき》がメルティナの首を斬り飛ばす——その寸前で、ピタリと剣が停止する。メルティナの首の皮一枚が斬り裂かれて一筋だけ血が流れ落ちた。

まさか止めるとは思わなかったのだろう、メルティナがわずかに驚いた様子で両目を見開く。

「……殿下、どうして止められたのでしょう」

「勘違いをするなよ。幼馴染の情などではない」

レイドールは憮然《ぶぜん》として言い、剣を鞘《さや》へ収めた。

ここでメルティナを殺すことは容易い。かつて自分を裏切り、再び狼藉を働いたメルティナを殺してやるのは、さぞや痛快なことだろう。

(だが……気に入らん)

今まさに斬り殺されそうになっていたメルティナの顔には、恐怖など微塵《みじん》もなかった。

まるで最初からそうなることを予期していたような彼女の表情を見て、すっかり殺す気が失《う》せてしまったのだ。

レイドールは床に伸びている騎士のそばまで歩いていき、その腹を思い切り踏みつけた。

「うげっ！」

「いい加減に起きろ」

「お、お前は……いや、王弟殿下ッ！」

ようやく目覚めて上半身を起こした騎士を見下ろし、レイドールは冷然と宣告する。

「聞け。ここにいるメルティナ・マーセルは王族である俺に向けて呪いを放ち、力ずくで捕縛をしようとした。その不敬の罪により、この場で拘束させてもらう！」

「そ、それは……」

騎士が戸惑ったように、レイドールの背後にいるメルティナに目を向ける。

「…………」

メルティナが無言のまま頷き、自分達の策略が失敗したことをアイコンタクトで伝える。

「しょ、承知いたしました。それで、私は何を……」

「メルティナの身柄はこちらで預かるから、その旨を上の者に報告しておけ。わかったら、さっさとそこで寝ている奴《やつ》を連れて失せろ」

「……かしこまりました」

レイドールが外で倒れている騎士を指差して言い放つと、騎士の男は苦い表情で頷いた。騎士にレイドールは「フンッ」と鼻を鳴らして、さらなる言葉を投げかけた。

「それともう一つ。アルスライン帝国との戦への参加、確かに了承した。準備が整い次第王都に向かうので、そのことも伝えておくように！」

「は……？」

「え……？」

「ふえ？」

騎士とメルティナが一緒になって目を丸くさせる。レイドール側の人間であるはずのネイミリアでさえ、戸惑ってポカンと口を開けている。

「くくッ……！」

三人の驚きの視線を受けて、レイドールは悪戯《いたずら》を思いついた悪ガキのようにニヤリと笑った。

○　○　○

拘束したメルティナを物置にしている部屋に閉じ込めて、二人の騎士を開拓都市から追い出した。

幸いなことかどうかはわからないが、騎士達は命に関わるようなケガは負っておらず、回復薬を一本ずつ飲ませればそれ以上の治療は必要なかった。

騎士にはネイミリアが簡単な記憶操作を施しており、レイドールが『破滅の六魔女』の一人を従者にしているという記憶は消去してある。

ネイミリアの力はザイン王国も把握していないことで、切り札となりうるものである。現時点で兄王側の人間に知られることにメリットはなかった。

「なるほどな、俺が来るまでにそんなことがあったのか」

「そうだとも、ノロマなアンタがもっと早く来ていたらあんなことは起こってなかったと思うけどな」

メルティナとの話し合いが終わり、騎士を追い出したタイミングでようやくやって来たザフィス・バルトロメオに、レイドールは皮肉の毒を吐きつけた。

弟子から痛烈な言葉を受けて、ザフィスは目を吊《つ》り上げて言い返す。

「仕方がねえだろうが！　こっちはお飾りの領主様と違って忙しいんだよ！」

ザフィスは乱暴な手つきで目の前に置かれた木製のコップを手に取り、ゴクゴクと中の液体を飲み干した。そして、「ブフッ！」とその半分を床に吐き出す。

「苦っ！　何じゃこりゃ⁉」

「失礼しました。どうやら茶葉の量を間違えたみたいですね」

ネイミリアが笑顔で言って、ザフィスが撒《ま》き散らしたかなり濃いめのお茶をモップで拭《ふ》き取った。

淡々とした顔つきで床の掃除をするメイドに、ザフィスは恐るおそる声をかける。

「あー……ひょっとして、怒ってるか？」

「まさか、ご主人様の危機を見過ごしたこと、ご主人様をお飾り呼ばわりしたこと、どちらも怒ってはいませんよー？」

「うぐ……」

ネイミリアの表情は穏やかな笑顔であったが、その陰から鬼のような怒りの顔が見え隠れしていた。

ザフィスは慄きに顔面を引きつらせて、ゴホンと咳《せき》払いをする。

「ま、まあ、無事でよかったよ。それはそうとして、王都に帰還するのをよく同意したな？」

「それは私も気になってましたよー。わざわざ自分を追い出した者達の要求に従うなんて、ご主人様はマゾなんですか？」

「誰がマゾだ！　ちゃんと俺なりに考えがあるんだよ！」

レイドールは憮然と言い返して、ふっと息を吐く。

「考えても見やがれ、王宮の連中の思惑はどうあれ、アルスライン帝国を放《ほう》っておくわけにはいかないだろう？　帝国がザイン王国を滅ぼせば、当然ながら王族の人間を根絶やしにするはずだからな。俺だって無関係じゃあいられない」

兄王に冷遇されたことを説明して恩赦《おんしゃ》を求めることもできるかもしれないが、それが帝国に受け入れられる保証などない。

帝国からしてみれば、滅ぼした敵国の王族を生かしておくメリットなどないのだ。後顧の憂いを断つために始末する可能性のほうがずっと高い。

斬首《ざんしゅ》か火炙《あぶ》りか、どちらにしてもロクな扱いはされないはずである。

「それにこれは絶好のチャンスでもある。戦時中の今であればグラナードもこちらの要求に譲歩せざるを得ないだろうし、この町への援助をむしり取ることだってできるはずだ」

開拓都市はザイン王国南方にある密林から魔物の流入を防ぐ役目を果たしている。にもかかわらず、町の運営は魔物の素材を売った金と冒険者ギルドの援助によって行われており、王宮から援助金などは一切出ていなかった。

「……本当にそれだけか？　まさか、お前の兄貴に復讐《ふくしゅう》するつもりじゃねえだろうな？」

ザフィスが眉をひそめて問い詰める。

辺境に送られた頃のレイドールを知るザフィスは、若い王子が信じていた人間からの裏切りにどれだけ打ちのめされ、傷ついていたかをよく知っていた。

戦争を機に王都に戻り、兄王への復讐を果たすつもりではないかと疑っているのだ。

「復讐、か……」

剣の師である男の詰問に、レイドールは遠い眼差《まなざ》しを窓の外へと向けた。

自分を裏切った兄グラナードを憎んだことはある。

その側近であるロックウッド・マーセルやバゼル・ガルストを恨んだこともある。

自分を辺境に追いやって、冷遇することで平穏を保っているザイン王国を嫌悪したことすらある。

「だけど……そういうことじゃないんだよな」

それでも、レイドールは誓って復讐などするつもりはなかった。

もしもグラナードが自分を放っておいてくれるのなら、このまま辺境の地で魔物と戦い続ける生涯で構わないと思っていたのだ。

開拓都市は危険と騒動に満ち溢《あふ》れていたが、それゆえに強い者が生き残るという純粋な真理があり、それがレイドールの肌には合っていた。

「兄が、グラナードが俺に関わらないでいてくれるのなら別にそれでよかったんだよ。だけど、この期に及んでまだ俺から奪うというのであれば、戦わざるを得ない。俺は二度と奴らに奪わせはしない」

「……そうか。だったら俺が言うことは何もねえな」

「私は涅槃《ねはん》の果てまでだって、ご主人様と一緒にイキますとも！」

レイドールの決意を聞いて、ザフィスは重々しく頷いた。ネイミリアもまたスカートの端をつまんでにこやかな表情で頭を下げる。

「これは俺の誇りを守るための戦いだ！　奪われたものは取り返す。奪った奴には容赦しない！　帝国もクソッタレな兄貴も、どちらもまとめて叩き潰《つぶ》してやる！」

燃え盛る炎のような決意を固めて、レイドールは窓から見える北の空を睨みつけた。

その空の彼方《かなた》――ザイン王国の王宮で、死蔵されている聖剣が主を呼ぶように高い音で啼《な》いた。

○　○　○

一方、その頃。

開拓都市レイドより、北の方角にまっすぐ進んだ場所にある地方都市サルデリア。

ザイン王国南方における物流の中心であるその町には、王都から送り込まれた一個大隊が駐留している。

領主の屋敷を間借りした大隊の指揮官は、即席の司令室となっている客間で開拓都市から戻ってきた騎士の報告を聞いていた。

「そうですか、開拓都市でそんなことが……」

騎士の報告が終わると、大隊の指揮官である男が深々と溜息をついた。

指揮官は椅子に座って脚を組み、悩ましげにシワを寄せた額を人差し指で突いている。頭痛を堪えているような表情の上官に、戻ってきた騎士は慌てて頭を下げた。

「も、申し訳ありません！　メルティナ様をお守りすることができず！　この責はいかようにも……！」

「いえ、それはいいのです。彼女が戻ってこないのは想定の範囲内のことですので」

指揮官は一般騎士に向けるものとは思えないような丁寧な口調で言葉をかける。

護衛の任務を果たすことができなかったこと、レイドールをこの場に連れてくることができなかったこと。どちらの失敗に対しても叱責《しっせき》はなく、指揮官の声音は不自然に感じるほどに穏やかであった。

「え、は……？」

「もう下がってもいいですよ。ご苦労様でした。ゆっくり休んで疲れを取ってください」

「は、はあ？」

指揮官は顎でしゃくって二人の騎士に退出を促した。

騎士達は上官の言葉に首を傾げる。しかし、処罰がなかったことに文句などあるはずもなく、命令に従って大人しく指令室から出ていった。

二人の騎士が部屋から出ていき足音が遠ざかっていくのを確認して、指揮官は沈痛な面持《おもも》ちで腕を組んだ。

「まさか殿下が帝国との戦いを了承されるとは……これは予想外ですね」

「レイドール王弟殿下がご自身の意思で戻ってきてくださるのでしたら、何も問題はないのではありませんか？　ダレン様」

表情を暗くさせた指揮官に、副官の女性騎士が気遣わしげに声をかけた。

悶々《もんもん》と考え込んでいる指揮官の名前はダレン・ガルスト。

かつてレイドールを王都から追放した人間の一人である将軍バゼル・ガルストの息子であり、王国軍所属の千騎長である。

巌のようにいかつい顔つきの父親とはまるで似ておらず、舞台役者のように美麗に整った容貌《ようぼう》をしていた。柔らかな金色の髪と青い瞳と相まって、脚を組んで座っている姿は武人というよりも貴公子そのものである。騎士団の制服である鎧を身につけていなければ、騎士であることすら傍目にはわからないだろう。

事実、すぐそばにいる女性の副官はダレンの悩ましげな横顔を見て、心を奪われたように溜息をついていた。

年齢は二十五歳とまだ年若いダレンであったが、千騎長という地位に就いているのは決して家柄や父親のコネではない。それだけダレンの武勇と指揮能力が並外れており、王国軍において欠かすことができない戦力だからである。

現在、この町にはダレンと配下の兵士一千が駐留していた。

帝国との戦時中にもかかわらず一個大隊がこの町に集っている目的は、レイドールが王都に戻ることを拒否した場合に捕縛して無理やり連行するためである。

「そうですね……本来であれば喜ぶべきなのでしょうが……」

ダレンは地位に似合わぬ丁寧な口調でつぶやき、眉間《みけん》にシワを寄せて考え込む。

副官の女性騎士であるサーラ・ライフェットはどうしてダレンがそんなに悩んでいるのかわからず、

困ったように口元を手で覆う。

サーラは女性にしては背が高く、茶色の髪を短く揃《そろ》えていた。女性用の鎧を身につけた外見は『男装の麗人』を思わせる姿であり、『可愛い』や『キレイ』というよりも『格好いい』という印象を他者に与える女性である。

真面目《まじめ》そうな顔つきはクールなものであったが、ダレンを見つめる視線は熱っぽく、鳶《とび》色の瞳には上司部下の関係を超えた恋慕の色が浮かんでいた。

そんな副官の熱い眼差しに気がつくことはなく、上官であるダレンはよりいっそう深い思考の海へと意識を沈めている。

（まさか、殿下が戦争への参加を了承してくれるとは……ですが、狼藉を働いたメルティナ嬢を拘束して騎士だけを返したのはどんな意図が……？）

国王グラナードは王命により、王弟レイドールに王都に戻るように使者を出した。

しかし、実際のところはレイドールが王都に帰ることを了承するとはまったく思っていなかった。王であるグラナードも、宰相のロックウッドも、追放された王子が自分達のことを恨んでいないと思うほどお花畑ではない。

メルティナを使者に選んだのも、幼馴染である彼女であれば説得できると考えたからではなく、むしろレイドールの怒りを煽《あお》るためだったのだ。

まずメルティナを使者として送り込み、レイドールを説得することができればそれでいい。もしも説得が失敗した場合は、十数人の宮廷魔術師が織り成した『拘束の呪い』を発動させてレイドールを捕縛する。仮に呪いによる拘束が失敗した場合には、ダレンが軍を率いて開拓都市を包囲して『宰相の娘を殺害した』という罪状によってレイドールのことを拘束する予定だった。

つまり、メルティナによる説得も拘束も失敗することが前提のもの。レイドールの怒りを買って宰相令嬢殺害という罪状を被《かぶ》せるための計略だったのだ。

（いかに国王陛下のご命令とはいえ、罪を犯していない王族を拘束するには大義名分《たいぎめいぶん》が必要となる。それ故にメルティナ嬢が生け贄《にえ》に選ばれたのだが……）

恐るべきことに、この策略を立案したのはメルティナの父親であるロックウッドである。

呪いによる拘束が成功すればメルティナは独断で王族に呪いをかけた罪で処罰され、失敗すればレイドールによって殺害されて王弟を捕らえる旗印として使われる。

自分の娘すらも国のために犠牲《ぎせい》にしようとするロックウッドの冷徹さには、ダレンは身体が凍《こご》えるような錯覚を覚えたものだった。

しかし、終わってみればレイドールは王都に戻ることを了承しており、メルティナは殺されることなく捕縛されている。

事前に予想していた展開とはまるで違う結果となった。

「そうですね……メルティナ嬢も殺されることなく済んだようですし、今はこの結果を良しとしましょうか。王族であるレイドール殿下に矛を向けずに済んだのですから」

ダレンは秀麗に整った顔を横に振った。

予想外の展開ではあったものの、最終的な結果だけ見れば悪いものではない。

捕らえられたメルティナは気の毒だが、計画通りに殺されるよりは遥《はる》かにマシである。宰相の交渉次第では、生きて救い出すこともできるはずだ。

レイドールの思惑は気になるが、ダレンの使命はあくまでも聖剣保持者《エクスカリバーホルダー》の王弟を王都まで連れていくことである。その内心を探るのは、国王や宰相に任せておけばいい。

そもそも、ダレンはレイドールを捕らえるように命じられてはいたものの、決して辺境に追放された哀れな王子に敵意や悪意を持っているわけではなかった。

それどころか、国の都合で理不尽を押しつけられているレイドールには同情の念すら抱いている。王のため、国のためであれば剣を交えるのもやむなしと思っていたが、戦わずに済んだのであればやはり喜ぶべきことだった。

「……それではレイドール王弟殿下を迎えに行く準備をしましょうか。殿下の気が変わらないうちに」

「承知いたしました。すぐに出立の準備をいたします！」

サーラは表情を明るくさせた上官にほっと息をつき、意気揚々《いきようよう》とした足取りで指令室から出ていった。

その背中を見送って、ダレンは心中に芽生えた得体の知れない不安を抑え込むように胸を手で押さえた。

第四章 破滅の魔女

『お前のような悍《おぞ》ましい魔女を愛する者などいない。お前を愛したことなど一度もない』

頭の中に鳴り響いた冷たい声。身を引き裂かれるような言葉の刃《やいば》に、ネイミリアはバネ仕掛けのように勢いよく跳ね起きた。

「ひうっ……！」

周囲には深い暗闇《くらやみ》が広がっている。目を凝らすと、そこは見慣れた部屋の中だった。開拓都市ザインにあるレイドールの屋敷、メイドであるネイミリアに与えられた一室である。

どうやらベッドで眠っていたようだ。ネイミリアはシーツを抱き寄せて、荒い呼吸を繰り返す。

「ね、寝ちゃいましたか……いけませんね、メイドがご主人様の帰りを待たずに眠るなど……」

ネイミリアは壁際に置いてある振り子時計へと目を向けた。

部屋の中にはランプや燭台《しょくだい》の明かりはない。それでも闇の魔女であるネイミリアは猫のように夜目が利き、問題なく時計の針を見ることができた。

「もう夜中ですか。ご主人様、今日も遅いですね……」

ネイミリアは不安そうにつぶやいて、「はむっ」とシーツを噛《か》んだ。

王都に戻ることを決めたレイドールは、連日、夜遅くまで開拓都市の有力者と話し合いをしていた。いかにお飾りといえど、最終的な決定権を持つ領主が町を留守にするのだ。有事の際の対処法を始めとして、引継ぎをしなければいけないことは山ほどあった。

すでに時間は夜半を回っているものの、いまだレイドールが帰ってくる様子はない。捕虜として捕らえていたメルティナはすでにギルドにある犯罪者用の牢屋《ろうや》に移されており、あまり広くもない屋敷の中にネイミリアはただ一人で取り残されていた。

どれほど遅くとも、朝になる前には主人は帰ってくる。それがわかっていながらも、ネイミリアは心中に湧《わ》き上がってくる不安の感情を抑えることができなかった。

「うー……寂しいです。ご主人様……」

もぐもぐとシーツを噛んだまま、涙目になって唸《うな》る。

こうして暗闇に一人でいると、かつての地獄のような日々を思い出してしまう。

ネイミリアの脳裏に、レイドールと出会った時の記憶が甦《よみがえ》ってきた。

○　○　○

『破滅の六魔女』

それは人類の歴史上にたびたび出現して、いくつもの国を滅亡に追いやってきた怪物の名前である。

長女――『炎』の魔女、アーカーシャ
次女――『水』の魔女、カルメラン
三女――『風』の魔女、フーフール
四女――『土』の魔女、オスマン
五女――『闇』の魔女、ネイミリア
そして、五人の魔女を生み出した大いなる母――『光』の魔女、グラスリード

その災厄の魔人の一人であるネイミリアがレイドール・ザインと出会ったのは、今から二年前のことである。

大陸西方の国であるザイン王国。その南方には国土の五分の一にもわたって広がる広大な樹海があった。地の底を走る霊脈から膨大なマナが噴き出し、突然変異による強力な魔物を排出し続ける『魔の森』である。

そして、その樹海の奥深く。鬱蒼《うっそう》と生い茂った木々に隠れるようにして、古い石造りの遺跡が建っていた。いつの時代からその場所にあるかもしれない遺跡は外側から魔法で封鎖されており、何人の進入をも固く拒んでいる。

「ほう……」

そんな遺跡の内部で、ネイミリアが溜息《ためいき》をついた。

ネイミリアの両手両脚は天井と壁から吊《つ》り下がっている鎖によって拘束《こうそく》されている。その身体《からだ》は布

切れ一枚纏《まと》ってはおらず、一筋の光もない闇の中に白い裸身を存分にさらしていた。

ネイミリアの裸体は誰《だれ》にも触れられていない処女雪のように汚れを知らず、頭部から流れ落ちる黒色の髪はまるで精巧な細工物のごとく美しい。瞳《ひとみ》に宿る色は黄金色であり、夜空に浮かぶ満月のように光を放って暗闇をぼんやりと照らしている。

それ自体が一個の芸術品のような姿をしたネイミリアであったが、蟻《あり》一匹入り込む隙間《すきま》もない遺跡に、その美貌《びぼう》を鑑賞する者は誰もいなかった。

『闇』の魔女であるネイミリアは、奈落のごとく光のない遺跡の中で、二百年の時を過ごしていたのである。

「………………さびしい。誰か助けてよう」

ぽつりと、ネイミリアの口からそんなつぶやきが漏れた。

『闇』を司る魔女であるネイミリアにとって、深淵《しんえん》の闇は必ずしも苦痛とはならなかった。けれど、誰とも会うことができず、独《ひと》りぼっちで過ごしていた年月は着実にネイミリアの精神を追い詰めていた。

むしろ、よく正気でいられたものである。光のない暗黒にたった一人で閉じ込められれば、常人であれば一週間と経《た》たずに発狂してしまう。そんな環境で二百年を過ごしながらまだ心の均衡を保っているネイミリアのほうが異常なのだ。

しかし、そんなネイミリアの心にもとうとう限界が訪れつつあった。

気の遠くなるような時間をかけて少しずつ削られた精神は崩壊寸前であり、数日と待たずに彼女の心は狂気に沈むことになるだろう。

ネイミリアという魔女がどうして終わることのない虜囚《りょしゅう》の身と成り果てたのか――それは三百年の年月を遡《さかのぼ》る。

三百年前、『破滅の六魔女』の長《おさ》であったグラスリードは人類の殲滅《せんめつ》を宣言した。そして――五人の娘魔女はそれに応じた。

六人の魔女により、大陸は火の中に放《ほう》り込まれたような混乱に陥ることになる。『大厄災』と呼ばれたその混乱は百年以上も続き、いくつもの国と文明が滅亡に追いやられた。

もうダメだ。このままでは人類は滅んでしまう――そんなふうに誰もが絶望しかけた時、世界を救うべく英雄が現れた。奇跡の剣に選ばれた十二人の聖剣保持者《エクスカリバーホルダー》である。

当時の聖剣保持者《エクスカリバーホルダー》は魔女とその眷族《けんぞく》と熾烈《しれつ》な戦いを繰り広げ、とうとうその脅威を退けることに成功した。全《すべ》ての魔女を討ち取ることはできなかったものの、魔女の厄災によって滅びかけていた国々を救い、人類を立て直したのである。

こうして、多くの犠牲《ぎせい》と引き換えに人類は命脈を未来へつなげることになった。しかし、実はその歴史の陰に隠れた立役者がいることはあまり知られていない。

その歴史に抹消された英雄こそが、六魔女の末娘であった『闇』の魔女ネイミリアである。ネイミリアは一人の聖剣保持者《エクスカリバーホルダー》と恋仲になり、愛する男のために親姉妹を裏切って人類に味方をしたのだった。

もしもネイミリアの裏切りがなければ、圧倒的な力を持つ魔女によって、より多くの人間が殺され、いくつもの国が倒れていたことだろう。ネイミリアは魔女でありながら、確実に人類を救った救世主であった。

恋焦がれる聖剣保持者《エクスカリバーホルダー》を支えて、その男のために家族までも敵にしたネイミリア。

彼女に与えられた報酬は愛する男からの永遠の愛……などではなく、終わることのない囚《とら》われの日々であった。

『どうして！　何故《なぜ》私がこんな目に遭うのですか!?』

遺跡に鎖でつながれて、ネイミリアは叫んだ。

自分は愛する男のために家族を裏切った。全てを捨てて、己の存在を懸けて尽くしてきたはずである。

それなのに、どうしてこんな目に遭わなければいけないというのだ。

『……わからないのか、ネイミリア』

冷たい目で吊るされた女を見上げているのは彼女が愛した男性。世界を救った聖剣保持者《エクスカリバーホルダー》の一人である。

『確かに君は他《ほか》の魔女を裏切って俺達に力を貸してくれた。だけど、それで君が犯した罪が消えるわけじゃない。君が殺した人間が生き返るわけじゃない』

『え、でも……それは……』

愛する男からの糾弾にネイミリアは言葉を失う。言い訳の言葉を必死に探すものの、突き刺すような男の視線がそれを許さない。

　言いよどんでいるネイミリアに鼻を鳴らして、男は皮肉そうに唇を歪《ゆが》めた。

『他の魔女のように殺さずにいてやるんだ。感謝して欲しいくらいだ』

『そんな……！』

　かつて愛をささやかれた唇が鋭い拒絶の言葉を吐き出した。それを信じられない面持《おもも》ちで耳にして、ネイミリアは瞳《め》から涙をこぼす。

『君はこの場所で永遠を過ごすんだ。永遠に終わらない懺悔《ざんげ》を続ける。それでようやく君の罪は雪《そそ》がれる。ようやく僕の心は満たされる』

『っ……！』

『それからもう一つ、君に教えておこう』

　愛する男は遺跡から一歩外へと踏み出して、身動きの取れないネイミリアを振り返った。

『僕の生まれ故郷を滅ぼして、婚約者を殺したのは君だ。ネイミリア』

『え……』

『お前のような悍ましい魔女を愛する者などいない。お前を愛したことなど一度もない』

　そう言い捨てて、男は遺跡の扉を閉じた。

　遺跡が固く閉ざされて、ネイミリアは深淵の闇の中に取り残される。

『い、いやああああアアアアアア！　置いてかないでっ、一人にしないでえええええええええええええっ!!』

ネイミリアの絶叫が闇の中に迸《ほとばし》る。金色の瞳から血の涙がこぼれ落ちて、石造りの床を赤く濡《ぬ》らす。

かくしてネイミリアは虜囚の身と成り果て、二百年の齢《よわい》を重ねることになったのである。

不老不死の魔女であるために死ぬことも許されず、気が遠くなるような年月を奈落の闇の中で過ごすことになるのだった。

「だれか、だれか……たすけて……」

ネイミリアは必死に懇願の声を絞り出した。

恋人のために戦い、けれど裏切られ、遺跡に閉じ込められてから二百年。毎日のように救いを求めて叫び続けた。

しかし、その声は誰にも届かない。誰にも聞き届けられることはない。

もう限界だった。ネイミリアの心はすでに崩壊しかけており、砕けて発狂してしまうのは時間の問題である。

「おねがい……だれか、たすけてえ……」

その声は届かない。

ネイミリアが封印されている遺跡は魔の森の深部にあり、さらに入口には聖剣の力による封印が施されているのだから。

救いを求める声は、誰にも届くわけがなかった。

「お、開いた」

「………え？」

けれど——届かずとも、救いの手は差し伸べられた。

唐突に、突然に。なんの前触れもなく封じられた遺跡の扉が開かれたのである。

二百年ぶりに石造りの建物の中に光が差し込んで、陽光の中から幼さを残した少年の顔が現れたのだ。

「やばかったな………死ぬかと思ったぜ」

ぼやきながら入ってきたのは、簡素な革の鎧《よろい》を身につけた銀髪赤眼《め》の少年である。少年は二百年間、誰も入ったことがなかった建物の中に踏み込んできた。

見れば、少年は身体のあちこちに傷を負っている。腕についているのは獣の爪痕《つめあと》のような三本の傷で、どうやら魔物に襲われて遺跡に逃げ込んできたようだった。

少年は遺跡の入口をぴったりと閉じて、外から魔物が入ってくるのを防いだ。ベルトにつけていた道具入れから火種を取り出し、明かりを灯《とも》した。

「……ふう、これでとりあえず安心だな。ここでしばらくやり過ごして………は？」

そこでようやく少年はネイミリアの存在に気がついた。

小さな明かりの下。遺跡の奥に鎖で吊るされている美貌の魔女の全身を上から下まで見やり、しばし言葉を失った。

「あ……」

ネイミリアの口から思い出したように声が漏れる。

あまりにも唐突に現れた少年に思考が停止しており、何と声をかけていいのかわからなくなってしまったのである。

少年と魔女はしばし、互いに言葉を失ったままに見つめ合う。

そして――

「………………」

少年はクルリと踵《きびす》を返して、遺跡の扉に手をかけて外へ出ていこうとする。

久しぶりに出会った人間が去ろうとしていることに気がついて、ネイミリアは慌てて声を張り上げた。

「ちょ、待って待って！　行かないで！」

必死な叫びが石造りの建物の中に反響する。自分の口からまだこんな大声が出るのかと、ネイミリア自身が一番驚かされてしまった。

「何もしないから！　怖くないから！　ほらほら、裸のお姉さんですよ!?　キレイなおっぱいですよー!!」

「いや、裸の女がいるから出ていくんだけどな！」

少年は振り返って正論を口にする。その瞳はネイミリアを直視することなく宙をさまよっている。

「どうかしたの？　ほらほら、怖くないですよー」

「どうかしてるのはお前だろうが！　パンツくらい穿《は》きやがれ！」

ネイミリアは一糸纏わぬ姿であり、おまけに鎖で両手両足を拘束されているために素肌を隠すこともままならない状態だった。

柔らかそうな胸や脚、もっと際どい部分までもがこれでもかとばかりに露《あら》わになっており、年端もいかない少年には目に毒な光景である。

少年は目を逸《そ》らしたまま頭を掻《か》いて、石の床にどっかりと腰を下ろした。

「まあ……いいか。どうせ外には魔物の群れがいるだろうからな。もうしばらく、ここにいることにする」

「ありがとう、嬉《うれ》しいっ！　お礼におっぱい触ってもいいですよ！」

「……やっぱり、出てってもいいか？」

少年は微妙そうな顔で扉のほうをチラチラと見た。

そのまま出ていこうかとしばらく迷っていたが、やがて諦《あきら》めたように肩を落とす。

「それで……君はいったいここで何をやってるんだ？　念のために聞いておくけど、おかしな性癖とかじゃないよな？」

「むう、ある意味では放置プレイと言えなくもありませんけど……流石《さすが》に長すぎますよう！　ずっとここに縛られているんです。百年以上も前から！」

「百年……いや、そうか。そういうこともあるか」

少年は怪訝《けげん》そうに眉《まゆ》を寄せながらも納得して頷《うなず》いた。あまりにも物分かりの良い少年の態度に、今度はネイミリアのほうが首を傾《かし》げた。

「納得してくれたんですか？　自分でもおかしなことを言っていると思うんですけど」

「知らんが、そういうこともあるんじゃないか？　伝説の聖剣が存在するんだから、他にも不思議なことはあるだろうよ」

少年は遠い目をしながら言って、道具入れから茶色い物体を取り出した。それはヤギの肉を燻《いぶ》した物で、冒険者が携帯食料として持ち歩いているものであった。

「んぐっ……食うか？」

「いい……それよりも、もっとお話ししたいな」

「話ねえ……君がなんでそんな目に遭っているのか気になるところだが……」

少年はネイミリアに目を向けて、再びその裸体を見てしまい慌てて顔を伏せる。

「いや……女の事情を詮索《せんさく》するのは野暮な男がすることだからな。俺《おれ》のほうからここに来た経緯でも話させてもらおうか」

少年はぽつぽつと、この遺跡を訪れることになった経緯について語りだした。

この密林でしか取れない貴重な薬草を採取しに来たこと。その帰り道で、この時期に出るはずのない規模の魔物の群れに遭遇してしまったこと。魔物から逃げるうちに密林の奥へ奥へと入り込んでしまい、とうとうケガを負ってしまったこと。そんな時にこの遺跡を見つけて、慌てて逃げ込んできたこと。

「この遺跡には、封印の魔法がかけられていたはず。どうやって入ってきたの？」

「封印？　さあな、押したら開いた。だから入った。それだけだよ」

少年は負傷した腕や足に常備していた薬を塗りながら、何でもないことのように言ってのけた。

簡単に入れるわけがない。そんな簡単に破れる封印であるならば、もっと早く誰かがこの場所を訪れていたはずである。

ちなみに、ネイミリアも知り得ないことであったが、この遺跡の周囲には人払いの結界が張られていたため、これまで開拓都市の冒険者も見つけられなかったのだ。

ネイミリアは釈然としない気持ちになったが、封印が解けた原因よりも二百年ぶりに言葉を交わした少年のほうに興味をそそられた。

「そうなの……年月のせいで封印が緩んでいたのかもしれないわね。それよりも、もっとお話を聞かせて欲しいかな。何でもいいよ？」

「何でもと言われてもな……そうだな、それじゃあ俺の身の上話でもするとしよう」

少年は愚痴を吐くように己の過去を語り続ける。自分がかつて王族であったこと。聖剣保持者《エクスカリバーホルダー》に選ばれたことがきっかけで王都から追放されたこと。家族や友人、臣下からこぞって見捨てられてしまったことまで口にする。

そして――最後に今さらのように少年の名前を聞いて、ネイミリアはぽろぽろと涙の粒をこぼした。

「おいおい、どうした!?」

「なんでも、ないよ……」

ネイミリアにも自分がどうして泣いているのかわからなかった。

独りぼっちになった少年と自分を重ね合わせたのか。

少年が聖剣保持者《エクスカリバーホルダー》であることを聞いて、自分をここに閉じ込めた男を思い出したのか。

少年が名乗っていた姓が『彼』と同じであることを聞いて、愛した男が他の女と結ばれて子孫を成したことを想像してしまったからか。

理由は定かではないが、ネイミリアは体内の水分が枯れるまで泣き続けた。

そんな彼女をあやしながら、少年――レイドールはオロオロと遺跡の中を右往左往《うおうさおう》する。

「ああ、もう！　こんな陰鬱《いんうつ》な場所に閉じこもってるから情緒が馬鹿《ばか》になるんだ！　俺の町まで連れていってやるから、さっさと出るぞ！」

「嬉しいよう……でも、鎖が……」

「ん、鎖がどうしたよ。こんな錆《さ》びついた拘束なんて壊せばいいだろ？」

「え……？」

レイドールは腰の剣を抜いて、何事もないかのようにネイミリアを拘束していた鎖を断ち切った。

二百年もの間ビクともしなかった魔法の鎖が、いともたやすくバラバラになる。

「そんな……どうして……」

「その格好は目に毒だな。とりあえずコレでも着とけよ」

レイドールは鎧の下に着ていた上着を脱いで、ネイミリアの裸身に被《かぶ》せた。黒い上着には人肌のぬくもりが残っていて、二百年ぶりに感じる温かな感触にネイミリアは瞳を見開いた。

「問題は外の魔物だな。さーて、どうやって帰ったものかね？」

レイドールは頭を掻きながら、難しい表情で考え込む。そんな横顔を見ながら、ネイミリアは天啓を得たかのように納得した。

（そっか……私はこの人のために生きればいいんだ）

母親に従って人類を滅ぼそうとして。家族を裏切って愛する者のために戦って。

そして、愛する者に裏切られて二百年の虜囚の身となった。

そんな馬鹿げたくだらない人生に意味を見出《みいだ》すとしたら、それくらいしか理由が思い浮かばなかった。これまでの不幸は、全て目の前の少年に出会うためのもの——それ以外に、呪《のろ》われた魔女の人生を納得させる理由などなかったのである。

（この人のために生きよう。この人を守ろう。この人の意志を貫こう……私の全身全霊《ぜんしんぜんれい》を懸けて尽くして、いつかこの人の子供を産もう。私は、きっとそのためにここで彼を待っていたんだ）

元々ネイミリアは重度のロマンチストであり、偶然を『運命』と勘違いしがちな性格である。

そんな性格ゆえに恋人のために家族を裏切ったりしたのだが、二百年の幽閉生活を経ても根本的な性格は変わることはなかったようだ。

かくして、『破滅の六魔女』の一人——『闇』の魔女ネイミリアはレイドールの従者となった。

追放された辺境でレイドールが恐るべき味方を得たことは、後にザイン王国のみならず、世界の命運すらも左右することになるのだが、それはまだ誰も知らない未来のことである。

第五章

暗雲の王都

メルティナがレイドールを訪ねて開拓都市にやって来てから数日後。

ザイン王国軍千騎長であるダレン・ガルストが開拓都市レイドへとやって来た。馬を駆る若き将の後方には、彼が率いる一千の兵が続いている。

「へえ……もう来やがったか。想像以上に動きが早いな」

城壁の上から外に居並ぶ兵士を見下ろして、レイドールは感心したようにつぶやいた。

追放されたとはいえ王族を迎えようというのだ。穏便な手段を取るにせよ、乱暴な手段に及ぶにせよ、もう少し準備を整えてここにやって来ると思っていた。

「それだけ、我が国が追い詰められているということですわ……レイドール殿下」

レイドールの隣に立って、メルティナがそう補足した。

端正な顔つきの貴族令嬢の首には奴隷用の首輪がかけられている。金属製の枷《かせ》からは細い鎖が伸びており、その先はレイドールの手に握られていた。

まるで犬のような扱いは宰相の娘であるメルティナに対してあまりにも酷なものであったが、王族に対して呪《のろ》いをかけるという不敬に及んだのだから軽すぎる処分である。

「我が国は帝国の侵略により追い詰められていて、もはや殿下に縋《すが》る以外に救う手立てが……んっ！」

「誰《だれ》の許しを得て口をきいていやがる。俺はそんな許可を出した覚えはないぜ？」

「も、申し訳ございま……ひぐううぅっ!?」

メルティナが細い身体《からだ》をビクリと跳ねさせ、そのまま力を失《な》くして崩れ落ちた。

外壁の上に両手をついて肩を小刻みに震わせるメルティナの白い肌はほのかに紅潮しており、薔薇《ばら》のような唇からは熱い喘《あえ》ぎが漏れ出ている。

まるで発情したようにはしたない風体となったかつての婚約者を見下ろして、レイドールは嘲《あざけ》るように唇を歪《ゆが》めた。

「なかなかいい姿じゃないか。今のお前を宰相殿が見たらどんな顔をするかな」

「…………」

レイドールの嘲弄《ちょうろう》にメルティナはわずかに唇を震わせて、うずくまった姿勢のまま幼馴染《おさななじみ》の青年を見上げた。上目遣いの眼差《まなざ》しには不当な扱いへの遺恨だけではなく、媚《こ》びるような情欲の色が浮かんでいる。

レイドールを呪いで拘束《こうそく》しようとしたメルティナであったが、逆に捕らえられた彼女は厳しい尋問を受けることになった。

呪いをかけたことが王や宰相の命令ではなく己の独断であると主張しているメルティナは、甘んじて尋問に立ち向かい、その末に貴族令嬢とは思えないような扱いを受けることになったのである。

レイドールはすでに王都に戻って理不尽を押しつけてくる兄王と対決する覚悟を決めていた。ゆえに、王や宰相の情報を喉《のど》から手が出るほどに欲している。

そのため、メルティナから少しでも情報を集めようと拷問《ごうもん》じみた尋問をしてやったのだが……彼女は貝のように口を閉ざして一切の情報を漏らすことはなかった。

(この幼馴染のことは気に食わないが、こういうところは尊敬に値《あたい》するよな。どれだけ国への忠誠心があったらこんな女に育つのやら)

滅私奉公《めっしほうこう》を絵に描《か》いたような人格を持つメルティナに、レイドールは感心して頷《うなず》いたものである。

はたして宰相はどんな教育を施して、彼女のような鉄の令嬢を作り上げたのだろうか。

それはとても気になるところだが、このまま情報が得られないままに敵地となった生まれ故郷に戻るのは避けたいところだ。

レイドールは頭を悩ませた結果、ネイミリアにメルティナを預けることにした。

『むふふふ、お任せください！　このネイミリア、女の泣きところは全《すべ》て心得ております！　一週間もあれば、この娘を忠実な犬にしつけてご覧に入れます！』

そう言って力強く胸を叩《たた》いたネイミリアは、囚《とら》われの令嬢の身体に様々な呪いを重ねてかけた。

精神を衰弱させる呪い。

警戒心や反抗心を削《そ》ぎ落とす呪い。

痛みや快楽に対して無防備にさせる呪い。

そして——レイドールと言葉を交わし、触れられることで激しい快楽を得る呪い。

ネイミリアがメルティナに呪いをかけたのは一週間ほど前だが、すでに屈強な精神を持つ宰相令嬢は陥落しつつあった。

『人間は苦痛には抗《あらが》うことができますが、快楽や幸福に対して逆らうことができません。どれほど拷問に堪《た》える訓練を受けていたとしても、それは変わりません』

レイドールに声をかけられるだけで性交に近い快楽に襲われるのだから、貞淑な生き方を強《し》いられてきた貴族令嬢には堪《たま》ったものではないだろう。

魔女の呪いによって精神を蝕《むしば》まれたメルティナは、いまだ国への忠義は消えていないものの、その心は着実にレイドールの側に傾きつつあった。

実際、すでに彼女はザイン王国の内部情報のかなり深い部分まで口を割ってしまっている。決定的な機密については明かしていないものの、最初の頃《ころ》と比べれば雲泥の差であった。

『まだ反抗しているようですが、時間の問題ですね。もうしばらくすれば、ご主人様のために親でも殺すようになりますよ』

そんな恐ろしいことを口にして微笑《ほほえ》むネイミリアを見て、「ああ、こいつはやっぱり魔女なんだな」とレイドールは納得させられてしまった。

「さて……予定通りに騎士が迎えに来たわけだが、あいつは本当に俺《おれ》への敵意はないんだろうな？」

「んくっ……もちろん、でございます。国王陛下は、殿下が王都に戻られるようなら、丁重に連れてくるようにと、命じておられました……あっ！」

口を開く許可を与えられたメルティナは、快楽に身体を震わせながらレイドールの問いに答える。

「ましてや、ダレン・ガルスト千騎長は清廉《せいれん》なお方……決して、殿下に無礼はいたしませんんっ！」

「フッ……信じろと言っているのならば、今さらな話だよな。誰であろうが、兄の下にいる人間を俺は信用しない」

レイドールは酷薄な笑みを顔に浮かべて、城門の前に進み出てきた騎士を見下ろした。

どれほど清廉潔白《せいれんけっぱく》な人間であったとしても、自分を追放した兄王グラナードに忠誠を誓っているだけでレイドールにとっては敵に違いない。

（いいさ。誰が相手だろうと、敵対するなら容赦はしない……！）

「私はダレン・ガルスト。国王陛下の命により、レイドール王弟殿下を迎えに参上した！　どうか門を開けていただきたい！」

レイドールの決意を知らず、ダレンが声を張り上げた。

門の前に待機していた冒険者がレイドールに顔を向けて視線で指示を仰いでくる。レイドールは頷いて、門を開くように合図を送った。

開かれた門から入ってきたのは、ダレンと配下の騎士数人。他《ほか》の騎兵は門の前で待機しており、開拓都市の内部に足を踏み入れる様子はなかった。

レイドールは城壁から下りて、騎馬に乗るダレンの前へと進み出る。

「遠いところまでご苦労。俺がレイドール・ザインだ」

「っ……！　これは殿下、お久しぶりでございます！」

レイドールの姿を見るや、ダレンがすぐさま馬から降りて跪《ひざまず》いた。配下の騎士もすぐに上官の後に続いていく。

どうやら王弟であるレイドールのことを敬うつもりはあるようだ。レイドールは膝《ひざ》をついて顔を伏せている騎士達を見下ろし、瞳《め》を細めた。

「顔を上げていいぞ。お前は……ダレン・ガルストと言ったか？　確か、バゼル・ガルスト将軍の息子だったな？」

「はっ！　王宮にて、一度だけ父と共に挨拶《あいさつ》をさせていただきました。ご壮健そうで何よりでございます。殿下」

「ふむ……？」

レイドールはダレンの秀麗な相貌《そうぼう》を見やり、記憶を探った。随分と昔のことになるが、確かに会ったような覚えがある。父親と全く似ていないことが酷《ひど》く印象に残っていた。

「そうか……そうだったな。久しぶりだな、ダレン」

「ははあっ！」

レイドールの言葉を受けて、ダレンが再び深々と頭を下げる。

貴公子のような顔立ちの騎士の態度からは、レイドールに対する崇敬《すうけい》の念がありありと浮かんでいた。どうやら、演技ではなく本当にレイドールのことを王家の人間として敬っているようである。

久しく向けられることがなかった王族としての扱いには、嬉《うれ》しさ以上に居心地の悪さを感じてしまう。レイドールは頭を掻《か》いて、さっさと話を進めることにした。

「挨拶はこれくらいにして、本題に入ろうか。ダレン、お前は俺を王都に連れていくためにここに来た……それで間違いはないな？」

「はっ、配下の者より、レイドール殿下が戦いに参陣する旨の言伝《ことづて》を受けました。故に、こうしてお迎えに参上いたしました」

ダレンが探るような眼差しをレイドールに向けてくる。おそらく、レイドールが本当に戦争に参加するのかどうか、疑っているのだろう。

これまで冷遇されてきた人間が積極的に協力を申し出てきたのだから、疑いを持つのは当然の反応である。

「心配するな。俺は約束は守る。確かに、兄やお前の父親との因縁は浅くはない。だが、俺だって故国が滅びることを望んではいない。王家に生まれた人間としての義務は果たさせてもらおう」

レイドールはダレンの懸念を鼻で笑い、堂々と宣言する。

「民や臣は王族を敬い、忠義を尽くす。ゆえに王族はその見返りに、国を守るために全身全霊《ぜんしんぜんれい》を尽くさなければならない。これは先王である、亡き父の教えだ。敬愛する父上のため、ザイン王族としての義務は必ず果たす」

「……殿下の心意気、誠に見事にございます。臣下の一人として、その御意志が最後まで貫かれるよう、お支えいたします」

「期待している。ところで……」

レイドールは感じ入ったように胸を手で押さえているダレンを見下ろし、話題を転換する。

「俺はいつでも出発できるが、メルティナのことはどうする？　この女も王都へ連行したほうが良いのか？」

レイドールは顔だけ振り返って、後ろに視線を送る。そこには城壁から下りてきたメルティナが所在なさげに立っていた。

「メルティナ殿……」

「…………」

ダレンが思わず名前を呼ぶと、メルティナは困ったように眉尻《まゆじり》を下げて目を逸《そ》らした。その瞳は何故か弱々しく潤んでおり、肩や膝が小刻みに震えている。

「…………」

ダレンは苦痛を堪《こら》えるような顔をしている令嬢に、痛ましげに目を細めた。

父親の命令によってレイドールを王都に連れてくるための陰謀に使われて、さぞや辛《つら》い思いをしたのだろう――ダレンはメルティナの様子をそんなふうに解釈した。

実際は魔女の呪いによる快楽を堪えているのだが、そんなことに気がつくわけもなく、ダレンはメルティナの進退について説明する。

「……宰相閣下の令嬢でありますメルティナ嬢の処分につきましては、私の一存で決められることではございません。ですが、彼女の犯した罪は王族に対する反逆罪に当たります。ゆえに、レイドール殿下がメルティナ嬢をどのように処分されたところで、誰も責めることはできないかと」

「なるほど……つまり、俺の采配《さいはい》に任されているわけか」

レイドールはわずかに考えるような仕草をして、「よし」と頷いた。

「それでは、メルティナの身柄はこちらで預からせてもらおう。裏切り者ではあるが、宰相の娘だ。いずれ使い道も見つかるだろう」

「そうですか……」

ダレンは、メルティナが処刑されるという最悪の結末が回避されたことを知り、安堵《あんど》に肩を落とす。

「差し当たって、メルティナはこのまま開拓都市に置いていく。どうせ戦争の役には立たないだろうからな」

「…………！」

レイドールの言葉を聞き、メルティナが美麗な顔立ちを複雑そうに歪める。

わずかな間ではあるが支配から解放されることへの安堵。自分に女の悦《よろこ》びを教えた男が離れていくことへの寂しさ。日に日に自分の中で大きな存在になっていくレイドールが、死ぬかもしれない戦場に行くことへの不安。様々な感情がないまぜになって、メルティナを内側から苛《さいな》んでいく。

「お帰りを、お待ちしております……レイドール様」

メルティナは己の胸元をギュッと手で押さえながら、そんなふうに口にした。

『殿下』ではなく、『レイドール様』。意図せず子供の頃の呼び名を出してしまったことに、自分でも驚いているようである。

「っ……！」

レイドールは思わぬ不意打ちを受けて、目を見開いた。恥ずかしそうにうつむいている令嬢をしげしげと眺め、こちらも形容しがたい複雑な表情で口を開く。

「……行ってくる。あー……ティナ」

○　○　○

千騎の騎兵に迎えられて、レイドール・ザインは用意された馬車へと乗り込んだ。

開拓都市についてはギルドマスターのザフィスに任せておいた。

もともとレイドールが辺境送りとなって領主になる以前は、ザフィスを始めとした町の有力者が領主の代わりとなって町を治めていた。レイドールがいなくとも十分に町の運営は可能だろう。

(兄貴や宰相がおかしな企《くわだ》てをしないとも限らないが……流石《さすが》にそこまで愚かではないと信じたいな)

開拓都市はザイン王国南方にある密林から魔物が流れてくるのを防ぐ役割を持っている。

下手《へた》に開拓都市に手を出してしまえば、王国内部に魔物が流入してくることになり、帝国と魔物の群れに挟撃されることになってしまう。

兄王グラナードや宰相はレイドールを追放したが、彼らが彼らなりに国を守ろうとしていることは疑いようがない。開拓都市を害するようなことをして、わざわざ国を滅ぼすことはしないはずだ。

(何はともあれ……ここから先は敵地だ。気を引き締めないとな)

レイドールは馬車の窓から睨《にら》むような眼差しを外に向けながら、心中で改めて腹をくくる。

決然とした瞳になる若き王子に、隣から案じるような声がかかった。

「ご主人様、どうかなさいましたか?」

「いや……問題ない」

レイドールはメイド服の少女に軽く手を振って応《こた》える。

自分を排斥《はいせき》した兄のお膝元に乗り込もうとするレイドール、その隣にお供として帯同しているのはネイミリアただ一人だった。聖剣保持者《エクスカリバーホルダー》の青年とメイドの格好をした魔女は、二人並んで馬車に座っている。

そして、二人の向かいに座っているのは鎧《よろい》を着た年若い騎士。この部隊の責任者である千騎長ダレン・ガルストであった。

「ご気分が優れないようでしたら、すぐにおっしゃってください。レイドール王弟殿下」

顔色を窺《うかが》ってくる若き騎士に、レイドールは皮肉そうに唇を歪めた。

「へえ、一応は王族として敬うつもりはあるわけだ」

「当然です。貴方《あなた》は間違いなく、ザイン王家の血を引く正当な王族なのですから」

「ふっ……それじゃあ、俺が兄と争うことになったら味方してくれるのかよ」

「……殿下、どうか滅多なことはおっしゃらないでください。たとえそれが冗談であっても、聞き流せる者ばかりではございませぬゆえ」

顔をしかめて苦言を呈するダレン。レイドールは肩を竦《すく》めて冷笑する。

「このくらいの愚痴は許せよ。無用な王子として捨てられて、そっちの都合で呼び戻されてるんだ。

多少思うところくらいあるに決まってるだろう?」

「……殿下。私がこのようなことを言うのも差し出がましいことかもしれませんが、グラナード陛下は殿下と和解して共に帝国に立ち向かうことを心より望んでおります。どうぞその気持ちを汲《く》んでいただけると有り難いのですが」

「気持ちね……清々《すがすが》しいほど勝手な言い分だと思うがな」

聖剣保持者《エクスカリバーホルダー》となって邪魔になったから、辺境に追放して切り捨てて。

今度は聖剣の力が必要になったから、頼んでもいないのに和解を求めてくる。

それはどちらも王国の都合。グラナードの自分本位な都合である。

(放《ほう》っておけばよかったものを……そうすれば、兄弟で争うことなんてなかっただろうに)

「おい、ミリア。茶をくれ」

「はい、かしこまりました」

レイドールが普段は呼ばない愛称を使ってメイドを呼び、端的に命じた。いつものように『ネイミリア』と呼ばないのは、ダレンに彼女が『破滅の六魔女』の一人であることを悟られないための処置である。

世界を滅ぼしかけた六人の魔女の名前は絵本に登場するほど有名であり、金色の瞳《ひとみ》もあって勘の良い者であれば察しかねない。

主《あるじ》の命令を受けたネイミリアがバッグの中から水嚢《すいのう》と木のコップを取り出し、馬車の中で紅茶を淹《い》れ始めた。

「温めますので、少々お待ちくださいﾞ」

「ああ」

ネイミリアが紅茶の注がれたコップを両手で握りしめると、コポコポと中の液体が泡立ち、やがてコップから湯気とともに芳醇《ほうじゅん》な香りが立ち上る。

「はい、できました。ミルクは……まだ出ませんのでお許しください」

「……余計なことを言うな。ありがとうよ」

「なんと！　そちらの女性は魔術師だったのですか!?」

レイドールに紅茶を手渡すネイミリアに、ダレンは驚いて目を見開いた。

この世界において魔法を使うことができる人間は魔術師と呼ばれている。

魔術の素養がある人間は千人に一人ほどしかいないとされており、貴重な人材として国や貴族によって囲われていることが多かった。

「魔法をそれも無詠唱で……！　どうしてそれほどの魔術師が辺境に……」

ダレンが呆然《ぼうぜん》とつぶやいた。

魔術師の子供は魔法の素養を受け継ぎやすいということもあり、たとえ王宮に仕えずとも結婚相手に困ることもない。詠唱なしで魔法を使えるとなればなおさらである。

貴族や豪商などから縁談は選び放題なのだから、わざわざ危険な開拓都市にそれほどの魔術師が住んでいる理由がわからなかった。

驚きのあまり固まってしまったダレンに、レイドールは苦笑しながら紅茶を受け取った。

「どうした？　そんなに驚くものを見せた覚えはないんだが？」

「なるほど……合点がいきました。どうして殿下が彼女一人を連れてきたのか」

「ほう？」

「無詠唱魔法を使いこなすほどの魔術師は宮廷にも十人といません。それほどの人材を護衛として侍《はべ》らせているというのであれば、他の護衛は必要ありませんね」

ダレンは頷き、実直そうな面差《おもざ》しをわずかに緊張で引き締めた。

ミリアと呼ばれたメイドが指折りの実力を持つ魔術師であることは理解できた。問題はどうしてレイドールがそれをダレンに明かしたのかである。

「……殿下は私に警告をされているのですね？　自分のそばには優秀な魔術師が護衛についている。だから、馬鹿《ばか》な真似《まね》はするな……と」

「ははっ、随分と勘繰るじゃないか。そんな深い意味はない。ただ喉が渇いたから紅茶が飲みたかっただけだよ」

レイドールは心外そうに肩を竦めて、コップに口をつけた。

湯気を上げる紅茶に息を吹きかけながら飲んでいるレイドールを、ダレンは苦々しい目で見つめる。

ダレンは内心で悟っていた。レイドールは自分達のことを信用していない。国王――実の兄であるグラナードのことすら、欠片《かけら》も信じていないのだ。

こうして王都に同行してくれたのも、本気で国を救おうとしているのではない。何か他に意図があるに違いない。

「…………」

ダレンは黙り込んだまま悶々《もんもん》と考え込む。考えれば考えるほどに思考は暗い方向へと沈んでいってしまい、臓腑《ぞうふ》に鉛を詰め込まれたように懊悩《おうのう》が込み上げてくる。

そんな若き千騎長の内心を知ってか知らずか、レイドールは穏やかな表情でメイドが淹れた紅茶に舌鼓《したつづみ》を打っていた。

「うん、やはりミリアが淹れた紅茶は美味《うま》いな」

「もったいないお言葉です。特製の蜜《みつ》を入れた甲斐《かい》がありましたわ」

「……前言撤回《ぜんげんてっかい》だ。お前、いったい何を入れやがった!?」

レイドールとネイミリアはまるで夫婦《めおと》漫才のように馬車の中で言い合いを始める。

そんな二人を見つめながら、ダレンは頭痛を堪えるような表情で溜息《ためいき》をつき、ゆっくりと首を振ったのであった。

○　○　○

そして、数日後。レイドールは馬車に揺られるままに五年ぶりの王都へ足を踏み入れた。

王都の町並みはレイドールが知るものと大きく変わったところはない。しかし、大通りを行き交う人の数や、道の左右に並んでいる出店の数は明らかに目減りしており、都《みやこ》全体にどことなく暗い影が差しているように感じた。

（戦時中だから空気が悪くなるのは無理もないんだろうが……それにしたって暗いな。戦況が芳《かんば》しくないのかね？）

もしも戦況が優位に進んでいるのであれば、ここまで人々の顔が暗くはならないだろう。

町を行く人々の顔がここまで沈んでいるのは、ザイン王国が追い詰められているのを民衆なりに感じ取っているからに違いない。

レイドールは馬車の窓から顔を覗《のぞ》かせて、そんなふうに戦局を予想した。

それだけザイン王国が追い詰められているのであれば、二度と顔を見たくないであろう弟を呼び戻すこともありうるだろう。

「このまま屋敷までお連れいたします。国王陛下との謁見は明日になりますので、どうぞゆるりと旅の疲れを取ってください」

「屋敷？　王宮に行くんじゃないのか？」

ダレンの説明に、レイドールはピクリと眉《まゆ》を震わせる。

てっきりこのまま王宮まで連れていかれると思っていたのだが、どこに連れていこうというのだろうか？

「王宮のほうは色々と立て込んでおりますので、貴族街にある屋敷を殿下のためにとご用意いたしました。王都での滞在中はそちらの屋敷をお使いください」

「……なるほど、な。俺は兄貴からちっとも信用されていないわけか」

レイドールは忌々しそうに舌打ちをした。

レイドールは王都から追放されて辺境送りにされたものの、王族としての身分まで取り上げられたわけではない。ゆえに寝泊まりも王宮でするものだとばかり思っていた。

しかし、兄王はどうやらそれが許せないほどに弟を疎《うと》んでいるらしい。

レイドールが反逆して寝首をかいてくることを恐れているのか、それともたんに弟に合わせる顔がないだけなのか。理由は判然としないものの、自分と同じ屋根の下に入れることさえしたくないようである。

「いえ、決してそういうわけではなくて……」

「別に取り繕わなくても構わない。兄貴が聖剣のことで俺を憎んでいることくらい、五年も前から知っているからな」

「…………」

レイドールは窓の外に顔を向けてそっけなく言った。ダレンは沈痛な面持《おもも》ちで目を伏せて、申し訳なさそうに押し黙る。馬車の中を長い沈黙が包み込んでガタガタと車輪が地面を掻く音だけが鳴り続ける。

しばらく馬車は走り続け、やがて貴族や有力商人の屋敷が並ぶ区画へと差しかかった。人通りがグッと減り、代わりに閑静《かんせい》な空気が辺りを包み込む。

馬車は貴族街を奥へ奥へと進んでいき、やがてひときわ大きな建物の前で停《と》まる。

「……到着いたしました。こちらのお屋敷になります」

ダレンが沈黙に耐えかねたように言葉を発する。周囲を囲んでいた騎士の一人が馬から降りて、馬車の扉を開いた。

　先に降りたダレンに続き、レイドールとネイミリアが外に出る。

「へえ……なかなかでかい屋敷じゃないか」

　目の前に立つ大きな屋敷を見上げて、レイドールは感嘆の溜息をついた。

　その屋敷はいかにも大貴族の邸宅といった佇《たたず》まいをしており、広大な庭には手入れされた植木と季節の花々が咲き誇っている。白亜の壁と青く塗られた屋根は相当に手間暇をかけて手入れされており、汚れの一つも見当たらなかった。

　これほどの屋敷を金銭で購入しようと思えば、開拓都市の一年の収入が吹き飛ぶかもしれない大豪邸である。

（なるほどな……兄貴の胸の内が透けて見えやがる）

　壮大で豪奢《ごうしゃ》な屋敷を見上げながら、レイドールは兄王グラナードが自分をどう思っているのかを推測する。

　レイドールのことを恐れ疎んでいるがゆえに王宮には入れたくない。だが、それでも力は貸して欲しいので甘い飴《あめ》は与えておく。

　レイドールに消えて欲しいという悪意と、聖剣保持者《エクスカリバーホルダー》を手懐けたいという打算。相反する二つの感情を天秤《てんびん》に載せて葛藤《かっとう》しているに違いない。

「この屋敷は好きにしてもいいんだろうな」

「もちろんです。自由に使っていただくようにと陛下からのお申し付けです」

「そうかよ、じゃあお言葉に甘えて好きにさせてもらおうか」

「明日、また迎えに参上いたします。それでは失礼いたしました」

頭を下げるダレンに頷きを返して、レイドールは騎士が開いた門扉《もんぴ》へ遠慮することなく足を踏み入れた。その背後に影のようにネイミリアが付き従っていく。

「…………」

屋敷の中へと消えていく二人の背中を、ダレンは強い不安に一抹《いちまつ》の希望を混ぜたような面持ちで見つめるのであった。

○　○　○

「「「「お帰りなさいませ、レイドール王弟殿下！」」」」

屋敷に入るや、玄関で列をなした執事とメイドが揃《そろ》って挨拶をしてきた。

「う、おお……？」

いかにも育ちの良さそうな男女が息を揃えて頭を下げてくる姿は、ある種壮観な光景である。

王子として王宮に住んでいた頃ならまだしも、長らく辺境の田舎《いなか》で過ごしてきたレイドールは思わず気圧《けお》されてしまった。

「ご主人様、しっかりしてくださいな」

「ん、ああ……悪いな」

背後に立っているネイミリアがレイドールの上着の裾《すそ》を引っ張る。レイドールは頷き、気を取り直して咳払《せきばら》いをした。

「さて、この屋敷の主となったレイドールだが、君達の代表は誰だ？」

「私でございます。王弟殿下」

進み出てきたのは口髭《ひげ》を生やした執事服の男である。

年齢は初老に足を踏み入れた辺り。丁寧に整えられた髪と髭はロマンスグレーに染まっており、腰を丁寧に折って挨拶する姿からは誠実そうな人格がにじみ出ていた。

「見た顔だな。確か、五年前に王宮で働いていたよな？」

「はい、お久しぶりでございます。グラナード陛下付きでございましたサラウィンと申します」

執事――サラウィンは口元を緩めてレイドールに笑いかける。

穏やかで落ち着いた雰囲気は五年前と変わらない。レイドールは幼少時、兄が開いた茶会でサラウィンからお菓子をもらった時のことを思い出した。

「そうか、サラウィンだったな。久しぶりだな」

「またお会いすることができて光栄でございます。よくぞ戻られました」

「ありがとう、ところで……一つ相談というか、ここにいる全員に連絡することがあるんだが」

「はあ？　何でございますか？」

怪訝《けげん》そうな表情になるサラウィンに、レイドールは口を三日月形にして笑いかける。

「ここにいる全員、クビだ。今すぐ出ていってくれ」

「は……？」

あまりにも予想外の言葉にサラウィンの表情が凍りつく。その後ろに居並ぶ他の使用人達ざわつき始める。

「わ、私どもに何か問題がありましたでしょうか？　あるようでしたら……」

「問題なんて別にない。必要ないから出ていけって言ってるだけだ」

取り付く島もなくレイドールが断じた。

サラウィンは戸惑いがちに視線を左右に迷わせながら、なおも言い募る。

「この屋敷は見ての通りの広さでございます。そちらのメイド一人では掃除もままならないかと思いますが……」

「それはお前が心配することじゃない……言い方を変えようか。俺が信用しているのはここにいるメイドだけだ。他の人間をそばに置くつもりはない」

「それは……」

お前達は信用できない。だから出ていけ。

言外にそう言われて、サラウィンが屈辱に表情を歪める。

老執事はしばらくレイドールとネイミリアを恨めしそうに睨みつけていたが、やがて諦《あきら》めたように溜息をついた。

「……承知いたしました。このことは私のほうからグラナード陛下にお伝えしておきます」

「そうしてくれ、ご苦労さん」

レイドールはヒラヒラと手を振った。使用人は躊躇《ためら》いがちにレイドールの顔を窺いながら、サラウィンを先頭に屋敷から出ていく。

やがて全員が出ていったのを見計らい、ネイミリアを振り返った。

「……屋敷を調べろ。片隅までだ」

「かしこまりました。ご主人様」

ネイミリアはエプロンドレスの裾をつまんで恭しく了解の言葉を返す。

「【影獣使役《シャドウ・サーヴァント》】」

ネイミリアの影がグニャグニャと形を変えて人型を形作る。

影から現れたのはメイド服の女達である。まるで闇《やみ》を練り固めたようなメイド達の顔には目も鼻もなく、卵のようにツルツルとした顔面をしている。

彼女達は当然ながら人間ではない。影の中に棲《す》み、影から生まれる、ネイミリアの使い魔であった。

「屋敷の中を探索。危険な物がないか、誰か潜んでいないか確認してちょうだい。手の空いている者は屋敷内の物資を確認。特に衣類や食料品は念入りに」

『了解《イエス》。女主人《ミストレス》』

十人ほどの影メイドは滑るような足取りで屋敷のあちこちに散っていった。

影から生み出された彼女達はあらゆる隙間《すきま》に入り込むことができ、屋敷の細部まで探っていく。まさに蟻《あり》の入り込む隙間すら探索する使い魔に、ネイミリアは満足そうな顔で頷いた。

「さて……それではご主人様はゆっくりとお休みくださいませ。屋敷の管理、雑事は全て私にお任せくださいっ」

「ああ、頼りにしている」

「興奮して眠れないようでしたら、いつでもお呼びください。全身全霊をもってご主人様のご主人様をお慰めいたしますので。むふふふっ」

「…………」

レイドールは石の下から這《は》ってきた虫でも見るような目でネイミリアを一瞥《いちべつ》して、無言のまま適当な部屋の中へと消えていく。

色々と発言は怪しいものの、ネイミリアであれば広い屋敷の全てを問題なく管理してみせるだろう。

かつて世界を滅ぼしかけた稀代《きたい》の魔女は、今では立派なメイドとなっていたのである。

第六章 再会と決別

翌日、レイドールは迎えにやって来たダレンに連れられて王宮へと向かった。国王となった兄、グラナードと謁見するためである。

国王との謁見ということもあってメイドであるネイミリアは連れていくことができず、屋敷に残していくことになった。

しかし、いざという時のためにレイドールの影の中にはネイミリアが生み出した使い魔が潜んでおり、荒事になった場合に城からの脱出を援護をすることになっている。

五年ぶりに王宮に帰ってきたレイドールは、謁見の準備が整うまでダレンと共に応接間で待たされることになった。

かつて暮らしていた王宮であったが、懐かしさ以上によそよそしさを感じてしまう。すれ違う使用人の中には顔見知りの者もいたが、誰《だれ》もが気まずそうな表情になり、すぐに顔を背けてしまうのだ。

自分はすでにこの場にいてもいい人間ではない。そんなふうに言外に突きつけられている気分だった。

「お待たせいたしました。それでは謁見の間までお通りください」

十分ほど待っていると、文官らしき男が案内にやって来た。どうやら準備が整ったらしく、謁見の間まで通される。

謁見の間は扉から奥に向かって長い絨毯《じゅうたん》が敷かれており、絨毯を挟んで左右を貴族や騎士が列をなして並んでいた。部屋の奥には二段の段差があり、そのさらに奥に王が座るための玉座が設置されている。

「レイドール・ザイン王弟殿下をお連れいたしました」

ダレンが入室の挨拶《あいさつ》をして、レイドールを部屋の奥へと促す。役目を果たしたダレンはそのまま横に退《ど》いて、並んでいる騎士の列に加わっていく。

「ご苦労だった。近くへ寄るがいい」

「…………」

玉座に腰かけた男が厳《おごそ》かに口を開く。

その声を聞くや、レイドールはわずかに顔をしかめた。聞き覚えのある声、当然である。声の主は血を分けた実の兄・グラナードなのだから。

「ふん……」

レイドールは軽く鼻を鳴らした。絨毯を踏みしめて部屋の奥まで進んでいき、段差の手前で片膝《ひざ》をついて頭を下げる。

「面《おもて》を上げよ。レイドール」

「はっ」

グラナードが重々しい口調で言い、レイドールは兄の言《げん》に従って頭を上げる。

見上げる先、レイドールよりも高い場所に座っている男こそがグラナード・ザイン。

レイドールの腹違いの兄であり、ダーインスレイヴの保持者となった弟を王都から追放した張本人である。

（……少し痩《や》せたか）

玉座に腰かけてこちらを見下ろすグラナードに視線を向けながら、レイドールはぼんやりと思った。

十歳年上の兄はレイドールの記憶にあるよりも少しやつれた姿をしており、頭にも若干白いものが混じり始めている。

（国王というのはずいぶんと苦労する職業なんだな。あの兄貴が若白髪とは）

クスリと口元に笑みが浮かびそうになるのを堪《こら》えて、レイドールは王の言葉を待つ。

グラナードはしばし無言でレイドールを見下ろしていたが、やがて厳かに口を開いた。

「よくぞ来てくれたな、レイドール。我が弟よ」

「はっ、お久しぶりでございます。国王陛下」

「ふっ……他人行儀な話し方をしてくれるな。たとえ王となっても我らはたった二人の兄弟なのだ。昔のように呼んでくれればよい」

「そうですか、ではお言葉に甘えまして……兄上」

あえて昔のように『兄さん』ではなく、『兄上』と距離を置いた呼び方をする。あちらも愛称を使わなくなっているのだから、おあいこだろう。

すう、とレイドールは息を吸って昂《たかぶ》りそうになる心を抑える。

（他人行儀だと？　たった二人の兄弟だと？　その兄弟を問答無用《もんどうむよう》で追放しておいて、なにを白々しいことを言いやがる！）

「父上の葬儀に参加することができず大変申し訳ございません。また、王となった兄上を今日まで支えることができなかった不出来な弟をお許しください」

「よいのだ。お前は南の開拓都市で魔物を抑えるという役割を見事に果たしてくれた。活躍ぶりは王都まで届いているぞ。流石《さすが》は我が弟だ」

「もったいない言葉でございます」

レイドールとグラナード。二人の兄弟は口に笑みを浮かべながら朗らかな様子で会話を続けていく。

「…………」

周囲で見守っている家臣は、何とも言えない不安そうな表情で兄弟の会話を見守っていた。追放された弟王子と兄王の再会がさぞや殺伐としたものになるだろうと予想していたのだが、思いのほかに和《なご》やかに会話をする二人に、かえって不安が掻《か》き立てられる。

上辺だけ取り繕ったような会話はまるで噴火寸前の火山のようであり、いつ爆発するかもわからない切迫した雰囲気を放っていたのであった。

和やかな様子で再会の言葉を交わす兄弟。二人の姿に、玉座のすぐそばで控えていた宰相・ロックウッド・マーセルもまた土を噛《か》んだように苦々しい表情になっていた。

(何ということです。まさか二人の仲がこれほどこじれていようとは……)

謁見を見守っている家臣の何人が気づいているだろう。先ほどから、玉座に座っているグラナードも、その前に膝をついているレイドールも、どちらもまったくと言っていいほど目が笑っていないのだ。

どれほど口調は柔らかく会話をしていても両者の眼《め》は敵意を剥《む》き出しにしており、視線で相手を斬《き》りつけるように睨《にら》んでいる。

(レイドール殿下が国王陛下を恨んでいることは想定の範囲内です。しかし、まさか陛下までもが、これほどまでに殿下に屈折した感情を持っていようとは……)

先王バーナードの第一王子として生を受けたグラナードであったが、彼は幼い頃から聖剣保持者《エクスカリバーホルダー》であった初代国王に深い尊敬の念を抱いていた。

いずれは自分も聖剣に選ばれて、ザイン王国をさらなる繁栄に導きたい――そう大志を抱いて王太子としての教育を受けてきたのだ。

そんなグラナードが聖剣ダーインスレイヴの保持者となったレイドールに対して嫉妬《しっと》の感情を抱いていることを、そばで支えていたロックウッドは気がついていた。

レイドールが辺境に追放となったのも、病床の国王の代わりに政務を行っている第一王子と聖剣《エクスカリバー》保持者《ホルダー》となった第二王子との間で国が割れるのを防ぐという目的だけではない。グラナードの心中で燃え盛る後ろ暗い妄執《もうしゅう》の炎が原因の一つとしてあったのである。

（それでも……先王陛下が亡くなられてグラナード陛下が即位して、すでに後継争いが起きようもないほど陛下の地位は盤石になりました。レイドール殿下に対する怨嗟《えんさ》の念も多少は晴れたと思っていたのですが……）

どうやら、グラナードが抱いている嫌忌《けんき》と嫉妬は、ロックウッドが想像していたよりも遥《はる》かに深いようである。

そして——間違いなく、その黒い感情にレイドールも気がついている。

自分を追放した兄が、今もなお自分のことを忌み嫌っている。そのことをはっきりと感じ取った上で、敵意の眼差《まなざ》しを返しているに違いない。

（はたして……レイドール殿下を懐柔して、帝国と戦わせることができるのでしょうか？　そして、帝国との戦いに勝利して国難を救った後、兄弟の仲を円満に収めることができるのでしょうか？）

そんなことはできるわけがない。心のどこかでそう思いながら、ロックウッドは緊張の唾《つば》をゴクリと飲み込んだ。

「さて……そういえば、使者として送ったマーセルの娘が無礼を働いたようだな？」

再会の挨拶を終えて、グラナードが思い出したようにそう切り出した。話題として挙がったのは宰相の娘であるメルティナ・マーセルについてである。

レイドールを王都に連れてくるために使者として開拓都市に送り込まれたメルティナであったが、現在はレイドールに呪《のろ》いをかけて拘束《こうそく》しようとした罪で拘束されていた。その身柄は今も開拓都市にあり、ザフィスが管理する冒険者ギルドの牢屋《ろうや》へと放《ほう》り込まれている。

「はい、宰相閣下のご令嬢を拘束などはしたくはありませんでしたが、事が事ですので身柄を預からせていただきました。閣下がお望みとあらば解放してお返しするつもりですが？」

「……いえ、その必要はございません」

しれっとした顔で提案してくるレイドールに、ロックウッドは顔色一つ変えることなく答えた。

「娘はザイン王家に仕える者として許されざる行為をいたしました。それが国を救わんと逸《はや》る気持ちから出ていたとしても、助命を乞《こ》える立場ではございません。どうぞ殿下の好きなようにお裁きください」

「へえ、宰相閣下がそうおっしゃるのであればそのようにさせてもらうが……いいのか？　手塩にかけた大事な娘だろう？」

レイドールは意地悪そうに唇を吊《つ》り上げて確認した。対するロックウッドは硬い表情を崩すことなく平然と答える。

「無論でございます、殿下。もはや娘はマーセル家の人間にあらず。煮るなり焼くなり好きにしてくださいませ」

「………ああ、了承した。好きにさせてもらうさ」

レイドールはつまらなそうに鼻を鳴らした。

ここでロックウッドがメルティナを庇《かば》い立てするようであれば、宰相に対して王家への不敬を追及して追い落とす絶好の機会となる。

ロックウッドが処分されれば兄王グラナードの力をわずかでも削《そ》ぐことができたのだが、どうやらそう上手《うま》くはいかないようである。

（まあ、この男が国のために情を切り捨てられる人間なのは知っていたからな。驚くほどのことではないか）

レイドールは心中で諦観《ていかん》の溜息《ためいき》をついて、早々に気持ちを切り替える。

「さて、兄上。私を王都に呼び戻したのはいかなる用件でしょうか？」

すでにメルティナやダレンから説明は受けていたが、レイドールはあえてそれを言葉にして問いかけた。本題を切り出されたグラナードはピクリと片眉《まゆ》を震わせる。

「そのことだが……お前もすでに聞いているとは思うが、東のアルスライン帝国が国境を侵してザイン王国へと攻め込んできた」

「………」

「帝国は我が国よりも兵力が多く、おまけに今回の侵略には聖剣保持者《エクスカリバーホルダー》まで追従している。すでに国境の要《かなめ》であるバルメス要塞《ようさい》は落とされており、王国の三分の一は制圧されてしまった。ガルスト将軍が敵軍を押さえてくれているが、このままでは王国の滅亡は時間の問題だろう」

「それで……兄上は俺《おれ》にどうしろというのですか？」

問いながら、レイドールは拳《こぶし》を固く握りしめた。爪《つめ》の先端が手の平に刺さって鋭い痛みが走る。それでも手の力を緩めることはしない。

（さあ、どう出る？　ここが俺達にとって最後のターニングポイントだぞ？）

もしもレイドールとグラナードが和解して手を取り合うことができるとすれば、ここが最後の機会になるだろう。グラナードが頭を下げて謝罪するのであれば、あるいは二人の間に刻まれた深い溝も少しは埋まるかもしれない。

しかし――グラナードがレイドールの予想している通りの言葉を口にしたのであれば、その瞬間、完全に兄弟の絆《きずな》は断たれることになる。もはや修復は叶《かな》わない。

だからこそ、レイドールは静かに兄の言葉を待つ。

やがて、グラナードの口から放たれたのは最後の希望を消し去る無情な言葉であった。

「聖剣保持者《エクスカリバーホルダー》レイドール・ザインよ。ザイン王国を救うためにダーインスレイヴを手に取って帝国と戦うのだ！」

「っ……！」

レイドールは奥歯を噛みしめて、両目を固く閉じた。

その瞬間、レイドールの心にわずかに残っていた兄への想いが粉々に破壊される。

グラナードは己が王として君臨するために、そして聖剣を奪われた嫉妬からレイドールを辺境へと追いやった。

そして、そのことを謝罪して関係を修復することもなく、王としての権威を盾にとって一方的に国のために戦うように強要してきている。

もはや二人の関係は兄弟ではない。利用する者と、利用される者。支配者と奴隷という関係に成り下がったのだ。

(そうか……兄上は、グラナードはもう、俺のことを本当に弟とは思っていないんだな？　ただの利用価値のある駒《こま》としてしか思っていないんだな？)

レイドールの心が、氷の塊を投げ込まれたように冷え切っていく。

幼い頃《ころ》に兄と過ごした親昵《しんじつ》の日々が頭の中をよぎっていく。それもすぐに記憶の片隅へと追いやられて消え去ってしまう。

(そちらがそのつもりならば、容赦はしない。奪われたものは取り返す、奪った奴《やつ》は叩き潰《つぶ》す！　俺はもう、二度と己の居場所を奪わせはしない！)

業火のように燃え盛る決別の意志を固めて、レイドールは顔を上げた。

(お前が俺を支配する……？　ふざけるなよ！　聖剣にすら選ばれなかった王が。弟への嫉妬から聖《エク》剣保持者《スカリバーホルダー》を手放すことを選んだ器の小さい王が、どうして俺を支配することができるというのだ！)

奪われるくらいなら、逆に全《すべ》てを奪い尽くしてやる。レイドールの目には、もはや視線の先にある玉座が奪い取るべき獲物にしか見えなかった。

ゆえに、レイドールははっきりと容赦なく宣言する。

「申し訳ありませんが、それは断らせていただきます」

「何だと……？」

冷然と放たれた拒絶の言葉にグラナードがピクリと眉を上げた。自分の言葉が拒絶されるとは思っていなかったのだろう。その瞳《め》には怪訝《けげん》の色が浮かんでいる。

「何ということだ……！」

「王命に背くとは無礼な！」

「いくら王弟殿下とはいえ、許されることではないぞ!?」

周囲で様子を見守っていた家臣からも無礼を咎《とが》める怒声が生じて、謁見の間は騒然とした空気に包まれた。

しかし、四方から非難の声を浴びてもレイドールの表情は変わらない。顔色一つ変えることなく、平然と口を開く。

「申し訳ありませんが、私は帝国と戦うことはできません。兄上」

「……自分が何を言っているか理解しているのか？　これは王命なのだぞ？」

いくらレイドールが王弟であるからといって、国王の命令を拒絶することなど許されることではない。王族は王と血がつながっているだけで、しょせん臣下であることに違いはないのだから。

己の命令を拒絶されたグラナードの目が見るみるうちに険しくなっていく。怒りのあまり指先が小刻みに震えている。

今にも怒鳴りそうになる国王を見かねて、代わりにロックウッドが口を開いた。

「レイドール殿下！　国王陛下に対して不敬ですぞ！」

「そうは申しますが、宰相殿。私には開拓都市レイドの領主として、密林の魔物の侵入を防ぐという職務がございます。その職務を放棄して領地とかけ離れた国境まで赴き、ろくに準備する時間も与えられずに戦えというのはいささか乱暴ではないでしょうか。いかに王命といえども、物事には道理があるのではないですか？」

「国が滅びようという時に道理も何もないでしょう！　優先順位というものがわからないのですか!?」

普段の冷静さをかなぐり捨てて叫ぶロックウッドに、レイドールは冷《さ》めきった嘲笑《ちょうしょう》を返す。

「相手が帝国か魔物かという違いはあれど、国境守護という任務の重要性は変わらないと思いますが。それとも、私以外に辺境から国境へ援軍に駆けつけている領主がいるのですかな？　私の記憶では、帝国に立ち向かっているのは軍と騎士団だけだと聞いておりますが」

「それは……」

ロックウッドがわずかに言葉に詰まる。その隙《すき》を見て、レイドールはさらなる言葉の刃《やいば》で斬りつける。

「この場には多くの領地持ちの貴族がおられるようですが、皆様は兵力をどれくらい出しておられるのですかな？　まさかとは思いますが、冒険者以外に戦力を持たない私だけを従軍させて、彼らは兵を出していないということはないでしょうな！」

「っ……！」

レイドールの言葉に周囲の貴族がざわめきだした。

この場にはグラナードに仕える貴族が大勢集まっているが、『治安維持』を名目に兵を出していない者が大半である。

貴族が従軍を拒んでいるというのに、王族のレイドールが拒めないというのは、確かに道理が通らないことだった。

謁見の間を動揺と困惑のざわめきが覆い尽くしていく。この場にいる貴族の中にはレイドールの言葉をもっともだと頷く者もいれば、王への不敬だと騒いでいる者もいる。

そもそも、辺境に追放されて冷遇されていた王子を突然呼び戻し、一方的に出兵を命じる王命自体に無理があるのだ。

レイドールの言い分は『敵国の侵略』という国難を無視していることを除けば、間違いなく正しいものであった。

意見が分かれている貴族の姿にロックウッドは渋い表情となり、それでもなんとかレイドールを説き伏せようと再度口を開く。

しかし、宰相が言葉を発するよりも先にグラナードが口火を切った。

「それで？　お前はどうすれば帝国と戦うというのだ？」

怒りに肩を震わせながら憮然《ぶぜん》と問い詰めるグラナードの声に、騒いでいた貴族も静まり返る。

静寂に包まれた謁見の場の空気を切り裂いてグラナードが言葉を続けていく。

「どうしても戦に行きたくないというのであれば、最初から王都に来なければ済むだけのことだ。何か条件があるのだろう……金か？　地位か？　欲しいものがあるなら言ってみろ」

忌々しげに言ってくるグラナードの顔には、先ほどまでの取り繕った笑みは浮かんでいない。代わりにその表情を支配しているのは、小癪《こしゃく》な弟を舐《な》めきった軽蔑《けいべつ》の感情であった。

とてもではないが肉親に向けるものでない顔で睨みつけられて、レイドールは皮肉げに唇を吊り上げた。

「流石は国王陛下だ。話が早くて助かりますな。王となるお方はやはり人心を読むことに長《た》けていなければ務まらないということですかね？」

「……要求を言え。そう言ったが？　貴様の世辞など聞くつもりはない」

「承知いたしました。それでは私の希望を聞いていただきましょうか」

レイドールは懐に手を突っ込み、上着の内ポケットから丸めた羊皮紙を取り出した。

「こちらの誓文に書かれている条件を兄上が呑《の》んでくださるというのであれば、私は喜んで帝国と戦いましょう。王となられた兄上が、生まれ故郷を追いやられた哀れな弟の頼みを聞くつもりがあるのでしたら……ですけどね」

「…………」

レイドールが道化のようにおどけて言うと、グラナードは無言のまま非難がましい目を向けて言外に「さっさと読め」と促してくる。

兄王に睨まれたレイドールは肩を竦《すく》めて、丸まった羊皮紙を広げた。

「『私、レイドール・ザインは以下の条件を了承いただけるのならば、アルスライン帝国からザイン王国を守るために戦うものとする』」

「…………」

レイドールが背筋を伸ばして、誓文に書かれた文章を厳かな口調で読んでいく。

グラナードもロックウッドも、この場にいる全ての貴族が流れるように紡がれる言葉に無言で聞き入っている。

「『条件一、国王グラナードはザイン王国国内におけるレイドールの安全を保障するものとする』」

「ふんっ……」

最初の条件を聞いて、グラナードが片眉を上げて鼻で笑った。

グラナードは瞳に浮かぶ軽蔑の色を深めた。おそらく、レイドールが兄に裏切られることを恐れているとでも思ったのだろう。

「『条件二、王宮はレイドールが治める開拓都市レイドに金貨十万枚の支援金を払うものとする』」

「じゅ、十万枚……」

震える声を漏らしたのは、でっぷりと腹に脂肪を蓄えて額に汗を流す貴族の男である。

王宮において財務大臣の地位に就いているその男は、頭の中で算盤《そろばん》をはじいてレイドールから要求された報酬の額を計算する。

金貨十万枚というのは、ザイン王国の国家予算の十分の一に当たる。

民からの税収という莫大《ばくだい》な財源を持っている国にとって、決して払えない額というわけではなかったが、それでも安い金額ではない。

(ましてや、今は戦時中。戦後の復興費用のことを考えると頭の痛い金額だな……)

ロックウッドはダラダラと汗を流している財務大臣を横目で一瞥《いちべつ》して、同情の溜息をついた。

心労のせいでストレス太りしている同輩を心から不憫《ふびん》に思うが、それでも助け舟を出すことはできない。

金貨十万枚は高額であるが、南の国境を魔物から守り続けている開拓都市への支援金としては分不相応な額ではなかった。むしろ、国境を守っている冒険者の町に対して、これまで王宮が何の援助をしてこなかったことのほうがおかしいのだ。

「『条件三、戦争でレイドールが得た財物について、全てレイドールに所有権があるものとし、王宮はその引き渡しを要求することができないものとする』」

「ふむ……？」

ロックウッドは首を傾《かし》げた。

よくわからない条件だ。帝国軍から奪った財宝や捕虜を自分のものにする。それはまあ当然の権利ではあるが、わざわざ条件として念押しする意味がわからない。

（ひょっとして、殿下はなにか目的の財物があるのでしょうか？　いったい、何が目的で……）

ロックウッドは、レイドールの考えを読むことができずに頭をひねらせた。しかし、なおも訳のわからない要求は続いていく。

「『条件四、戦争でレイドールが捕らえた捕虜について、レイドールにその処遇を決定する権利があるものとする』」

（まただ……またおかしな条件を。殿下は何を考えているのですか？）

レイドールが一筋縄ではいかない企《たくら》みを持っているのは薄々ながら見えてきているが、その目的がわからない。

支援金はともかくとして、財物や捕虜を要求するのは何を目的としているのだろうか。報酬が欲しいのであれば、はっきりとそれを条件として明記すればいい。

腕を組んで考え込むロックウッド。そして、無言のままに弟の言に耳を傾けている兄王グラナード。

レイドールは二人の顔を順に見て、ふっと一度息継ぎをした。

「そして……これが最後の条件だ。『条件五、国王グラナードは弟レイドールを王太子として指名し、次期国王とすること』」

「っ……！」

その言葉に、謁見の間の空気が凍りついた。

「馬鹿《ばか》な！　ご自分が何を言っているのかわかっているのですか⁉」

最初に叫んだのはロックウッドであった。

日頃、冷静な宰相が取り乱している姿に、周囲の貴族も事態の深刻さを改めて悟る。

国王グラナードには三歳になる息子がいる。

レイドールが辺境に追放されてからしばらくして生まれたその子は、幼いながらも王太子として指名されており、次期国王になるものだと周囲からも認知されていた。

レイドールが要求した条件は、その王子を退けて自分が次期国王になると明言したようなものなのだ。

「いくら王弟殿下とはいえ不敬ですよ！　国王に向かって自分を王にと要求するなんて……！」

「…………」

ロックウッドが詰問するが、レイドールは言うことは全て言ったとばかりに誓文が書かれた羊皮紙を丸めて、手の中で転がしている。

子供が手遊びをするように緊張感のない姿に、宰相の眉間《みけん》にガッチリと深いシワが刻まれる。

「レイドール殿下……！」

「レイドール」

「っ……！」

なおも言い募ろうとするロックウッドであったが、グラナードの静かな声に凍りつく。

振り返った宰相は主君の顔を見てゴクリと唾を飲んだ。

「レイドール、これは本気で言っているのか？」

弟に問うグラナードの声には怒りの色はない。しかし、彼が平静でいるとはこの場の誰も思っていないだろう。

グラナードの顔面は、もはや隠すつもりもない憎悪と殺意に染まっていた。激しい怒りから鬼のように真っ赤になった顔は、目の前に立つ弟を呪い殺さんばかりに歪んでいる。

それもそうだろう。

レイドールが要求した「自分を次期国王に」という条件は、たんに現・王太子の地位を奪うというものではない。

国王が亡き者となった場合に自分が王になる――遠回しに、「お前を殺して自分が王になってやる」という宣戦布告とも受け取られかねない。

「王太子は、次期国王は我が息子ストラウスだ！　貴様ごときを王太子になどするものか！」

殺意すら込めて放たれた恫喝《どうかつ》に、その場にいる貴族達は震え上がった。

グラナードはかつて前・国王の代理を務めていた頃から公正な人物として知られていた。弟に対する態度こそ不条理であったが、決して王として狭量な人物ではないのだ。

そんなグラナードが怒りの感情に憑《つ》かれている姿など、この場にいる者の多くは見たことがなかった。

返答次第ではこの場で兵士に殺害を命じるかもしれない。そんな殺伐とした空気すら匂《にお》わせて、レイドールへと怒声がぶつけられる。

「ああ、そうか。じゃあいいや。最後の条件はなしで」

「は……?」

兄の怒声を受けて、レイドールはあっさりと条件を取り下げた。拍子抜けするようなあっさりとした撤回に、グラナードが思わず間抜けな顔になってしまう。

「やっぱり王太子になんてならなくていい。取り消しだ」

レイドールは平然とした口調で言ってのけ、ニヤリと唇を意地悪く吊り上げた。

「へ……?」

その呆《ほう》けた声は誰のものだっただろうか。

あっさりと、なんの未練も見せずに条件を取り下げたレイドールに、その場にいる者達は揃《そろ》って目を丸くした。

「いや、そこまで嫌と言うのであれば、最後の条件は取り下げると言っているんだよ。どうしても王太子になりたかったわけでもないからな」

あっけらかんとした口調で言ってのけ、レイドールは懐から筆とインクのツボを取り出した。丸めた羊皮紙を再び広げて、躊躇《ためら》いもなく最後の条件に横線を引いて消した。

「よし、じゃあ条件は上の四つということで。それで問題ないよな、兄上？」

「う、む……そうだな……」

先ほどまで烈火のごとく怒りを露《あら》わにしていたグラナードであったが、まるで柳のようにその怒りをいなされて毒気を抜かれてしまう。呆然《ぼうぜん》とした顔のまま、思わずレイドールの言葉に首肯してしまった。

「そうかそうか、納得してもらえたようでなによりだ。さっそく誓文にサインをしてもらおうかな」

（そういうことか、やってくれる……！）

満足そうに腕を組んで頷くレイドールに、ロックウッドは狙《ねら》いを悟った。

レイドールは最初から、グラナードが王太子の座を与えてくれるなどとは思っていなかったのだ。あえて否定される条件を記載しておき、狙い通りにグラナードの激昂《げっこう》を受けたらあっさりそれを取り下げる。そうすることで、他の要求が通りやすくなるように仕向けたのだ。

（レイドール殿下はあっさりと条件を譲歩した。それに付け込んでさらなる譲歩を迫るようであれば、陛下の器が小さく見られてしまう）

この場にいる貴族は、全員が全員、グラナードに忠誠を誓っているとは言えなかった。

国王であるグラナードに表向きは従ってはいるものの、帝国の侵略のせいもあって、隙を見せれば敵に寝返ろうとしている者もいる。

いつ裏切るかもわからない連中の前で、王の器が小さいなところを見せるわけにはいかなかった。

グラナードもロックウッドと同じ考えに至ったらしく、苦々しい顔をしながらもレイドールの主張を受け入れる。

「……いいだろう。その条件で構わん。すぐに印を持ってこさせるから少しだけ待っていろ」

「それには及びませんよ。兄上」

配下に命じて公的な契約に使う印を持ってこさせようとするグラナードであったが、それをレイドールが押しとどめた。

「我らは血のつながった兄弟なのです。ならば、それにふさわしい方法で契約を結びましょう」

「兄弟にふさわしいやり方だと？　まさか、口約束で済ませるつもりか？」

「それで兄上が安心できるなら構いませんが……そうですね、ここは血印をもって契約を結ぶとしましょうか」

「血印……」

グラナードが眉間にシワを寄せた。

血印とはその名の通り、契約書に己の血を使ってサインを記すことである。法によって定められた手段というわけではないため公的な拘束力はないものの、己の血をインク代わりに使うだけあってその契約は重い。血印によって結ばれた契約に背くということは、魂の尊厳に泥を塗る行為に他ならないのだ。

「殿下……お言葉ではございますが、国王であらせられるグラナード陛下に血を流すことを求めるなど不敬ですよ」

今さら不敬も何もあったものではないだろうが、ロックウッドが苦言を呈してくる。

この謁見が始まってから心なしかやつれた様子の宰相に、レイドールは苦笑しながら両手を広げる。

「そうか？　確かに兄上はこの国の頂点に立つ王。俺は王族とはいえ、辺境の一領主に過ぎない。天上と奈落ほどの立場の違いはあるだろう。だが、今は帝国の侵略という国難に共に立ち向かわなければいけないんだ。兄弟の絆を結び直すのは自然なことではないかな？」

「それはそうですが……手段というものがあるのではないでしょうか」

「血のつながった兄弟が、血の契約をもって信義を結ぶ。これ以上、ふさわしい手段なんてないと思うがね」

レイドールは右手の親指を口の中に突っ込み、躊躇いなく犬歯で指先を噛み切った。そして、にじんだ血を使ってサラサラと誓文に己の名を刻む。

「はい、私の名前は書きましたよ。兄上はどうされますか？」

「む……」

赤い血の印が刻まれた誓文を突きつけられ、グラナードはさらに険しい顔つきになる。

自分は血を流すことなど厭《いと》わない。お前はどうなんだ？　そんなふうに挑発をされたような気がしたのだ。

「まあ、兄上がどうしても痛いのは嫌だというのであれば、普通のインクでもいいですよ。無理強いはいたしません」

「……馬鹿にしてくれるなよ。この程度のことを誰が怖がっているというのだ。サインをしないなどと言っていないだろうが」

グラナードは侍従に命じてレイドールの手から誓文を持ってこさせて、自分も同じように指先を噛み切って名前を記した。

国王グラナード・ザインと王弟レイドール・ザイン。二人の王族の名前が血をもって記される。

二人の名前が記された誓文は侍従の手を経由して、再びレイドールの手に戻された。

「これで文句はないだろう、レイドール。お前の条件は呑んでやる。約束通りに帝国と戦うように」

「ええ、もちろん。契約は成立しましたよ…………『起動』」

「なっ……！」

レイドールが短く呪文《じゅもん》の言葉をつぶやいた。次の瞬間、手の中で誓文が黒い炎に包まれる。誓文を焼いた黒炎は二つに分かれて、拳大の火球となってレイドールとグラナードの胸にそれぞれ突き刺さった。

「………………」

「がっ……!?」

レイドールは瞬き一つすることなく黒炎を受け入れる。対照的にグラナードは胸を押さえて玉座から転がり落ちた。

「陛下っ！」

ロックウッドが愕然《がくぜん》と叫び、他の貴族も悲鳴と困惑の声を上げる。謁見の間は瞬く間に怒号と喧騒《けんそう》に包まれた。

「……これで契約は結ばれた。さあ、覚悟しろよ。俺の牙《きば》は深いぞ、兄貴」

誰にも聞こえないほどの声量でレイドールはつぶやき、口元に冷たい笑みを浮かべた。

「近衛《このえ》！　狼藉者《ろうぜき》を捕らえよ！」

宰相ロックウッド・マーセルは倒れる国王に駆け寄りながら、鋭く命じる。

謁見の間で突如として起こった異常事態に凍りついていた近衛騎士であったが、反射的にその命令に従う。

三人の近衛騎士が左右と後方から、レイドールに一斉に飛びかかる。

「はっ！　遅い遅い！」

「ぐうっ……!?」

レイドールは右から飛びついてきた騎士の腕を掴《つか》み、相手の勢いを利用して投げ飛ばす。投げ飛ばした先にいたのは、反対側からレイドールを拘束しようとしていた近衛騎士である。二人の騎士は折り重なるようにして吹き飛ばされていく。

「フッ！」

残る騎士は一人。背後から敵を羽交い絞めにしようとした近衛騎士に、レイドールは振り返りざま裏拳《うらけん》を放つ。腰の回転を十分に加えた鋭い一撃が騎士の顎《あご》を痛打して、脳を激しく揺さぶった。

「ぎ、あ……きさ、ま……」

「寝てろ」

「がっ！」

前のめりになって転倒した騎士は、それでも王を害した狼藉者を捕らえるためになんとか身を起こそうとする。レイドールはそんな忠臣の近衛騎士の頭部を容赦なく踏みつけて、今度こそ昏倒《こんとう》させた。

数秒とかからずに倒された三人の騎士はいずれも近衛に選ばれるだけあって、ザイン王国における最精鋭の戦士である。

そんな彼らが倒れているさまを見下ろして、レイドールは嘆かわしそうに手で顔を覆う。

「王を守る近衛騎士がこの程度とはな！　国が滅びかけているのも道理じゃないか！」

「乱心しましたか……殿下！　これ以上の抵抗はやめていただきたい！」

グラナードを助け起こしながら、ロックウッドが警告の声を放つ。

謁見の間で起こった騒ぎを聞きつけて扉から兵士がなだれ込み、レイドールを遠巻きに包囲する。

「国王陛下に何をしたのですか！　これは立派な反逆行為ですよ」

「反逆……？　俺はただ契約を結んだだけだぜ？」

「真面目《まじめ》に答えるつもりがないのならば拘束させていただきます！　これほどのことを仕出かしておいて、王族として扱われるとは思わぬことです！」

いくらレイドールが強かったとしても、この場においては多勢に無勢。兵士達が一斉にかかれば、いずれは捕らえられてしまうだろう。そして、その先に待っているのは虜囚《りょしゅう》としての扱いである。

そんな未来を突きつけられながらも、レイドールは余裕の笑みを崩さない。

グラナードのそばに寄り添うロックウッドを嘲《あざけ》るような目で見やり、挑発的に中指を突き立てる。

「やれるものならばやってみやがれ！　主君を失う覚悟があるのならばな！」

「何を……！」

「『条件一、国王グラナードはザイン王国国内におけるレイドールの安全を保障するものとする』」

「それは……先ほどの誓文の文言ですか？」

「ああ、そうとも」

怪訝に目を細めるロックウッドに、レイドールは頷いた。

「契約はすでに結ばれている。背けば罰が与えられるだろう」

「まさか……」

嘲弄《ちょうろう》するように言い放つレイドール。ロックウッドは目の前の反逆者が言わんとすることを悟り、顔を蒼褪《あおざ》めさせた。

「それは……私に契約の呪いをかけたということか？」

「グラナード陛下……」

グラナードが身を起こし、レイドールを強く睨みつける。

国王らしく豪奢《ごうしゃ》な服を着たグラナードであったが、その胸元は焼け落ちたようにはだけている。

剥き出しになった肌には、焼きごてを当てたような赤い紋章が刻みつけられていた。一本の剣に蛇《へび》が巻きついている不気味な紋様である。

「そういうことだ。お互いにな」

レイドールの胸元もまた炎に焼かれて剥き出しになっており、均整のとれた筋肉をつけた胸部にはグラナードとまったく同じ紋章が刻まれている。

「愚かなことを……王であるこの私に呪いをかけるとは、自分がしたことの意味がわかっていないのか？」

グラナードの声音には怒りだけではなく、愚かな弟への疑問も込められていた。

特定の行動を強制させる『契約の呪い』は広く知られた呪術《じゅじゅつ》であり、犯罪者に対する刑罰や奴隷を従属させることなどに使われるものである。その強制力は強く、下手《へた》に背けば死に至る罰を受けるものまであるくらいだ。

しかし、その呪いは決して永続的なものではない。相応の手順を踏めば解除することができるものなのである。

「お前がどんな呪いをかけたのかは知らないが、宮廷魔術師が集まればすぐに解除されるだろう。残されるのは貴様が犯した罪だけだぞ、レイドール！」

「かもしれないな。だが、そうでもしなければ俺はアンタを信用できないんだよ。兄貴」

「それは……」

「信用を失う心当たりはあるよな？　裏切ったのは俺じゃなくて、アンタのほうだぜ？」

もはや取り繕うつもりはないのだろう。レイドールは容赦ない言葉の刃を実の兄へと向ける。

王都から辺境に追放したことを公然と非難されたグラナードは目を細め、レイドールの愚かしさを心から嘆く。

「……そのまま私の言う通りにしていれば、貴様がどれほど目障りであったとしても生かしておいてやったものを。聖剣保持者《エクスカリバーホルダー》となって調子に乗っているのか？　王となった私を超えたつもりでいたのか？」

「さあ、どうだろうな？　それを説明してやる義理はないな」

聞く耳持たぬとばかりに口笛を吹く真似《まね》をするレイドールに、グラナードは怒りを通り越して呆《あき》れ果てた。いっそ哀れみすらも感じてしまう。

グラナードにとってレイドールは、聖剣ダーインスレイヴに選ばれた忌々しい存在である。自分の王位を脅かす存在、血のつながった兄弟であることすらも腹立たしい相手であった。

だからと言って、グラナードは積極的に弟を殺したいわけではなかった。

本気でレイドールを厭っていたのであれば、辺境送りなどせずに暗殺することもできたのだから。

「……いいだろう。契約は守ってやる。帝国から奪ったものは貴様が好きにしろ。開拓都市にも支援金を出してやる。だが、私に呪いをかけたことは決して許さん。帝国を退けたら、相応の罰を覚悟してもらおう！」

「そうかよ。だったら俺も真面目に帝国と戦ってやるよ。この国を救って見せるから、大船に乗ったつもりでいるんだな」

レイドールはヒラヒラと片手を振りながら、謁見の間から出ていこうとする。周囲を取り巻く兵士は自然と道を開ける。

（覚悟をしろ？　それはこっちのセリフだぜ、兄貴）

もはや宣戦布告は済ませた。己の敵意を、反逆の意志を隠す必要などない。

奪われたものは取り返す。奪った奴は叩き潰す。

もう二度と、誰にも奪わせはしない。

それが己の居場所を奪われて辺境送りとなったレイドールの信念であり、誰にも譲ることができない誇りなのだから。

「……お前を辺境に追放したことは間違っていなかった！　ダーインスレイヴの前の保持者であった初代国王もまた、兄を殺して国を建国したのだ！」

「…………」

背中にグラナードの声を受けながら、レイドールは振り返ることなく玉座の間から立ち去る。

ザイン王家の血を引く二人の兄弟が決定的に決別をした瞬間であった。

○　○　○

「殿下！　どうしてあのようなことをしたのですか！」

謁見の間を出て宮殿を闊歩《かっぽ》していくレイドール。その後ろを追いかけてきたのは、王国軍の千騎長であるダレン・ガルストであった。

レイドールは足を止めることなく進みながら、詰問してくるダレンを横目で一瞥する。

「どうしてって……契約を破られないように念押ししただけじゃないか」

「だからと言って、国王に呪いをかけるなど……どのような罰が下るかわかりませんよ!?」

「罰ねえ、呪いがかかっているうちは無理だと思うけどな」

誓文の呪いのせいでグラナードはレイドールを害するような行動を取ることができない。呪いが解除されるまでは、レイドールの安全は保障されている。

「契約の呪いなど、宮廷魔術師がすぐに解いてしまいますよ！　そうなれば、陛下の怒りは容赦なく殿下へと向くことでしょう。お願いです、どうか陛下に謝罪を……」

「へえ、気を使ってくれるのか。随分と優しいことじゃないか」

レイドールは意外そうに目を瞬かせた。

ダレンの父親はザイン王国の将軍であるバゼル・ガルストだ。バゼルはグラナードの腹心であり、レイドールの追放に賛同した中心人物の一人であった。

「……確かに、父は殿下の追放に少なからず関わった者の一人です。しかし、それはあくまでも殿下が聖剣保持者《エクスカリバーホルダー》となったことで後継争いが勃発《ぼっぱつ》することを防ぐためであり、殿下に恨みがあったわけではありません」

「そうかよ。どんな理由があろうと、俺がガルスト将軍を許す理由にはならないけどな」

「……それは父も承知しています。辺境へと追いやられた殿下をこちらの都合で戦わせることを、父はとても嘆いておられました」

「……なるほどな」

レイドールは納得して頷いた。

謁見の間でグラナードに呪いをかけた際、その場にいた騎士達がレイドールに襲いかかってきた。しかし、その場にいたはずのダレンは動くことなく立ち尽くしていた。

ダレンが積極的にレイドールを害するような行動を取らなかったのは、彼なりに思う部分があったからなのかもしれない。

(同情か……それとも別の感情か。どちらにしても、最終的に兄貴の味方をするようなら容赦はしないけどな)

「城門はそちらではありませんよ？　どこに行かれるのですか？」

「…………」

そのまま城を出ていくと思わせて見当違いな方向に向かっていくレイドールに、ダレンは怪訝そうな声を発した。

レイドールはダレンを振り返ることなく無言で歩を進めていき、やがてとある部屋の前へとたどり着く。

「ここは……」

そこは国宝であるダーインスレイヴが安置されている部屋だった。

部屋の前には二人の騎士がいて、突然、現れたレイドールと千騎長に目を見開いて驚いている。

「王弟殿下……！　申し訳ありませんが、こちらは陛下の許可がなければ……」

「鍵《かぎ》がかかっているようだな。鍵は……そこか」

「ぐはっ⁉」

部屋の扉に手をかけたレイドールを止めようとした騎士であったが、その顔面に容赦なく拳が突き刺さる。殴られた騎士はあまりの勢いにクルリと一回転して、そのまま崩れ落ちるように床へと倒れた。

レイドールは騎士の腰についている鍵を奪い取り、鍵穴に差し込んだ。

「なっ……いったい何を⁉」

もう一人の騎士が慌てて剣に手をかける。その騎士の肩をダレンが叩いた。

「……もういい。やめなさい」

「ガルスト千騎長！　しかし、これは明らかに……」

「今さらのことです。責任は私が取りますので、貴方《あなた》が気にすることはありません」

「……承知いたしました。我々は何も見てはおりません。居眠りした同僚を医務室に運んできますので、失礼いたします」

諦めたようなダレンの顔を見て、騎士は何となく事情を察したようだった。腰の剣から手を放して、気絶した騎士を引きずり廊下の向こうに消えていく。

レイドールが扉を開け放ち、部屋の中へずかずかと入っていく。

かつて成人の儀の時に訪れて以来の『聖剣の間』。白い大理石の壁と床で囲まれた荘厳《そうごん》な造りの部屋は五年前とほとんど変わらない。あの時と異なるのは、部屋の中央にある台座の上に漆黒の聖剣がそのまま置かれていることである。

レイドールが引き抜いた聖剣を元通りに突き刺すこともできず、選ばれた人間以外には巨石のごとき重さとなる剣を数人がかりで載せたのだろう。

そして、聖剣からは黒い瘴気《しょうき》の奔流が嵐《あらし》のような勢いで噴き出しており、部屋の中で荒れ狂っていたのである。

「これは……くうっ！」

ダレンが愕然としてうめくきながら胸を押さえる。

聖剣から立ち上る瘴気は渦《うず》となって部屋の中の空気をかき回し、まるで小型の竜巻のように荒れ狂っている。

吹き荒れる黒い風に打たれて、ダレンが堪らず膝をついた。

「ぐっ……力が……」

「無理はするな。これは力を奪う呪いの風だ。無理に立とうとすれば衰弱死するぞ」

「レイドール殿下……!?」

黒い嵐が吹き荒れる聖剣の間を、レイドールは躊躇うことなく歩いていく。呪いの風がその身体を打ちつけるが、若き王弟は眉一つ動かすことなく歩を進めていく。

やがてレイドールは台座へとたどり着き、瘴気を撒《ま》き散らしている聖剣を握りしめる。

「随分とはしゃいでいるじゃないか。そんなに俺との再会が嬉《うれ》しいのかよ？」

聖剣から抗議をするようにひときわ強い風が吹き出した。刃となった旋風《せんぷう》がレイドールの頬《ほお》を斬り裂き、血が飛び散る。

「殿下！」

「問題ない。甘噛みされただけだ」

レイドールは苦笑する。頬の傷は浅く、数日もすれば痕《あと》も残らず消えていることだろう。

聖剣は本気で抵抗しているわけではない。レイドールを傷つけようとしているわけでもない。

ただ……拗《す》ねているのだ。自分が聖剣保持者《エクスカリバーホルダー》として選んだ男が五年間もほったらかしにしていたことに、癇癪《かんしゃく》を起こして噛みついてきているだけのこと。

レイドールは泣く子を宥《なだ》めるように、ダーインスレイヴの柄《つか》をゆっくりと撫《な》でる。

「五年の年月を越えて我が手にようこそ。聖剣ダーインスレイヴよ！」

頬から流れ落ちる血を無視して、レイドールは聖剣を台座から持ち上げた。

初代国王以来、誰にも抜くことができなかった黒き聖剣が再びレイドールの手の中に収まる。

部屋を荒れ狂っていた嵐が吹きやんだ。代わりに、夜闇《よやみ》を凝り固めたような漆黒のオーラがダーインスレイヴの周囲を逆巻いた。

「おお……！」

ダレンの口から思わず声が漏れる。

その声に宿った感情は恐怖か、それとも感嘆か。

「私は……英雄譚《たん》の一節に立ち会っているのですか？　これは新たな英雄が生まれた瞬間ということなのですか？」

肩を震わせながら、ダレンは神に祈るような気持ちで頭を下げた。

相手は自分が仕える王に呪いをかけた謀反《むほん》人のごとき男。そうと知りながらも、敬意を示さぬわけにはいかなかった。

騎士としての魂が、武人としての誇りが、目の前に生まれた英雄への最敬礼を全力で求めていたのである。

そんな千騎長の視線を背に受けながら、レイドールは高々と聖剣を頭上に掲げるのであった。

○　○　○

「おかえりなさいませ、ご主人様」

聖剣を取り戻し、屋敷に戻ったレイドールをネイミリアが蕩《とろ》けるような笑顔で出迎えた。

砂糖菓子のように甘ったるくも美しい表情は、異性はもちろん同性さえも夢に見るほど虜《とりこ》にしてしまうだろう。

「ああ」

そんな笑顔を向けられたにもかかわらず、レイドールの反応は淡白である。

すげなく返事しながらも視線は床に転がっている『もの』へと向けられており、怪訝そうに眉根を寄せた。

「何だ、それは。どっから拾ってきた?」

「拾ってきたなんてまさか！　勝手に家に入ってきたので、とりあえず駆除しておいただけですよ！」

ぶんぶんと両手を振るネイミリアの足元には、五人の男性が横たわっている。

貴族達が住まうこの区画では見かけることがないであろうボロキレのような服を着た男達は、いずれも白目を剥いて口から泡を吹き昏倒している。

「それで？　こいつらはどこのどいつだ」

「拷問《ごうもん》……もとい尋問をしたところによりますと、どうやらこの国の貴族に雇われた刺客のようですね」

「刺客……おいおい、さっそく俺の命を狙ってきやがったのか？」

王の御前であれほど暴れて見せたのだ。命を狙われたとしてもおかしくはない。

国王の息がかかった貴族が、王の敵を討つために暗殺者を送り込んできたのだろうか。

（それにしても、動きが早すぎるな。グラナードの部下が動くにしても、てっきり俺がかけた呪いの解析が終わってからになると思っていたんだが……）

レイドールがグラナードにかけた呪いは、グラナードがレイドールとの約定に背く行為を取ることで発動する。その最たるものはレイドールに危害を加えることである。

呪いを解除するよりも先に襲ってくるなど、いくらなんでも気が早すぎはしないだろうか。

「いえいえ、この方達は私が目的だったようですね」

「お前が……？」

「はい、私のことを生け捕りにして、どこかに連れていくつもりだったようですよ？」

ネイミリアの言葉にレイドールはしばし考え込み、やがて一つの結論に達して指をパチリと鳴らした。

「そうか、人質か！」

レイドールは聖剣に選ばれた勇者であり、この国の命運を握っていると言ってもいいジョーカーだ。その力を欲する者はこの国にいくらでもいるだろう。

彼らの雇い主である貴族が、王の息がかかった者か、独断で行動している者かは判然としない。どちらにしても、レイドールに対する交渉のカードとしてネイミリアの身柄を押さえようとしたに違いない。

「なるほどな、それは盲点だった」

別にネイミリアのことを忘れていたわけではない。

しかし、レイドールにとってネイミリアとは守るべき『か弱い』存在というわけではなく、ゆえに人質に取られるという発想自体がなかったのだ。

そもそも、ネイミリアの正体は『破滅の六魔女』と呼ばれた世界を滅ぼしかけた魔人である。二百年にわたる封印によって力の大部分は失っているものの、その力は常人の及ぶものではない。

聖剣の加護を受けているレイドールでさえ、ダーインスレイヴなしでは勝てるかわからない相手なのだから。

「なるほどな……これからは屋敷に警備の人間を置いたほうがいいかもしれないな。できれば開拓都市の冒険者に来てもらいたいんだが……」

開拓都市レイドの冒険者は、レイドールにとって共に同じ釜《かま》の飯を食った信頼のおける戦友。王都を守っている小綺麗《こぎれい》な騎士などより遥かに頼もしい者達である。

しかし、彼らは南方の密林からの魔物の流入を防ぐ役割を持っており、開拓都市を容易に離れることはできないだろう。

開拓都市の最高戦力であったレイドールが町を離れている現状となれば、なおさらである。

(帝国との戦いが終われば、次は兄貴と……グラナードと対決しなければならない。せめて使える手足がもう二、三本欲しいところだが……)

とは言ったものの、ここはグラナードのお膝元。レイドールに味方をする者は多くはないだろう。

表向き味方をする者はいたとしても、グラナードや貴族の息がかかっていないとも限らない。

(可能性があるとすれば、今回の帝国との戦いだな。ここで俺が目に見えた結果を出せば、グラナードを裏切って俺につく人間だって現れるかもしれない)

そのためには、圧倒的な結果を残さなければならない。

勝利をすることは絶対条件であるが、それ以上の圧勝が必要となる。

将軍であるダレン・ガルストや他の王国軍の兵士の頭を抜くような手柄を立てなければならない。

(となれば、奪《と》るべき首は一つだな……敵の聖剣保持者《エクスカリバーホルダー》を確実に落とす！)

「それはそうと、ご主人様。お風呂《ふろ》とご飯、どちらにいたしましょう？　それともやっぱり私ですか？　私ですよね!?」

「兄貴の手の者がいつ襲ってくるかわからないからな。しばらくは警戒を強めて、俺のベッドにも入らないように」

「えええええええええっ⁉」

予想以上に愕然とした叫びが返ってきた。

レイドールはあまりの声量に両耳を押さえて、大きく身体をのけぞらせた。

第七章 嵐の前の静けさ

アルスライン帝国。

三百年前に『破滅の六魔女』によって引き起こされた大厄災の後、いち早く復興を進めて周辺諸国を併合し、大陸中央の覇者となった大国。

かの国が大陸制覇という見果てぬ野望を抱くことになったのは、ほんの数年前のことである。

大国ではあったものの、それ以前の帝国はどちらかと言えば保守的な体制をしており、武力で周辺国を侵略するよりも、すでに持っている富を失わないように尽力していた。

ただでさえ、大国となったことで周囲に多くの敵を作ってしまったのだ。

大陸南方の亜人国や東方のギルド連合国を始めとして、帝国を脅《おびや》かす勢力は少なからず存在している。

北方にある神皇国とは同盟関係にあるものの、国家間の同盟などいつ破棄されるかわからないもので信用できるか定かではない。

迂闊《うかつ》に戦争を引き起こしてしまえば、彼らに付け入る隙《すき》を与えて四方に敵をつくることになりかねないのだ。

そんなアルスライン帝国を大陸制覇に駆り立てたきっかけは、帝国が所有する三本の聖剣である。

炎の聖剣『デュランダル』

氷の聖剣『ギャラルホルン』

雷の聖剣『クラウソラス』

その三つの聖剣の加護を受ける保持者が同時期に現れたのだ。

聖剣の保持者は数十年に一度現れるかどうかというもので、これまでもそれぞれの聖剣に保持者が出現することはたびたびあった。

しかし、三本の聖剣に同時に保持者が選ばれることは、帝国建国以来、初めてのことである。

時の皇帝であるザーカリウス・ヴァン・アルスラインは、これを大陸制覇を成し遂げる千載一遇《せんざいいちぐう》の機会であると判断して、周辺諸国への大規模侵略に踏み切ったのである。

ザーカリウスの命を受けて、帝国軍は東方のギルド連合国、南方の亜人諸国、そして西方のザイン王国へと同時侵攻を開始したのであった。

ザイン王国東部、帝国軍陣地にて。

聖剣という強力な兵器の力を借り、ザイン王国への侵略は順調に進んでいた。

すでに王都を守る最後の要塞《ようさい》にまで帝国軍が押し寄せており、王国の命運は風前の灯火《ともしび》となっている。

「流石《さすが》に堅いのう。敵も粘ってくれるではないか」

「ここはザイン王国の最後の砦《とりで》ですからね。王国の奴《やつ》らも必死なのでしょう」

ザイン王国の王都手前にある『ブレイン要塞』を遠くに見据えて、二人の男が硬い顔つきで言葉を交わしている。

帝国軍の所属であることを示す軍服を着た二人は、白髪頭の老人と、それよりもいくらか若い壮年の男性である。

「うむ、しかし陥落も時間の問題。もはや一ヵ月と保《も》つまい」

重々しく口を開く老人の名前はグラコス・バーゼン中将。

アルスライン帝国軍西方侵攻軍の最高責任者であり、五十年近くも帝国のために戦い続けている老将である。

「はい、ここを落としてしまえば王国は丸裸も同然。焦らずじっくり攻めましょう」

そして、老将の言に応える男の名はダラス・サファリス大佐。

同じくアルスライン帝国軍西方侵攻軍に所属している将で、バーゼンにとっては信頼できる副官であった。

帝国軍の陣地であるその場所には多くの兵士が行き来している。大陸一の練度を誇る帝国の兵士はいずれもきびきびとした無駄のない動きで戦いの準備を進めており、それほど間を置くことなく攻撃が再開されることだろう。

今から二ヵ月前、アルスライン帝国軍は西方のザイン王国へと侵攻を開始した。

王国とは過去に幾度か小競り合い程度の戦いをしているものの、本格的な侵略はこれが初めてのことである。

ザイン王国は国の規模こそ帝国の十分の一ほどしかないものの、弱国かと聞かれれば決してそうではない。地の利を上手《うま》く使った守りの戦にはかねてより定評があり、今回の侵攻にもかなり時間がかかるものと見積もっていた。

しかし、実際に戦いが始まってしまえば、攻め込んだ帝国のほうが驚いてしまうほどに侵略は順調に進んでいる。

国境の要所であるバルメス要塞をわずか一ヵ月で陥落させ、さらに一ヵ月で王国東方に領地を持つ貴族のほとんどを服属させた。

そして、いよいよ王都を守る最後の要所であるブレイン要塞へと帝国は攻め込み、実質的な王手をかけていた。

「まさかこれほど早く事が運ぶとは思いませんでした。長年の敵である王国がこれほど容易《たやす》く……」

サファリスがどこか呆れたように溜息をついた。

十年ほど前にも一度、帝国はザイン王国に侵攻をしたことがあるが、その時は国境の砦を落とすことすら叶《かな》わなかった。

若かりし頃《ころ》のサファリスもまた過去の侵攻に参加しており、苦々しい敗戦の記憶として残っていた。

「ふむ……恐るべしは聖剣ということかのう。たった一人の人間が、よもや戦況を決定的に変えてしまうとは」

「そうですね……まさに英雄……」

誇らしげなバーゼンに対して、サファリスの顔はどこか苦い。

自分達が散々苦労をして落とせなかった要塞を、これほど簡単に攻略してしまった聖剣保持者《エクスカリバーホルダー》に対して複雑な感情を抱いているのだ。

そんな副官の態度に、バーゼンは気安げに肩を叩《たた》く。

「そう気を落とすことはない。お前も知っているだろうが、殿下は快活で裏表のない御仁だ。鬱屈《うっくつ》した感情を向ける相手としては向かぬぞ？」

「それは……もちろん存じ上げておりますが……うっ⁉」

上官の慰めに眉尻《まゆじり》を下げるサファリスであったが、遠くからこちらに走ってくる人物の姿に表情を引きつらせる。

その人物は飛ぶような速さで帝国軍の陣地を駆け抜け、小さくジャンプをして二人の前に着地する。

「もうっ、二人ともこんなところにいたんだ！　探しちゃったじゃない！」

「おお、これは姫殿下。どうされましたかな？」

「………………」

新たな闖入者《ちんにゅうしゃ》の登場にバーゼンが双眸《そうぼう》を優しそうに緩め、サファリスは頬《ほお》を引きつらせた。

現れたのは十代半ばを過ぎたほどの女性で、まだ『少女』と呼んでもいいような年齢である。

太陽の光を織り込んだように輝く長い金髪。晴れた空のように青い瞳《ひとみ》。鼻筋が通った顔立ちは美しいが、まだ幼さとあどけなさが残っている。

服装は軍服であったが、見事なまでに似合っていない。美しい相貌《そうぼう》はドレスを着て舞踏会にいたほうが遥《はる》かに映《は》えることだろう。

「戦の話をするのなら私も呼んでって言ったじゃない！　また私だけ除《の》け者にして、本当に意地悪なんだから！」

少女は落ち着きのない子供じみた動きで身体《からだ》を跳ねさせる。背中で金色の髪がバサバサと翼のように踊っているのも気にしていないらしく、「怒ってるぞ！」とアピールするように頬を膨らませていた。

そんな子供っぽい仕草を見せる少女の腰には一本の剣が差されている。

少女の名前はセイリア・フォン・アルスライン。帝国皇女であり、雷を司る聖剣『クラウソラス』に選ばれた聖剣保持者《エクスカリバーホルダー》であった。

「これは……申し訳ございませぬ。姫殿下。こちらのサファリスがどうも殿下を苦手としているようで仕方がなく……」

「はあっ⁉」

バーゼンからの突然の責任転嫁に思わずサファリスは叫んだ。セイリアは「やっぱり」と頷《うなず》いて、唇を尖《とが》らせる。

「もう！　いい加減に慣れなさいよ、サファリス大佐！　大佐が女嫌いだとは聞いているけど、一緒に戦っていく仲間なんだから。そんなことでは戦場でやっていけないでしょう！」

「……大変、ご無礼を。セイリア殿下」

サファリスは隣の上官を恨めしそうに睨《にら》みながら、セイリアへ頭を下げた。

「大佐もいいお年なんだから、女性嫌いを克服して結婚相手を探しなさいね。目つきは悪いけど、大佐は顔つきも悪くないし、その気になればすぐにだっていい人が見つかるから！」

「…………善処いたします。ご配慮に感謝を」

これでもかと渋い顔になったサファリスは顔を伏せて表情を隠す。

そんな副官の肩をバシバシと叩いて、バーゼンが割って入る。

「こやつには私がきつく言っておきますゆえ、どうぞお許しくださいませ。それよりも、戦の話でしたな。ぜひとも姫殿下にもお意見をいただきたい！」

「うん、もちろん！　私もおじいちゃんと戦の話がしたいと思ってたんだ！」

「ほっほっほ、それはよかった！」

無邪気に近寄ってくるセイリアに、バーゼンがニマニマとだらしなく頬を緩める。

そんな上官を横目に、サファリスはこれ見よがしに溜息をついた。

「また甘やかして……本当に仕方がない」

サファリスは皇女であり、聖剣保持者《エクスカリバーホルダー》でもあるセイリアのことを苦手としている。その最たる理由は横にいる上官にあった。

グラコス・バーゼンという老将は帝国全土に勇名をとどろかせる英傑である。

時に慎重に、時に大胆に兵を動かす用兵ぶりは見事の一言に尽きるものであり、敵からは悪魔、味方からは軍神と呼ばれるほどであった。

サファリスは若い頃から厳しくも慈悲深いバーゼンに憧《あこが》れの感情を抱いており、数年前に前任者の引退に伴って副官に選ばれた時には涙すら流して喜んだほどである。

そんなグラコス・バーゼンであったが、セイリア姫殿下と接する時だけはまるで孫に弱い老人のように情けない姿になってしまう。

そんなバーゼンの姿を見るたび、サファリスは無性に情けない気持ちになってしまうのだ。

「それで、おじいちゃん。大佐とどんな話をしていたの？」

「うむ、いかにしてブレイン要塞を落とすべきかと話してましてな」

セイリアがあどけなく首を傾《かし》げて尋ねた。聞かれたバーゼンは、やはり一も二もなく口を割る。

「ブレイン要塞は国境にあるバルメス要塞以上に堅牢《けんろう》な構造をしており、武器や兵糧の備蓄に関しても潤沢であるとの調べがついております。落とすにはまだまだ時がいるでしょうな」

「ましてや、そこを守っているのはバゼル・ガルスト将軍です。一筋縄ではいかないはずです」

バーゼンが説明して、横からサファリスが補足する。セイリアは感心したように頷いた。

「ふうん、そんなにすごいんだ。敵の将軍は」

「無論ですじゃ。ガルスト将軍は二十年にもわたって国境を守り続けた歴戦の猛将。ザイン王国にとっては守護神と言っても良い人物ですからのう」

「へえ、それっておじいちゃんよりもすごいの？」

「まさか！　私のほうがすごいに決まっていますとも！」

セイリアの無邪気な問いに、バーゼンがムキになって答える。

「いかに猛将とはいえ、しょせんは二十も若い若輩。有能とは言っても、弱国であるザイン王国の中でのこと。我等の敵ではありますまい！」

「そうなんだ、流石おじいちゃん！」

「うむうむ！」

セイリアの称賛に「えへん」と胸を張るバーゼン。そんな上官を白々しく見ながら、サファリスは水を差してやろうと口を開く。

「とは言え、その敵国の守護神のせいで帝国の覇道が妨げられてきたのもまた事実。この戦い、容易ならざるものとなりましょう」

「ふうん、だったら私がその人の首を取ってこようか？」

セイリアが何でもないことのように言ってのける。

「私だったら、一人で要塞に入ってその人を討ち取ってこれるよ？　そうすれば、この戦は私達の勝ちでしょう？」

「なりませぬ！　姫殿下にそのような危険なことは！」

バーゼンが肩を怒らせて叫ぶ。先ほどまでの優しげな面立《おもだ》ちとは打って変わり、老将の顔つきは厳しいものへと変貌《へんぼう》する。

「姫殿下、お願いですからバルメス要塞の時のような無謀なことはしないでくだされ！　あの時は心臓が止まるかと思いましたぞ！」

実のところ、帝国軍が国境のバルメス要塞を短期間で落としたのはセイリアの活躍が大きかった。

聖剣保持者《エクスカリバーホルダー》である皇女は帝国軍が要塞を攻撃するのに合わせて無断で突出して、驚異的な身体能力で城壁を飛び越えて要塞内部へと侵入したのだ。

要塞に飛び込んだセイリアは聖剣を抜いて暴れ回って敵を混乱に陥れ、結果として城壁の守りが手薄となったところをバーゼン率いる帝国軍が破ったのである。

その獅子奮迅《ししふんじん》の戦いぶりはまさに英雄。聖剣保持者《エクスカリバーホルダー》としてふさわしいものであったが、彼女を溺愛《できあい》するバーゼンにとっては悪夢のようなものだった。

「姫殿下、どうか約束してくだされ！　あのような無謀な戦いはしないと、二度とこの爺を心配させないと！」

「ええっと、それは……」

セイリアはバーゼンの剣幕にたじろぎながらも、もじもじと両手の人差し指を合わせて言葉を濁らせている。

明言を避けている様子から察するに、今回のブレイン要塞攻略でも同じようなことをするつもりだったのだろう。

「ひ・め・で・ん・か！」

「あう……」

珍しく怒った表情で詰め寄ってくる老将に涙目になるセイリア。

そんな二人の姿にサファリスはうんざりしたように首を振って、横から助け舟を出した。

「セイリア殿下。先日の戦での突出した戦いぶり、真に見事でございました。ですが……殿下ばかりが活躍してしまっては、私どもを始めとした多くの士官が活躍をする機会を失ってしまいます。兵士の中にはこの機会に手柄を立てて立身出世を目指している者もおりますので、どうか我らに手柄を譲っていただけると有り難いのですが？」

「んー……………そういうことなら、わかった」

セイリアはかなり長い時間考えて、やや不満そうに頷いた。

勇猛果敢《ゆうもうかかん》な姫騎士は向こう見ずな性格ではあるものの、決して道理がわからないわけではない。こうして他の兵士のことを引き合いに出せば必ずわかってくれる。

セイリアの清廉《せいれん》さと慈悲深さは、彼女を苦手とするサファリスであっても疑いなく理解していることだった。

「その代わり、殿下の力が必要となったら必ずご助力いただきます。どうぞそれまでご辛抱を」

「うん、わかった。楽しみにしてるね？」

「うむうむ、それでこそ姫殿下じゃ。臣下をいたわってこその王族。人の上に立つものの器ですぞ！」

素直に了承するセイリア。その頭をバーゼンが優しく撫《な》でて、アイコンタクトでサファリスに礼を告げる。

「…………」

サファリスは肩を竦《すく》めて上官に応《こた》えて、二人から視線を逸《そ》らして要塞へ向けるのであった。

兄王グラナードと謁見をして聖剣を取り戻した翌日、レイドールはさっそく帝国との戦いの舞台であるブレイン要塞へと出発した。

レイドールのお供についているのは、王都にやって来た時と同じくダレン・ガルスト千騎長とその部下の兵士が百人ほどである。千騎長であるダレンは文字通りに千の騎兵を率いているのだが、すでにその配下の多くは先行してブレイン要塞に向かっていた。

ちなみに、出立するレイドールをグラナードが見送りに出てくることはなかった。城にこもったまま、顔すら見せることはない。

「それは当然でしょう。昨日はあんなことがありましたから」

「かもしれないが……嘘《うそ》でも表を取り繕うのも王の責務だと思うがね」

レイドールは今日も馬車の中でダレンと顔を合わせて戦場に向かっていた。

出征するのだから馬車ではなく騎乗していくべきだと思うのだが、どうやらそれはグラナードが反対したようである。

どうやら、名実ともに聖剣保持者《エクスカリバーホルダー》となったレイドールが民衆の目にさらされることを、グラナードが極力避けたがっているようだった。

「そんなに怖がらなくてもいいのにな。アレの怯《おび》えようは異常だよな」

「また国王をアレなどと……」

ダレンはレイドールの暴言に顔をしかめながら、口で何を言っても無駄だと悟ったのか首を振った。

「……陛下は建国王を慕っておられますから。それだけ聖剣の力を重く見ているのでしょう」

「ふんっ……そのために弟を追放したくらいだ。それはもう、さぞや重たく見てるんだろうな」

「……ところで、ミリア殿は今日もメイドの格好をしているのですね。いくら高位の魔術師とはいえ、流石に着替えたほうが良いと思いますが？」

話題を変えたかったのだろう、ダレンはレイドールの隣に腰かけているネイミリアへと目を向けた。

戦地に赴くということもあって、レイドールは冒険者としての服装ではなく、事前に開拓都市の鍛《か》治《じ》師に作らせておいた黒い鎧《よろい》を身につけている。溶かした鉄に魔物の血や骨を混ぜ合わせた特製の鎧は見た目以上に軽く、並の刀剣では傷跡すらつけられないほど丈夫なものである。

対して、ネイミリアはいつもと同じくメイド服姿であった。黒地のドレスの上にエプロンを身につけた姿はあまりに場違いであり、これから戦場に向かうとは思えない気の抜けた格好である。

「エプロンドレスはメイドの戦闘服です！　戦場に行くのでしたら、これ以上の服などありませんん！」

ネイミリアは堂々と胸を張って断言した。その自信満々な口ぶりは、まるでダレンのほうがおかしなことを言っているようにさえ聞こえてしまう。

ダレンは軽く顔を引きつらせながらも、すぐに理解不能な相手と口論することの無意味さを悟って首を振る。

「……そうですか。まあ、貴女《あなた》が良いのでしたら私に文句などありませんが」

「こいつのことは心配いらない。それよりも戦の話をしようぜ」

レイドールは無駄な会話を中断して本題を切り出した。

「まずは王国軍の現状から話してくれ。帝国に追い詰められているとは聞いているが、具体的にどれくらいの戦力差があるんだ？」

「そうですね……まずは王国軍の戦力ですが、ブレイン要塞に詰めている兵士の総数は一万。その指揮はわが父、バゼル・ガルストが執っています」

「………」

バゼル・ガルストという名前にレイドールの片眉がピクリと動く。それはかつて己を追放した人物の一人であった。

ダレンはそんなレイドールの変化に気がついていたが、蛇《へび》が潜んでいるとわかっている藪《やぶ》をあえて突くこともないだろうと話を続ける。

「対する帝国軍の総数は五万。そのうち二万は東方に領地を持つ貴族の鎮圧に向けられているため、要塞を攻めている兵は三万。兵力差は三倍ということになります」

「なるほど……それは想像以上にやばそうじゃないか」

援軍の当てもなしに三倍の兵力差の相手に籠城《ろうじょう》を強《し》いられるなど、要塞にいる兵士にしてみれば悪夢のようなものだろう。

それだけ戦況が切迫しているのであれば、疎《うと》まれて辺境送りになっていたレイドールが連れ戻されるのも無理はないことである。

「しかし、わからないな。そんな首の皮一枚の状態でどうしてグラナードは動かない？　何故《なぜ》王都にこもったまま戦場に出ようとしないんだよ」

それはかねてからの疑問であった。

国王が安全な場所に待機して危険な戦場に出ない。それは当然のように思えるが、国が滅びかけている現状では悪手であった。

国王が最前線に赴けばそれだけで兵士の士気も上がるだろうし、王の護衛である近衛《このえ》兵も動員することができるため戦力は格段に上がる。

どうせブレイン要塞を抜かれれば、王都が落とされるのは時間の問題なのだ。下手《へた》に戦力を温存などせず、一気に放出するべきではないだろうか。

「それは……」

レイドールの疑問にダレンが言葉を濁す。逡巡《しゅんじゅん》するその表情を見れば、この若き千騎長が同じ考えを持っていたことは明白だった。

ダレンはしばし迷って黙り込んでいたが、自分に向けられるレイドールとネイミリアの視線に、やがて諦《あきら》めたように口を開く。

「……国王陛下は決して臆病《おくびょう》者ではありません。しかし、あのお方は聖剣を極端に恐れています」

「はあ?」

「ブレイン要塞が包囲された当初、陛下は自ら御親征あそばれることを提案されました。しかし、敵に聖剣保持者《エクスカリバーホルダー》がいると聞いてからというもの、出征を取りやめて王宮にこもってしまいました」

「私は戦争のことはわかりませんけど、どんな敵であったとしても国のために最善を尽くすのが王様の務めなのではないでしょうか？」

「………」

ネイミリアが首を傾げて尋ねると、ダレンは顔を俯《うつむ》けた。

「……あのお方は、聖剣の影に憑《つ》かれているのです。己が聖剣に選ばれなかったために、聖剣保持者《エクスカリバーホルダー》に対して極端なほどの恐怖と敵愾心《てきがいしん》をお持ちなのです」

「……迷惑な話だな。聖剣がアレに何をしたっていうんだか」

レイドールは皮肉そうに唇を歪《ゆが》めて吐き捨てる。

聖剣を敵視しているがゆえに実の弟を排斥《はいせき》して、恐怖しているがゆえに戦場に出ようとしない。

聖剣が絡むと、兄はとんだ愚王になってしまうようである。

「国を守るために必要だからと弟を捨てたくせに、その国が滅亡に瀕している時に自分は死力を尽くせないとか何の冗談だよ。それで玉座に就く資格があるとか思ってんのかね？」

「国王陛下は……有能なお方です。少なくとも、政《まつりごと》に関しては」

ダレンが言い訳にもならない擁護をする。

必死な様子で言い募る騎士にそれ以上の非難をぶつけても仕方がない。レイドールは不機嫌に顔をしかめたまま、馬車の窓から顔を出した。

(聖剣は人の力を超えたもの。それを恐れるのは人として正しい。しかし……)

レイドールは手を伸ばして、腰に佩《は》いた漆黒の剣の柄《つか》に触れる。

戦場が近づいてきているのを感じ取っているのか、ダーインスレイヴは火で炙《あぶ》られたように熱を帯びている。

(聖剣に選ばれたから王になるんじゃない。王となるべきものだから聖剣がそれに応えるんだよ。なあ、兄貴……もしもお前が真に王の器の持ち主ならば、ダーインスレイヴは最初からお前を選んでいたさ)

レイドールの手の中で、漆黒の聖剣が小さく脈動して肯定した。

○　○　○

王都からブレイン要塞までは馬を走らせて一週間はかかる道のりである。

レイドールと護衛の騎士達は途中で野営をして、時に街道近くの村に宿泊しながら、東へ向かって進んでいく。

最初の五日間は何事もなく順調に進んでいたのだが、六日目にトラブルが発生した。

「おはようございます、殿下。お目覚めでしょうか?」

「う……ダレンか……?」

早朝、天幕で眠っていたところを外から声をかけられ、レイドールは顔をしかめて起き上がる。

目覚めたばかりのレイドールであったが、その顔は非常に不機嫌なものであり、目元にはくっきりと濃い隈《くま》ができていた。

レイドールはこの道中、ネイミリアと同じ天幕で寝泊まりしている。昨晩は野宿が続いたことで変に興奮したエロメイドが色々とおかしな迫り方をしてきたせいで、レイドールはすっかり寝不足になってしまったのだ。

「むにゃむにゃ……ご主人様の大胸筋、とっても美味《おい》しそうです……むふふっ」

寝不足の元凶であるネイミリアは、一糸纏《まと》わぬ姿で幸せそうに寝息を立てている。口からはヨダレが垂れており、剥《む》き出しになったレイドールの胸元はグッショリと濡《ぬ》れていた。

「コイツめ……」

レイドールは、緩みきった顔をしているメイドを文字通りに叩き起こしてやりたい衝動に襲われた。しかし、外にいるダレンをあまり待たせるわけにもいかない。小さく舌打ちをすると、手早く乱れていた服を整えて天幕の外に出た。

「待たせたな、ダレン」

「おはようございます、殿下。早朝から恐れ入りますが、少々、お耳に入れたいことがございまして……」

「何だよ、言ってみな」

申し訳なさそうな表情のダレンに、レイドールが先を促した。

「先ほど地元の者から聞いたことなのですが……どうやら、この先の街道に魔物が出没しているようです」

「魔物？　それがどうした。別に珍しいことではないだろうが」

レイドールは眉《まゆ》をひそめ、怪訝《けげん》な声を返した。

「魔物なんてそこら中にいるだろう。いちいち、気にしてたら生活できないぜ？」

「殿下……ここは貴方《あなた》が暮らしていた辺境とは違うのですよ？　森や山奥ならばまだしも、街道や人里に魔物が出てくるような大事は滅多に起こりません」

「む……そうだったか？」

レイドールは不思議そうに目を瞬かせる。辺境での暮らしが長くて感覚が鈍っていたが、思い返してみれば、ダレンの言う通りかもしれない。

「ましてや……街道を荒らしているのは、どうやら亜竜のようです」

ダレンが悩ましげに端正な顔を歪めて、溜息をつきながら説明を続ける。

「亜竜……『竜もどき』か。それはまた大物だな」

ダレンの言葉に眠気が覚めたのか、レイドールがわずかに目を見張った。

この世界において最強の魔物は何か。そう尋ねられた時に、多くの戦士や冒険者が真っ先に挙げるのは『竜』である。

ドラゴン、ヒュドラ、レヴィアタン、リンドブルム、ミドガルズオルム……竜に含まれる魔物は数多いが、そのいずれもが災害級に指定されており、町や都市を壊滅させる恐れがある怪物として認識されていた。

災害級の魔物としては、かつてレイドールが開拓都市で戦ったカタストロ・オルグも同様の危険度である。しかし、カタストロ・オルグが『群れ』として高い危険性を持つのに対して、竜は単体で都市を滅ぼす戦闘力を有しているのだ。

魔法を使ったり、人間の言語を操る個体まで確認されており、その力は未知数である。

『亜竜』は本物の竜ほどの力や知恵はないものの、ほとんど人の生存圏に現れない竜とは違ってたびたび人里近くに出現するため、より身近な脅威として恐れられていた。

「ドラゴンと戦ったことはないが、亜竜だったら辺境で何度か出くわしたな。他の冒険者と協力して、ようやく倒すことができた」

「……そうですね。近くの町の領兵が街道を封鎖しているらしく、冒険者を雇って討伐隊を結成しているようです。討伐にはしばらくかかるらしく、このままでは街道を迂回《うかい》することになりそうです」

ダレンは沈痛な声音で語る。

街道を迂回して通れば、さらに数日要塞にたどり着くのが遅くなってしまう。少し遅れたくらいで難攻不落《なんこうふらく》のブレイン要塞が落とされるとは思わないが、やはり不安なのだろう。

「おいおい、どうして他の奴が倒すのを待たなくちゃいけないんだよ。邪魔な魔物がいるのなら、俺達で倒して通れば済むことだろうが」

「は……？」

あまりにもあっけらかんとしたレイドールの口調に、ダレンは思わず間抜けな声を漏らした。

「で……ですが、相手は亜竜。決して弱い魔物ではありません。我々は人数も少ないですし、魔物狩りの準備はしていません」

ダレンとて、決して臆病風に吹かれて魔物を恐れているわけではない。

そもそも、騎士は敵国の侵略など人間を敵として戦うことを想定した戦力である。魔物との戦いは冒険者らの仕事だった。
冒険者だけで対処しきれない魔物が出現すれば戦いに参加することもあるのだが、罠《わな》を張って魔物を追い込んだり、薬物を使用して追い払ったりするなどの専門的なノウハウを、騎士は持っていないものである。

「確かに、我らは百人以上もいますので頭数だけならば十分に揃《そろ》っているでしょう。けれど、騎士である我らに魔物と戦うための知識や技術はありません。準・災害級の魔物である亜竜を相手にすれば、少なからぬ被害が出るでしょう」

これから戦場に行くというのに、余計な被害を出すわけにはいかない。ダレンは硬い表情で苦言を呈した。

「ははっ、そんなことかよ」

だが、レイドールはダレンの忠言を一笑に付した。

「だったら問題はない。亜竜と戦うのは俺一人。お前達はついてこなくても構わないぜ」

「なっ……！」

レイドールのあまりにもな言葉を受けて、ダレンは数秒言葉を失った。しかし、すぐに眉間《みけん》にシワを寄せて声を上げる。

「まさか！　そんなことができるわけがありません！　我々はレイドール殿下の護衛です。護衛対象であるお方だけを戦いに行かせて、引っ込んでいる騎士がどこにいるというのですか⁉」

「大した忠義じゃないか。護衛と言っても一時的なものだろうに。兄貴の命令で動いている奴が、俺に忠義立てする必要はないぜ？」

「馬鹿《ばか》にしないでいただきたい！　確かに私は国王陛下の命によって殿下の護衛を務めています。けれど、殿下が身命を賭《と》してお仕えすべき、尊い血を受け継ぐお方であることに変わりはありません！殿下が魔物と戦うのでしたら、我々もお供いたします！」

「……そうかよ、泣かせることを言うじゃないか」

まっすぐな視線で言ってくるダレンに、レイドールは気まずそうに顔を背けた。王都を追放されてから王族として扱われていないため、こういった場面ではどうしても照れが勝ってしまうのだ。

レイドールは気を取り直して、コホンと一つ咳《せき》払いをする。

「お前が理想的な騎士であることはよくわかった……だが、今回は俺が戦いたいんだよ」

言って、レイドールは腰に差している剣の柄を手の平で撫でる。

そこにあるのは冒険者として活動していた頃の使い慣れた剣ではなく、革の鞘《さや》に収められた漆黒の剣である。その正体は、再会したばかりの聖剣ダーインスレイヴだった。

「戦場に出る前に、聖剣の試し斬《ぎ》りをしておきたい。俺とコイツだけでどこまでやれるのかを、試しておきたいんだよ」

「それは……」

「竜に最《もっと》も近い魔物である亜竜は、俺達の最初の敵にふさわしい。そうは思わないか？」

「……………」

ダレンは無言のまま頷いた。

仕える主君がそう決めたのであれば、騎士であるダレンに是非などない。

レイドール一行が亜竜退治をすることが決定したのだった。


かくして、レイドール一行は亜竜の生息域となってしまった街道を進んでいく。

近隣の領主によって閉鎖された街道は人の行き来が消えており、閑散《かんさん》として静まり返っている。

レイドールはここまで乗ってきた馬車から降りて、馬に乗り換えていた。いつ魔物に襲われるかもわからないというのに、逃げ場のない馬車の中にいるわけにもいかないからである。

レイドールを先頭にダレンを始めとした騎士が続いていく。しばらく何事もなく街道を進んでいた一行であったが、やがて前方に小さな山が見えてきた。

まるで山火事にあった直後のように焦げた褐色をしたその山は、近づいてみると小刻みに蠢《うごめ》いていることがわかる。それが山ではなく生物であると一行が気がつくと同時に、ツンと鼻を刺すような臭《にお》いが薫《かお》ってきた。

「っ……！」

卵が腐ったような刺激臭にレイドールは眉をひそめて、片手で鼻を覆う。反対側の手を振って、後ろの騎士達に停止するように合図を出す。

馬を停《と》めて、レイドールは少し離れた場所で蠢く小山を観察する。その正体は、見上げるほどに巨大な蜥蜴《とかげ》の怪物であった。

褐色の鱗《うろこ》で全身を覆った蜥蜴は、真っ赤な目玉をギョロギョロと動かしながら街道の真ん中にこれみよがしに居座っている。巨大な蜥蜴はレイドール達の接近に気づいている様子はなく、馬を一呑《ひとの》みにできそうなほど大きな顎《あご》で何かを一心不乱《いっしんふらん》に貪《むさぼ》っている。

「あれは……石像か？」

レイドールが小さくつぶやく。

巨大蜥蜴が貪り食っているのは、人間の形をした石像だった。まるでこの世の終わりのような絶望の表情を浮かべた石像が、尖った牙《きば》に噛《か》み砕かれてバリボリと盛大な音を鳴らしている。

レイドールの後ろでダレンがゴクリと唾を飲む。

「殿下、アレはまさか……」

「ああ、バジリスク……思いつく限り、最悪の魔物だな」

バジリスクは亜竜の中でも特に厄介な存在として、人々に恐れられている怪物だった。

巨大な体躯《たいく》はもちろんだが、口から吐くブレスには生物を石化させる効力がある。毒息を吸い込んでしまった哀れな被害者は激しい恐怖と共に物言わぬ石像へと姿を変え、身動きが取れないままにバジリスクに噛み砕かれる末路をたどるのだ。

バジリスクの足下には潰《つぶ》れた馬車と思わしき残骸《ざんがい》が散乱している。残骸の中には輸送中の荷物や木箱の破片も混じっており、おそらく襲われているのは逃げ遅れた行商人か何かだろう。

「あらまあ、困りましたねー。ご主人様、よろしければ私も手を貸しましょうか？」

「必要ない。そこで見ていろ」

馬車に待機していたネイミリアが窓から顔を出し、尋ねてきた。レイドールは首を振ってメイドの提案を断り、ダレンに顔を向ける。

「今回はあくまでもコイツの試し斬りだ。お前達も助太刀《すけだち》は許さないからな？」

「はっ、承知いたしました。けれど、殿下が危なくなったら、どのような罰を受けることになったとしても、必ずご助力いたします」

「そうかよ……仕事熱心なことだ」

レイドールは肩を竦めて馬から降り、腰の剣を握った。

ダーインスレイヴを使うのはこれが初めてのことである。にもかかわらず、握りしめた聖剣はまるで右手と一体化しているかのように身体に馴染《なじ》んでいた。

バジリスクとの距離を縮めながら剣を抜く。同時に、漆黒の聖剣から禍々《まがまが》しい瘴気《しょうき》が放出された。

剣を中心に逆巻く瘴気の渦《うず》は、まるで聖剣が主《あるじ》に使われることを歓喜しているかのようである。

「ギャッ!?」

背後で生じた不穏な気配に気がついたのだろう。石像を喰らっていたバジリスクが首を巡らせ、後ろを振り返る。血のような真っ赤な爬虫類《はちゅうるい》の眼球にレイドールの姿が映された。

「食事を邪魔して悪いな。ちょっと付き合ってもらうぜ！」

「シャアアアアアアッ！」

揶揄《やゆ》するようなレイドールの言葉に、バジリスクは耳をつんざく絶叫で答えた。

巨大な蜥蜴の前足が持ち上がり、レイドールに向けて横薙《な》ぎに振るわれる。

「殿下っ!?」

「騒ぐなよ、問題ない」

レイドールの身体がヒラリと舞い、バジリスクの前足を宙に飛んで避《よ》ける。

「フッ！」

レイドールは空中で身体をひねり、回転と共にバジリスクを斬りつけた。黒い刃《やいば》が蜥蜴の鱗をやすやすと裂いて、太い首に真一文字の傷を付ける。

「フシャアアアアアッ!?」

「流石は聖剣だ。切れ味はなかなかのものだな」

レイドールは感心して頷く。

以前、使っていた剣も決して粗悪品ではなかったはずだが、やはり聖剣の切れ味は格が違う。亜竜の硬い鱗でも、ほとんど抵抗なく斬ることができた。

「シャアアアアアアッ！」

それでも、やはり亜竜の生命力も尋常ではない。首を斬り裂かれて紫の血を撒《ま》き散らしながらも、バジリスクの目には依然として激しい殺意が浮かんでいる。

バジリスクが大きく息を吸い込んだ。どうやら石化のブレスを放とうとしているようだ。

「む……」

レイドールは目を険しくさせて思案する。

今のレイドールのスピードであれば、吹きつけられる毒息を避けることは難しくない。だが、レイドールの背後にいるダレン達がブレスを受けることになってしまう。

史上最悪の魔女の一角であるネイミリアであれば、石化くらいどうとでもできるかもしれない。だが、騎士とはいえ常人でしかないダレンらはただでは済まないだろう。

(別に助ける義理があるわけではない。コイツらが俺の味方かと訊《き》かれれば、そうだとは断言できない……)

ダレンはレイドールの護衛として従っているものの、それはグラナードの命令によるもの。敵対関係になれば、矛《ほこ》を翻《ひるがえ》してこちらに向けてくるかもしれない。

(だけど……見殺しにするのは寝覚めが悪いぜ!)

たとえ仮初めであったとしても、ダレンはレイドールに忠誠を誓い、王族に対する敬意を示した。たとえ自分を追放したバゼル・ガルストの息子であったとしても、ダレンはまだレイドールを裏切っていないのだ。死地で見捨てる理由などなかった。

「聖剣よ、ダーインスレイヴよ……」

レイドールは聖剣を頭上に掲げて、朗々と命じる。

「神の呪《のろ》いを司る大いなる剣。古《いにしえ》の伝説に語られしその力を今こそ示せ!」

瞬間、ダーインスレイヴを取り巻く黒い瘴気が勢いを増す。火山が噴火するように剣から放出される膨大な瘴気は、まるで天を衝《つ》く巨大な刃である。

五年前に聖剣を抜いて以来、レイドールの身体にはダーインスレイヴの加護が宿っていた。その力は並の冒険者や兵士を圧倒できるほど強大なものだったが、握りしめた聖剣から伝わってくる力はそれを遥かに凌駕《りょうが》している。

「呪剣闘法《じゅけんとうほう》【巨人の大蛇《フルングニル》】！」

「キシャアアアアアッ！」

レイドールは巨大な刃となった瘴気の剣を振り下ろした。同時に、バジリスクの巨大な顎から石化のブレスが吹き出される。

あらゆる生命を石化させる毒のブレスが津波のように押し寄せた。しかし、レイドールの巨大な剣が不可避の死の吐息を切り裂いて真っ二つに両断する。

レイドールを起点に割れたブレスが街道の左右に消えていく。レイドールはもちろん、背後にいた騎士達にも被害はない。

一方、ブレスを両断した呪いの刃はなおも勢いを緩めることなく、バジリスクの巨体に叩きつけられる。

「ギアアアアアアアアアッ!?」

バジリスクの口から断末魔の絶叫が飛び出した。

斧《おの》を薪《まき》に叩きつけるように地面に向けて振り下ろされた刃が、バジリスクの硬い鱗を破り、肉を裂き、骨まで擦り潰して小山ほどの大きさのバジリスクを叩き割る。

刃が通りすぎた後に残されたのは、二つに分かたれた蜥蜴の巨体であった。

「なるほど、な……悪くない。いや、かなり良いじゃないか」

レイドールが満足げに息をついた。

亜竜すらも無傷で圧倒したレイドールの胸に残ったのは、晴れ渡った空のように清々《すがすが》しい爽快《そうかい》感である。今もなお禍々しい瘴気を纏っている聖剣とは対照的に、表情には爽《さわ》やかな笑顔が浮かんでいた。

「ギ……………ア………………」

真っ二つになったバジリスクは凄《すさ》まじい生命力でまだ息をしていたが、すぐに弱々しい鳴き声はやむことになる。

絶命したのではない。血に臥《ふ》した巨体が徐々に硬化していき、やがて灰色の石像へと変貌してしまったのだ。

「これは……？」

「ダーインスレイヴは呪いを司る聖剣。瘴気の刃で斬った相手を毒や麻痺《まひ》に侵すことができる。こうやって石に変えることも容易いことだ」

レイドールはダレンの疑問に答えて、嘲《あざけ》るような冷笑を浮かべた。

「さんざん、人間を石にして喰らってきたんだ。一度くらいは自分が石になる気持ちも味わってみるがいいさ。もっとも、二度と元に戻ることはないがな」

「石化の亜竜を石にするとは何て力だ……！」

戦慄《せんりつ》と興奮に呆然《ぼうぜん》とするダレン。レイドールは悪戯《いたずら》が成功した子供のような顔で、護衛である騎士を振り返る。

「驚いているところを申し訳ないんだが、これはちっとも全力じゃあないぜ？　あくまでも試し斬りだ。コイツの本領発揮は帝国との戦争で見せてやるよ」

「っ……！」

「ああ、楽しみだな！　聖剣の力を全《すべ》て引き出したら、どれだけの力を得られることやら！」

慄然《りつぜん》と立ち竦んでいるダレンを尻目《しりめ》に、レイドールは愉快そうに笑いながらダーインスレイヴを頭上に掲げるのであった。

○　○　○

道中で魔物と遭遇したこともあって、レイドールがブレイン要塞に到着したのは王都を出立してから十日後のことである。

ブレイン要塞は周囲をなだらかな丘陵《きゅうりょう》で囲まれた盆地にあった。立方体に近い形をした要塞は周囲を高い城壁で囲んでいる。要塞は何度か攻撃を受けたらしく、城壁には生々しい戦いの傷跡が残されていた。

帝国軍は少し離れた丘の上に陣地をつくっている。幸いなことに要塞は包囲されてはいないようである。

「……随分と低い場所にあるんだな？　軍事拠点としてはあまり良い立地ではない気がするが？」

帝国軍の陣地と反対側の丘から要塞を見下ろして、レイドールは首を傾げた。

馬車から降りたレイドールの目には、低地にある要塞がはっきりと見えていた。流石に城壁の中まで窺《うかが》うことはできないが、城壁の上で何やら作業をしている兵士の姿ははっきりとわかってしまう。

即《すなわ》ち、敵である帝国軍にも要塞の様子がよく見えていることになる。

レイドールがまだ王宮で暮らしていた頃、王族に必要な教養として軍学を学んでいた。幼い頃に習い覚えた知識では、砦や要塞というのは敵を見下ろすことができる高い場所に建造するのが常識である。これでは真逆ではないだろうか。

「確かに基本はその通りですね。間違ってはいません」

レイドールの疑問に、隣に並んだダレンが答える。

「ただ……このブレイン要塞は本来では不利となるはずの低地の地形を利用した砦なのですよ。まず、高所にいる攻め手から下り坂になることで、騎兵が縦横無尽《じゅうおうむじん》に動けなくなります。さらに雨水が流れ込みやすく周辺が湿地になるため、歩兵も泥に足を取られて身動きが取りづらくなるでしょう。そして、何よりも要塞が敵に包囲された際、後から救援にやって来た援軍が敵よりも高所に立つことができることができるのです」

「なるほど……それで帝国軍は要塞を包囲せず、丘の上に陣地をつくっているわけか」

レイドールは納得して頷いた。

戦は高い位置からのほうが弓矢を飛ばしやすく、突撃にも勢いがつくため有利となる。帝国軍が要塞を包囲していれば、後から王国側から援軍が送り込まれた際に高所の相手と戦うことになるため、かえって不利に陥ってしまうのだ。

ゆえに、ブレイン要塞を包囲することなく近くの丘の上に陣地を構えており、攻撃の時だけ丘から下りてくるのだろう。

「これなら邪魔されることなく要塞に入れそうだな」

「はい、周囲に伏兵がいる様子もありませんし、さっそく要塞に入りましょう！」

レイドールは馬車に戻り、要塞の西側の門から堂々と中に入ることができた。

「よくぞお越しくださいました。レイドール王弟殿下」

要塞に入って真っ先に出迎えてくれたのは、ブレイン要塞を守護している王国軍の長《おさ》であるバゼル・ガルストだった。

「ああ、久しぶりだな。ガルスト将軍」

「ええ、お久しぶりです。殿下」

「…………」

「…………」

五年ぶりに再会した二人は、顔を合わせたまま黙り込んだ。

レイドールには言いたいことが山ほどあった。

バゼルには言わなければならないことが山ほどあった。

しかし、それを口に出すことはなく真っ向から視線をぶつけ合う。ただならぬ雰囲気を感じ取り、レイドールの背後でネイミリアとダレンが表情を硬くする。

二人は十数秒ほど睨み合っていたが、やがてどちらともなく目を逸らした。

「ふんっ」

「うむ……」

レイドールは皮肉げな冷笑を浮かべて鼻を鳴らし、バゼルは巌《いわお》のような相貌をわずかに緩める。

「レイドール殿下、随分と立派になられましたな。見事な戦士の面構えでございます」

「そちらは少し老いたようだな？　そろそろ引退を考えたほうがいいんじゃないか」

「ふっ、この戦いが無事に終われば考えましょう。それでは奥へどうぞ」

追放された王子と、追放に関わった将軍の再会は、辛うじて和《なご》やかな空気のままに終えられた。

ネイミリアが密《ひそ》かに魔法を打つ準備をしていた右手をそっと下ろして、ダレンもまた安堵《あんど》の息を吐きながら髪をかき上げる。


レイドールはガルストの案内で要塞にある一室へと通され、勧められるままに椅子《いす》に腰かけた。すぐ後ろにネイミリアが立ち、その隣にダレンが並ぶ。

バゼルはテーブルを挟んで対面の椅子に座るや、レイドールに向けて頭を下げる。

「さて……改めて、はるばる辺境からの応援に心より感謝を申し上げます」

「構わん、報酬は兄貴からたっぷり搾《しぼ》らせてもらう予定だからな」

「さようでございますか」

どっかりと椅子に腰かけたレイドールは、当然のようにテーブルの上に両脚を乗せる。

対面に座っているバゼルへと足先が向けられる形になったが、年配の将軍は無礼すぎる態度をさらりと流し、代わりに背後にいるネイミリアへと目を向けた。

「ところで……そちらの女性は、レイドール殿下のお付きの方ですかな？」

どうやらレイドールの無礼は許せても、戦場にやって来たメイドのことは流せなかったようである。尋ねる口調にはやや咎《とが》めるような色があった。

「見ての通りだ。親子でいちいち細かいことを気にするな」

「…………」

バゼルがネイミリアの隣にいるダレンへと視線を移す。父親に目で尋ねられたダレンは、困ったように肩を竦める。

どうやらそれだけの仕草で状況を悟ったらしい。バゼルは溜息をついて口髭を撫でた。諦めたような父親の顔にダレンもまた苦笑いをしている。

「納得したのなら、戦況について説明してもらえるか？」

「……かしこまりました。帝国軍は一ヵ月前に東方国境であるバルメス要塞を攻め落とし、それから東方の貴族の平定を行っています。ブレイン要塞へと攻め込んできたのは半月ほど前です」

将軍の口から語られたのは、事前にダレンから聞いていたのとほぼ同じ内容である。初耳だったのはそこから先の内容だった。

「この半月の間に帝国は連日、要塞へ攻撃を仕掛けています。今のところは大きな被害もなく持ち堪《こた》えることができています」

「ほう、随分と悠長に攻めてるじゃないか」

レイドールは怪訝に思いつつ、眉を吊《つ》り上げてぼやいた。

いくらブレイン要塞の地形から包囲が難しいとはいえ、帝国軍は王国側の三倍の兵力がいるのだ。

虎《とら》の子の聖剣保持者《エクスカリバーホルダー》もいることだし、力押しで攻めていれば要塞を落とすのにそれほど時間はかからないのではないだろうか。

「お考えはもっともです。ただ、帝国軍には彼らなりの考えがあるようですな」

「ふむ？　興味深いな」

レイドールは思案げに腕を組みながら、バゼルに先を促す。

「どうやら、帝国軍は兵の消耗を嫌っているようです。短期間で無理に要塞を攻め落とそうとすれば、それだけ大きな被害を出してしまいます。それを避けて、あえて長期戦に臨んでいるようですな」

「長期戦ねえ。理屈はわからんでもないが、無駄に戦を長引かせても兵糧を失うだけだろう。それに、このままだと冬になっちまうぜ？」

過去に何度か帝国はザイン王国に攻め込んできていたが、いつも冬になる前に引き上げていた。秋の農繁期にはどうしても人手が必要になってしまうし、冬になれば寒さのせいで軍は身動きが取れなくなってしまうからである。

ザイン王国はそれほど雪が降る地域ではないものの、帝国は冬になれば必ずと言っていいほど雪化粧となる。兵糧の補給路を雪で断たれれば、軍は飢えて枯れるのを待つばかりとなるだろう。

「殿下のおっしゃりようはごもっとも。しかし、この場合はそうはいかぬのです」

バゼルは忌々しげに首を横に振った。

「帝国軍はすでに両国の国境にあるバルメス要塞を押さえて自軍の拠点として扱っています。冬になったところで、拠点があれば寒さをしのぐことも容易いでしょう」

バゼルはテーブルの上に地図を広げて、その中央にある国境の要塞を人差し指で叩いた。

そして、次にバルメス要塞からブレイン要塞の間にある王国東部一帯を囲むように指で円を描く。

「さらに、帝国軍はすでに王国東部を占領下においています。支配下に置いた地域から徴収すれば、兵糧を本国から運び込む手間もなくなりましょう。帝国軍は兵に消耗を強いてまで無理に短期決戦に臨む理由はないのですよ」

「なるほどな……冬が来たら王国東部は地獄だな」

レイドールは帝国軍から容赦なく略奪を受ける村々を思い浮かべて、同情するように頭を振った。

バゼルも同意するように重々しく頷く。

「そうならないように我々は殿下をお迎えしたのです。レイドール王弟殿下……殿下が我々に対してお怒りなのはもっともであると存じます。けれど、我等はもはや貴方のお力に縋《すが》る他に道はないのです。どうかザイン王国を守るためにお力添えくださいませ」

「父上……」

バゼルはテーブルに額がつくほど深々と下げた。厳格な父親が頭を下げている姿に、息子のダレンが目を見開いている。

「…………」

レイドールは将軍の頭頂部を見つめながら、瞳《め》をわずかに細めた。

「……兄貴も初めからそうして神妙な態度を取ってくれれば、俺達はまだ兄弟でいられたのかもしれないんだがな。今さら言っても仕方がないがな」

「ご主人様……」

　虫の羽ばたきほどの小声でつぶやかれた言葉は、すぐ後ろにいたネイミリアにしか届かなかった。メイド服の少女は気遣わしげに主の背中に触れる。

「ん……」

　レイドールは大丈夫だと言わんばかりに振り返り、背後のメイドを一瞥《いちべつ》する。そして、テーブルから足を下ろして、バゼルに人差し指を突きつけた。

「力を貸すのは構わない……ただ、そうだな。ガルスト将軍は誠意ある謝罪をしてくれたことだし、今度はこちらも誠意を返すとしよう。将軍、貴方が一つ条件を受け入れてくれるのならばそちらの願いを叶えよう」

「なんなりと」

　レイドールの言葉にバゼルは間髪入れずに答えた。頭を下げたままの将軍の律義さに感心しながら、レイドールは要求を突きつける。

「この戦いが終わっても俺の敵にならないで欲しい。それだけだ」

「それは……」

「無論、俺は兄貴との契約があるから将軍が要求を呑まずとも帝国とは戦うつもりだ。だが、将軍が約束してくれるのならば、一切の手抜かりなく最小限の被害で勝利をもたらすと約束する。この聖剣に誓ってもいい」

「………………」

レイドールはドンッと音を鳴らして、ダーインスレイヴをテーブルに置いた。バゼルは難しい表情になって奥歯を噛む。

もとよりバゼルにはレイドールと敵対する意思はない。しかし、あえてそれを念押しするということは、レイドールがバゼルを敵に回しかねない何かをしでかすということである。

その言葉の裏に隠された国王への叛意《はんい》を悟り、バゼルはしばし懊悩《おうのう》した。

忠義と誠実さ。武人の誇り。帝国への反抗心。様々なものを頭の中で天秤《てんびん》に載せて葛藤《かっとう》し、やがてバゼルは一つの答えを導き出す。

「私は王国に仕える武人です」

「……そうか」

レイドールは残念そうに溜息をついた。交渉が失敗したかと視線を逸らす。

けれど、バゼルの言葉には続きがあった。

「ですが……仕える国がなくなってしまえば忠義も何もありません。殿下が国を救ってくださるのでしたら、殿下にグラナード陛下と等しい忠義を捧《ささ》げましょう」

「ほう……」

王と等しい忠義。

それは即ち、レイドールがグラナードと争うことになった場合には、どちらにも付くことなく中立を保つという意思表示である。

（王国最強の将が敵に回らないでいてくれるなら、それだけでかなりやりやすくなる。十分な成果だ

な）
「いいだろう。このレイドール・ザイン、誓って王国軍に勝利をもたらそう。帝国の聖剣保持者《エクスカリバーホルダー》などに決して遅れは取るまい」
レイドールは椅子から立ち上がり、毅然《きぜん》と勝利を宣言する。
バゼルは床に膝《ひざ》をつき、深々と頭を下げて英雄となるであろう青年に忠義を示した。

○　○　○

「さて、それでは攻撃を再開するとしようか」

レイドールがブレイン要塞に入った翌朝。帝国軍の陣地にて、西方侵攻軍将軍グラコス・バーゼン中将は顎髭《あごひげ》を手で撫でつけながら宣言した。

丘の上に立つバーゼンの視線の先には攻略するべき要塞の姿がある。

ザイン王国の王都を守る最後の要塞は王国の威容を示さんとばかりに堂々とそびえ立ち、帝国軍の前へと立ちふさがっていた。

バーゼンの横に並ぶのは副官であるダラス・サファリス大佐。後方には、帝国皇女であるセイリア・フォン・アルスラインの姿もある。

バーゼンが軍服をきちんと着込んでいるのに対して、セイリアは上下のボタンをかけ違えており、ズボンの端からはシャツが出てしまっていた。

秀麗な顔立ちの女の目はトロンと瞼《まぶた》が落ちて半開きになっており、いかにも寝起きですと言わんばかりの顔つきである。

「もー……朝からの戦いは眠たいよう。やっぱり、お昼からにしない？」

「おやおや、眠いのでしたら天幕で休んでいて構わないのですよ？　面倒な戦いは我々で処理しておきますので」

目元を手でこすりながら欠伸《あくび》までするセイリアに、バーゼンが孫を甘やかすような猫撫で声で言う。

実の祖父のような態度を取る将軍に、「そんなのダメだよう」とセイリアは自分の両頬を指でつまんで眠気覚ましに引っ張った。

「私は一応、この軍の責任者ってことになってるんだから。おじいちゃんに全部は任せられないよう」

「ほっほっほ、老体をいたわってくださるとはなんと有り難い。このグラコス、姫様のご恩情に応えるべく力を尽くしましょうぞ」

「……それで、今日はどのようにして攻めますか。バーゼン将軍」

「む……サファリス」

仲の良い祖父孫のような会話を交わす二人に、横からサファリスが割って入った。

溺愛している姫君との一時を邪魔されて、バーゼンが横目で副官を睨みつける。

「そうだな……今日は少し本気で攻めてみようかのう」

「はあ？　しばらくは手加減をして済ませるのではなかったのですか？」

サファリスが怪訝に眉を寄せて上官に尋ねる。

今回のブレイン要塞攻略であったが、バーゼン率いる帝国西方侵攻軍は全力で攻め込むつもりなどなかった。

否、攻め込む必要がないと言うべきだろうか。

今回の戦争で帝国軍は一ヶ月という極めて短い期間で国境のバルメス要塞を落として、王国東部地域の大部分を占領した。

これにより王国に仕える貴族の中からは帝国に寝返る者が現れており、すでに密偵が王国各地に放たれて調略を進めている。

つまり、ブレイン要塞を無理に落とさずともザイン王国を内側から切り崩す準備は着々と進行しており、兵士の命を無駄にせずとも王国の崩壊は時間の問題なのだ。

（ましてや……我らはザインを滅ぼして終わりではないのだ。軍から損耗を出せば、『次』に障ってしまう）

サファリスはザイン王国を滅ぼした後の未来に目を向けて、そっと息を吐く。

ザイン王国の西側には、山脈を隔てていくつかの小国がある。王国を滅ぼした後は、それらの国々との戦いが待ち受けているのだ。

次の戦いに備えるという点でも、できる限り戦わずに勝利を収めたいと帝国軍は考えていた。

「それなのに、どうして今になって本格的な攻撃を仕掛けるのですか？　無理に戦わずに政治的な勝利を目指すという方針を変更されるのでしょうか」

「ふむ……儂《わし》も無理に戦うつもりはなかったのだが……どうも要塞の空気が変わった気がしてな？」

バーゼンは孫を甘やかすじじいの顔から一転、真剣な表情になって要塞を睨みつける。長年、帝国を守り続けてきた老将の顔つきにサファリスは緊張で唾を飲んだ。

「昨日までは要塞を守る王国軍にはどこか諦めたような空気が漂っていたのじゃが、今日はどうも違う気がしてな。活気があるというか、どうにも息を吹き返しているような空気がある」

「それは……昨日、要塞に入った援軍と関係しているのでしょうか？」

ブレイン要塞を見張っていた物見から、王都の方角から来た援軍が要塞に入ったとの報告を受けていた。要塞に入った兵士はわずかに百。取り立てて警戒することもない数字である。

「あるいは、馬車に乗って要塞に入っていったという人物が鍵《かぎ》となっているのかもしれぬな」

「馬車……まさか！」

サファリスが両目を見開いた。若いながらも落ち着きを有しているはずのその男が、高揚に顔を赤くさせる。

「国王が、グラナード・ザインが要塞に入ったのでしょうか！　それならば王国軍の士気が上がるのも納得できます！」

「ふむ……その可能性はあるのう」

バーゼンは興奮する副官を手で宥《なだ》めながら首肯する。

これまで国の危機にもかかわらず、ザイン王国国王グラナードは王都に座して動くことはなかった。

しかし、このままでは勝てないと踏んで重い腰を上げた可能性は十分にある。

「この要塞が落とされれば王国は終わり。流石に動いたのか……」

気になるのは、王宮にいる貴族どもから何の連絡もないことである。

王宮に勤めている王国貴族の一部はすでに帝国の調略に乗って寝返りの密約を交わしており、王都の情勢を知らせてきていた。しかし――彼らからは国王が動いたという報告は受けていない。

「寝返りに気づかれたのではないでしょうか？　あるいは、王国が持ち直すかもしれないと判断して我等と天秤にかけている可能性もあります」

サファリスが不快そうに顔をしかめて吐き捨てた。

帝国に深い忠義を持つサファリスにとって、追い詰められた途端に主君を裏切る貴族達は憎悪の対象である。たとえそれが自国にとって優位に働くとしても、悪感情を消すことはできなかった。

「蝙蝠《こうもり》の貴族どもならありえるのう。王宮というのは戦場以上の伏魔殿。それはどこの国も同じじゃからな」

バーゼンは重々しく溜息をつき、どこか遠い目を空へと向ける。

バーゼンもまた過去に帝国の貴族や政治家の陰謀に巻き込まれ、痛い目を見た経験があった。彼らのせいで腹心の部下を失ってしまったこともあり、政治を司る権力者には良い感情を持ってはいないのだ。

肩を落とした様子の老将に、背後からセイリアが声をかける。

「陰謀とかそういうのはよくわからないけど、油断しちゃダメだよ。おじいちゃん」

「おや？　姫殿下も思うところがあるのですかな？」

セイリアはこれまで戦場で剣を振ることはあっても、軍の方針などには口出ししてこなかった。そんな彼女の突然の忠告にバーゼンは目を白黒とさせる。

「うーん……なんだかね、さっきからクラウソラスが騒いでるんだ。あの要塞には何かがいるよ。私達を脅かす何かが」

セイリアが腰に差さった剣――聖剣クラウソラスの柄を撫でながら言う。

同じ聖剣であるダーインスレイヴが武骨で飾り気がないのに対して、クラウソラスはやや細身で、柄や鞘には凝った意匠が施されている。鞘に収められた白い刃からはパチパチと青白い火花が放たれており、まるで何かを警告するかのように小刻みに振動を繰り返していた。

セイリアの忠告を聞いて、指揮官であるバーゼンもまた眉をひそめる。

「聖剣保持者《エクスカリバーホルダー》である姫殿下がそうおっしゃるのならば、その忠言には黄金の価値がありましょう。その何者かが戦場の流れを変える前に、王国軍に痛撃を与えなければ……む？」

ブレイン要塞に動きがあった。

これまで堅く閉ざされていた城門が開かれて、中から兵士が出てきたのだ。

要塞から出てきた兵士達は、指揮官らしき人物の指示の下で素早く陣形を構築する。

「要塞から出てきたのか⁉　まさか、我等と野戦をするつもりか⁉」

密偵の報告ではブレイン要塞に詰めている兵士はおよそ一万。対する帝国軍は三万である。

砦や要塞での籠城であればまだしも、数の優位が勝敗を分ける平野の戦闘では確実に帝国が勝利するだろう。

（それがわからぬほどバゼル・ガルストは無能な将ではない！　となれば、やはり起死回生《きしかいせい》の切り札を得たか！）

とはいえ、これが絶好の好機であることに変わりはない。敵が罠を張っているのであれば、罠ごと叩き潰すまでである。

「サファリスよ、ここで王国軍を叩き潰す！　諸将に突撃の準備を整えさせるのじゃ！」

「はっ！」

「敵は兵士を方形に固めて密集陣形を取っておる。我らは横に広げて、四方から包囲して圧《お》し潰すのじゃ！　第一軍を先頭に、第二軍を後続。第三軍は敵の動きに合わせて包囲を援護させよ！」

「承知いたしました！　皆に指示を出してまいります！」

バーゼンの命を受けてサファリスが走り出した。

丘の上に残された老将と姫騎士は、横並びに兵を並べた王国軍を眼下に睨みつける。

「おじいちゃん」

「わかっております。此度《こたび》の戦、決して油断はできますまい。場合によっては姫殿下にも前線に立っていただきとうございます」

「そのための聖剣だからね！　任せておいて！」

セイリアが剣の柄をギュッと握ると、クラウソラスが主に応えるように青白い火花を散らせる。

「敵の切り札の正体がわかるまでは自重してくだされ。万が一にも姫殿下が討たれることがあらば、その時点で我らは敗北なのですから」

「うん、わかってる。だけどその時が来たら躊躇《ためら》わないからね！」

つつましい胸を張って毅然と言うセイリアに、バーゼンは緊張をわずかに緩めた面持《おもも》ちで頷いた。

○　○　○

一方、ブレイン要塞では。城壁の上にレイドールとバゼルが並んで立って、これから戦場となるであろう平原を見下ろしていた。

二人の眼下では王国軍の兵士達が陣形を組んでおり、帝国軍との野戦の準備を整えている。

「しかし、驚いたな。よくもまあ外で戦う気になったものだ」

揶揄《からか》うような声音でレイドールが口を開く。

戦争において数が多いほうが有利。そんなものはあえて説明するまでもなく、子供でもわかるような常識である。

これまで要塞にこもって守りの一手を打ち続けていた王国軍が、どうして今になって野戦に踏み出したというのだろうか。

「我々がこれまで籠城をしていたのは、それ以外に手段がなかったからでございます。王弟殿下」

相変わらず巌のように顔を引き締めながら、バゼルが答えた。

「野戦で戦ったとしても勝利の目はない。数は相手が上であり、敵には聖剣保持者《エクスカリバーホルダー》までいる。けれど、今は王弟殿下がおられます」

「随分と信用してくれるじゃないか。魔物ならまだしも、人間相手の戦は初陣だぞ？　聖剣を抜くのだってまだ二度目だ。そんなに頼りにされるのはプレッシャーなんだがな」

肩を竦めておどけた仕草を取るレイドールを、バゼルはちらりと横目で一瞥した。

謙遜《けんそん》した言葉を吐いてはいるものの、レイドールの瞳は燃えるような自信に満ち溢《あふ》れている。自分が負けるとは微塵《みじん》も思っていないようだった。

五年前は兄に裏切られて涙目になっていた少年が、今は天を羽ばたく飛竜のごとく力強く成長している。バゼルはそれを心から頼もしく感じた。

「確かに個の力に頼って戦をするなど無謀の極み。されど、我等は殿下に懸ける他にないのです。このまま籠城をしていても、いずれは王国は内側から腐り落ちますので」

「内側から……？　裏切り者でもいるのかよ」

「数えられないほどに。そして、これから先も増えていくでしょうな」

バゼルは表情を変えることなく、意外な推測を言ってのける。

「宮廷内部に帝国と内通する者がいるのは確実。そして、帝国は王国各地の有力者に密偵を送り込んで調略を図っているようです。現時点でどれだけの裏切り者がいるかは判然としませんが、戦が長引くほどに帝国に寝返る者は増えるでしょう」

「なるほどな。無理に被害を出さなくても勝つことができるから、帝国軍はどっしりと構えて悠然と攻めていたわけか。こちらは寡兵。後ろには売国奴。泣きたくなるような状況だな。もっとも……内通している貴族が完全に悪いとは思わないが」

裏切りというのは忌むべき行為である。だが、それを責めるつもりはレイドールにはなかった。そもそも、王政というのは国王が領地と国民を守るがゆえに、特権をもって人々を支配する権利を許されているのだ。

国を守れなくなった時点で、それは敬うべき王としての価値はなくなってしまう。

貴族達にしてみてもそれは同様。彼らが大事なのは自分の家と領地であって、その安全を保障することができない王家のために命を懸けてまで仕える義理などないのだろう。

「調略が進めば、たとえ要塞を守り抜いたとしてもザイン王国は滅亡することでしょう。それを避けるためには、短期決戦で勝負をつけるしかありませぬ」

「ん、なるほど。承知した。それで俺は何をすればいい？」

レイドールは冒険者としても王国随一と言ってもいい剣腕の持ち主である。それは剣の師であるザフィス・バルトロメオも保証している。

しかし、戦においては初陣の新米兵士と変わらない。軍を指揮して動かすことなど、到底できる気がしなかった。

「殿下にはいざという時が来るまで待機していただきます。そして、その時が来たのであれば存分に剣を振るってください」

「わかりやすくて助かるな……ところで、帝国の聖剣保持者《エクスカリバーホルダー》は雷の聖剣を使うとか言っていたな？」

「は……雷を司る聖剣クラウソラス。その使い手は、帝国皇女であるセイリア・フォン・アルスラインです」

「皇女……敵の聖剣保持者《エクスカリバーホルダー》は女なのか？」

初耳の情報にレイドールが意外そうに聞き返す。

勝手な想像でバゼルのような屈強な戦士が聖剣を振るっている姿を想像していたのだが、どうやら勘違いをしていたようである。

「女とて油断なされるな。あの娘のせいでバルメス要塞は陥落して、王国軍はここまで押し込まれているのです」

バゼルの厳の顔がわずかに動く。悔しそうに、無念そうに唇を歪める。

「どれほど策を張っても、どれほど用心を巡らせても、まるで蜘蛛《くも》の糸を枝で払いのけるように容易く打ち破ってしまう……忌々しい限りですが、あれぞまさに英雄でしょう」

「へえ、流石は聖剣保持者《エクスカリバーホルダー》というわけかよ。面白いじゃないか……血が沸いてきやがるぜ」

レイドールが愉快そうに口の端を吊り上げる。

辺境の開拓都市では幾度も強力な魔物に遭遇して、命の危機さえ迎えることが何度もあった。先日は亜竜であるバジリスクとだって戦った。

そんな過去の強敵と同じ天秤に載せたとしても、これから戦うであろう帝国の聖剣保持者《エクスカリバーホルダー》は優《まさ》ることはあっても劣ることなどないだろう。

「だけど……ここには俺がいる。英雄は一人じゃないってことを帝国の連中に教えてやるさ」

それでも、レイドールの声には恐怖も緊張もまるでなかった。

どれほどの強敵が立ちふさがったとしても、今の自分ならば決して負けることなどありえない。油断や慢心ではなく、はっきりとそれが確信できていた。

(負けるはずがない。今の俺にはこいつがいるんだからな)

レイドールはダーインスレイヴの柄をグッと握りしめる。腰に差した聖剣は「任せておけ」と言わんばかりに、軽く脈動して答えるのであった。

第八章 戦いの始まり

要塞《ようさい》を背にして密集陣形を取るザイン王国軍。

丘の上で横に広がった陣形を取るアルスライン帝国西方侵攻軍。

二つの軍隊はまるで計ったように同じタイミングで陣形を組み終え、高低差での睨《にら》み合いとなった。

挑みかかるように丘の上の帝国軍を見上げる王国軍の兵士。対して、見下すように敵を睥睨《へいげい》する帝国軍の兵士。

両軍は互いに指揮官の指示を今か今かと待ちながら、汗のにじむ手でグッと武器を握りしめる。

「ふむ、王国軍は動かぬか。やはりあえてこちらに攻めさせて、何らかの手段で迎え撃つつもりじゃな」

眼下に居並ぶ敵を見据えて、バーゼンは鼻を鳴らした。

陣形を整えてから一切動きを見せず、王国軍は不気味なほどに静まり返っている。

仕掛けてこい。かかってこい。敵将であるバゼル・ガルストが誘う声が、バーゼンの耳にははっきりと聞こえていた。

「いいじゃろう、そちらの誘いに乗ってやろうではないか！　この大軍をどのように捌《さば》くつもりか、見せてもらうとしよう！」

「第一軍、突撃！」

バーゼンの指示を受けて、副官のサファリスが声を張り上げる。

「「「「オオオオオオオっ！」」」」

丘の上に陣取っていた帝国軍の一部が動き出す。横一面に並んだ帝国兵が傾斜によって勢いをつけて津波のように押し寄せていく。

「高きは低きを制する。これは戦の基本じゃよ！」

ザイン王国軍はブレイン要塞を背後にして、全軍が方形に密集した陣形を取っている。数で勝る帝国兵は横並びとなって突撃して、固まった王国軍を包み込むように広がっていく。

坂道を勢いよく下った帝国兵が、勢いのままに猛然と王国軍に襲いかかった。

坂道の傾斜を利用して、帝国軍が猛然と迫ってきた。

事前に予想していた通りの展開である。前線で指揮を任されていたダレンは即座に手を掲げて声を張り上げた。

「槍兵《そうへい》、前へ！　敵を迎え撃ちなさい！」

もちろん、このまま黙ってやられるつもりはなかった。

ダレンの命令により、前方で盾を構えていた兵士が素早く横に退《ど》き、要塞から新たに現れた槍兵の部隊が前に出る。

前方に進み出た兵士が手に構えているのは四メートルもある長槍《ちょうそう》で、帝国兵が使用しているランスの倍近くの長さがあった。

密集した王国兵が長大な槍を前方に突き出すように構え、尖った槍による防壁を作りあげる。

「ぐわあああああああっ⁉」

「と、止まれ！　ぎゃあああああっ⁉」

戦場に帝国兵の叫びが轟《とどろ》いた。下り坂の勢いのままに突撃していった敵兵は、突如として出現した長槍に成すすべもなく串刺《くしざ》しにされていく。

慌てて勢いを殺して停止しようとした帝国兵も後続の兵士によって押し出されてしまい、先に突撃した者と同じ運命をたどってしまう。

「これぞ兵法『槍壁《そうへき》』。隙間なく固まった長槍を歩兵や騎兵で突破することは至難の業。いかに精強な帝国兵といえど、容易《たやす》く破れはしませんよ！」

ダレンは会心の笑みとともに言い放つ。

密集して長槍を構えた王国軍には入り込む隙《すき》がまるでなく、まさに槍の壁となって立ちふさがっている。帝国兵が使用しているランスでは王国兵まで攻撃が届かず、騎兵など馬ごと串刺しになってしまっていた。

「高低差による勢いが仇《あだ》になったようですね。まずは先手を打たせていただきました」

「ダレン千騎長！　帝国兵が側面から迫ってきます！」

「もう来ましたか。流石《さすが》は対応が早い……！」

配下からの報告を受けて、ダレンは素早く視線を巡らせて自軍の側方を見やる。

正面から突撃してきた帝国兵は長槍の餌食《えじき》となっているが、別動隊がすでに側面に回り込んでいた。

左右から王国軍を挟み撃ちにしようと迫ってくる。

「残念ながら、それも予測済みですよ」

「弓兵、撃てえええええええっ！」

城壁の上から声が響き、帝国兵へ雨あられと弓矢が降り注いだ。

王国軍を守るように放たれた矢の出所は、王国軍が背にしているブレイン要塞からである。

城壁の上に横並びになった兵士達が、要塞を守るように布陣している王国軍に援護射撃を放ったのだった。

「今です！　敵が怯《ひる》んだ隙に討ち取りなさい！」

「「「「はっ！」」」」

援護射撃によって動きを止めた帝国兵へ、王国兵が槍を突き出した。

兵士の数も練度も大陸中央の覇者である帝国側が上だったが、頭上からの矢に警戒しなければいけない状態ではその力も半減である。王国の密集陣形を崩すことなどできるわけがない。

意気揚々《いきようよう》と突撃したはずの帝国兵は見る見るうちに数を減らしていき、辛うじて生き残った帝国兵が這《ほ》う這《ほ》うの体《てい》で後方へ引いていく。

ダレンは「ふう」と息を吐いて、丘の上にある帝国軍の陣地を見上げた。

「……初戦はこちらの勝利。けれど、倒したのは相手の一部。戦いはこれからですね」

長槍による『槍壁』、要塞からの援護射撃により、帝国軍の先遣隊を壊滅に追いやることに成功した。

しかし、丘の上には依然として自軍の数倍の敵が無傷で残っている。

王国軍と帝国軍。両軍の決戦はまだ前哨戦《ぜんしょうせん》に過ぎないのであった。

「なるほどのう、籠城《ろうじょう》することなく、戦略兵器として要塞を使うとは……流石はバゼル・ガルスト！　それに前線で指揮を執っているのは奴《やつ》の息子か!?　若造共が、やってくれるわい！」

自軍の兵士の敗走を目の当たりにして、帝国軍の陣地でバーゼンが敵将へ称賛の言葉を吐く。

味方が手痛い被害を受けたことは指揮官として恥じるべきことである。だが、ここまで痛快にやられると、逆に優秀な敵に対して敬意のようなものが湧《わ》いてきてしまう。

自分よりも一回りも二回りも年下の指揮官に一杯食わされて、バーゼンの胸には悔しさとは別に清々《すがすが》しさのようなものが生じていた。

「えーと……おじいちゃん、やっぱり私が出ようか？」

嬉《うれ》しそうな表情をしているバーゼンに首を傾《かし》げながらも、隣に歩み寄ってきたセイリアが尋ねた。

先ほどまでは軍服を着ていた帝国皇女であったが、今は青銀色の鎧《よろい》へと着替えている。

最高級のミスリルで鍛造《たんぞう》された鎧は皇族のみが身につけることを許されるもので、物理耐性、魔法耐性ともに優れた一級品の鎧であった。

「ほっほ、焦りなさるな。まだまだ戦は始まったばかりじゃよ！」

バーゼンは溺愛《できあい》する皇女を安心させるように好々爺《こうこうや》のように笑い、ゆったりとした手つきで顎髭《あごひげ》を撫《な》でつける。

「敵は予想以上に強固。痛手には違いないが、それも戦の醍醐味《だいごみ》じゃよ。姫殿下はどっしりと構えていてくだされ！」

「そう？　だったらこのまま見てるけど……」

バーゼンの言葉に頷《うなず》くセイリアであったが、その顔にはどこか納得していない色が浮かんでいた。

彼女の視線は王国軍の周囲に倒れている兵士の亡骸《なきがら》へと向けられている。

形の良い唇はキュッと結ばれており、どうやら味方の兵士の死を必要な犠牲《ぎせい》として受け入れ切れていないようであった。

(優しいお方だ。できることならこんな戦場に立つべきお立場ではないのじゃが……)

セイリア・フォン・アルスラインという皇女は天真爛漫《てんしんらんまん》で誰《だれ》からも好かれるような人物である。

聖剣に選ばれることがなければ、彼女はこんな血生臭い場所に立つことなく花を愛《め》でて暮らす生活をしていたことだろう。

(そしてゆくゆくは有力貴族の男に嫁いで……いかんのう、目に汗が)

バーゼンは状況も忘れてそんな感傷に浸ってしまい、目頭を押さえながら咳《せき》払いをした。

「損傷を受けた第一軍を後方へ下げよ！　第二軍は焦らずゆるりと敵を包囲。第三軍は丘に広がって弓を斉射し、第二軍による包囲を援護せよ！」

己の中に生じたわずかな迷いを振り払い、歴戦の老将は猛然と指示を飛ばす。

空に燦然《さんぜん》と輝く太陽はまだ天頂を通りすぎたところ。

戦いはまだ始まったばかりであった。

○　○　○

「へえ、すごいな！　倍以上の敵を相手に善戦してるじゃないか！」

城壁の上に立って両軍の戦いを見物しながら、レイドールは感心して手を叩《たた》いた。

レイドールの隣には指揮官として戦いを見守るバゼル・ガルストが、少し離れた場所にはレイドールの護衛として残されているサーラ・ライフェットが控えている。

流石に戦場にメイドは連れてこなかったのか、ネイミリアの姿はなかった。

城壁から見下ろした先では、王国軍が上手《うま》い具合に帝国兵をおびき寄せて痛烈な反撃を食らわしていた。数と地の利で押し潰《つぶ》されるかと思われた王国軍の思わぬ反撃は、上から見ていても痛快なものである。

「ひょっとしたら俺の出る幕なんてないんじゃないか？　流石は護国の大将。頭が下がるぜ」

「まさか。奇策に引っかかってくれるのは最初のうちだけでございます」

喝采《かっさい》とともに指揮官のガルストを褒め称《たた》えるレイドールであったが、称賛された将軍は冷静な面持《おもも》ちで頭《かぶり》を振る。

「先ほどの攻撃は手の内がバレていないからこそできたこと。敵の軍の将――グラコス・バーゼンであれば、すぐに立て直してみせるでしょうな」

「随分と敵将を買っているんだな。そんなに帝国の指揮官は優れた人物なのか？」

「老将ながらに猛将。聖剣という伝説の武具がこの世になければ、彼のような御仁こそが英雄と呼ばれていたでしょう」

ガルストは遠い目をしながらレイドールの問いに答える。

「私があの男に勝っているものといえば、若さくらいのものでしょうな。奴が帝国に生まれていなければ、帝国の領土は今よりもずっと小さかったかもしれません」

「へえ……それは大したものだな」

レイドールは興味深そうに口元に笑みを浮かべて、帝国の陣地がある丘へと目を向けた。

聖剣の加護により人よりも視力が優れているレイドールでも、そこにいる敵将の姿までは見通すことはできない。

それでも、そこに尋常ならざる指揮官がいると思うだけで血が騒ぐのを感じた。

「いけないな。初陣だってのに妙に昂《たかぶ》ってしまう。戦場で浮かれるなんて、周りの士気を下げちまうよな」

「臣下としては頼もしい限りでございます。戦場で恐れよりも愉悦を抱くとは、やはり貴方《あなた》は聖剣に選ばれた英雄であらせられるのですな」

「そんな御大層なものじゃない。たんにガキが抜けてないだけだろうよ」

レイドールはバシバシと両頬《ほお》を叩いて緩む顔を引き締め、改めて戦場へと目を向ける。

痛烈な反撃を食らって第一軍が半壊した帝国軍であったが、すぐに後詰の部隊が前に進み出てきた。

彼らは第一軍のように坂の勢いに任せて突撃するのではなく、頭上に盾を掲げて矢を防ぎながらゆっくりと戦場に広がっていく。

要塞からの援護射撃を盾で防ぎながら、徐々に王国軍との距離を狭めてくる。彼らの後方には別の部隊が展開しており、丘の高所から密集陣形を取る王国軍に向けて弓を斉射していた。

「もう対処法を見つけられたようです。まったく、忌々しい爺め」

ガルストが珍しく表情を歪《ゆが》めて悪態をつく。

そんな将軍を一瞥《いちべつ》して、レイドールは帝国軍の素早い反撃に舌を巻いた。

ブレイン要塞からは王国軍を取り囲む帝国兵へと矢が放たれているが、頭上の盾に阻まれて効果は薄い。逆に丘の上からは王国兵へと矢が放たれており、これもまた盾で防いでいる。

条件は同じ——となれば、やはり数の差が戦況に浮き彫りになってしまう。

帝国軍はすでに王国軍を包囲しており、前面と左右から攻撃を浴びせている。

特注の長槍のおかげで守りに長《た》けている王国兵であったが、時間が経《た》つにつれて兵力の差で後方へと押し込まれてしまっていた。

王国軍はすでにブレイン要塞の眼前まで押されており、逃げ場を失くした状態となりつつある。

「どうやら王弟殿下の出番が近づいてきたようですな。ライフェット、殿下を下まで案内しなさい」

「承知いたしました。殿下、どうぞこちらへ」

「ああ」

サーラに先導されてレイドールは城壁の内側へと下りていく。階段を下りながら、そっと腰の剣に手を伸ばす。

「む……」

聖剣ダーインスレイヴが鞘《さや》の中でカタカタと小刻みに振動を繰り返していた。

早く戦わせろ。早く斬《き》らせろ。

二百年ぶりに使い手と巡り合った聖剣が、久方ぶりの戦場に牙《きば》を打ち合わせて啼《な》いているのだ。

「……そんなに慌てるなよ。焦らなくても、じきに始まる。俺《おれ》の、俺達の英雄譚《たん》がな」

「殿下？　どうかされましたか？」

「何でもない。さっさと行こうか？」

「…………？」

不思議そうな顔をしているサーラに肩を竦《すく》めて、レイドールは牙を剥《む》いて笑う。

初陣に興奮しているのは腰の聖剣だけではない。レイドールもまた戦いに逸《はや》り、血を沸き立たせ興奮しているのであった。

○　○　○

「流石に厳しくなってきましたね……」

帝国軍とぶつかり合う王国軍。その渦中《かちゅう》で指揮を執っていたダレン・ガルストが荒い息を吐いた。

最初こそ奇策によって優位に立っていた王国軍であったが、時間が経つにつれて帝国軍が巻き返してきて、現在は包囲されつつある。

要塞からは援護射撃の弓矢が放たれているものの、それは帝国軍も同じ。王国軍の頭上には丘に並んだ帝国軍の放つ矢が降り注いでおり、頭上に盾を構えて辛《から》くも防いでいる状態であった。

条件が同じならば、数の多い帝国軍が優勢になるのは道理である。王国軍は少しずつ数を減らしており、緩やかに追い詰められていた。

「ダレン千騎長、ご無事ですか⁉」

「ええ、問題ありません……っと！」

配下の騎士の言葉に答えながら、ダレンは飛んできた弓矢を剣で叩き落とす。

指揮官であるダレンは王国軍の後方に構えていたが、すでにこの場所まで弓矢が届くほどに敵の攻撃が迫っている。

「右翼のルーカス千騎長が討ち死にいたしました！　もはや戦線を維持するのは不可能です！」

「っ……！　そうですか……ルーカスが逝《い》きましたか」

戦友の死を聞いてダレンは秀麗な表情を悲痛に歪める。

整った顔立ちは憂いに染まってもなお美しく、同性であるはずの部下でさえも思わず見惚《みほ》れてしまうほどだった。

「このまま戦いを継続しても敗北は必至。されど、父上はまだ撤退の指示を出していません。今しばらく時間稼ぎを…………どうしましたか？」

「へ、あ……はっ！」

「どうかしたのですか？　ひょっとして負傷を……」

「だ、大丈夫です！　ちょっと考え事をしていただけですのでっ！」

まさか貴方の顔に見惚れてましたとは言えず、部下は顔を引きつらせながら両手を振って誤魔化した。

ダレンは訝《いぶか》しげな表情になるものの、顔を真っ赤にしている部下にそれ以上は追及することができず、再び剣を握りしめる。

「我々が壊滅すれば、もはや王国にブレイン要塞を守り切るだけの余力はありません。ここが正念場。もう少しだけ踏みとどまって……」

ダレンが最後まで言い切る前に、戦場に高々とラッパの音が響き渡った。空気を切り裂くような甲高い音はブレイン要塞から放たれている。

「……どうやら命拾いをしたようですね。撤退の合図です」

「助かった……のでしょうか？」

不安そうに瞳《ひとみ》を揺らして尋ねてくる部下に、ダレンは困ったような曖昧《あいまい》な笑みを返した。

「それはレイドール殿下次第です……さて、撤退しますよ」

「はっ！　承知いたしました！」

ダレンは周囲の兵士に指示を飛ばし、後方へと撤退を開始した。

背後のブレイン要塞ではいつの間にか正面の城門が開け放たれており、穴に水が流れ込むように王国兵を吸い込んでいる。

　天頂に昇った太陽は徐々に西に傾いていき、戦場は新たな局面を迎えた。

○　○　○

　戦いが始まってから五時間が経過して、戦場に大きな変化が現れた。

　それまでブレイン要塞を背にして踏みとどまっていた王国軍であったが、撤退をして要塞の中へと戻っていったのである。

「王国兵が撤退していくぞ！」

「そのまま要塞に攻め込め！　奴らに門を閉じさせるな！」

　撤退していく王国軍を追いかけて、包囲していた帝国兵が要塞へと突撃していく。

「おお、どうやら我らの勝利のようですな！」

　城門へ向かっていく帝国の兵士の姿に、ダラス・サファリスが喝采の声を上げた。

「バーゼン将軍、見事な采配《さいはい》でございました！」

「…………うむ」

　副官からの祝勝の言葉に、グラコス・バーゼンは何故《なぜ》か浮かない顔で頷いた。

「……どうかしたの、おじいちゃん？」

　表情を暗くする老将の顔を覗《のぞ》き込み、セイリアが心配そうな面持ちで問いかける。

バーゼンは可愛《かわい》らしい皇女に心配をかけてしまったことに気がつき、ハッと目を見開いて己の額を叩く。

「い、いいえ、大したことではないのじゃが……どうもあっけなさすぎると思いましてな」

最初こそ帝国軍は手痛い反撃を受けてしまったものの、すぐに巻き返して勝利へと突き進んでいる。すでに王国軍はブレイン要塞の内部へと退却を済ませていた。閉まろうとする城門を何人かの帝国兵が押さえつけており、その隙に他の帝国兵が内部へ雪崩《なだ》れ込んでいく。

このままいけば、それほど時間を置くことなく要塞は落とされて帝国の勝利となるだろう。

(バゼル・ガルストは愚者ではない。勝てない賭《か》けをするような無能な将ではなかろう。ならば、どうして野戦に踏み出したのだ？)

バーゼンは顔を伏せて考え込む。

てっきり野戦で五分に持ち込む奥の手を用意しているものだとばかり思っていたのだが、その切り札もいまだ姿を現さないままである。

それとも、この期に及んで奥の手を温存しておく余裕があるというのだろうか？

(このままでは我らが勝ってしまうぞ？　さあ、どうした。ガルスト！)

「なっ……！　バーゼン将軍、あれを！」

「むうっ⁉」

副官の叫びにバーゼンは顔を上げた。

視線の先では、城門からブレイン要塞内部に侵入した兵士が慌てて外に逃げ出している。

あと少しで掴《つか》み取ることができたであろう勝利を投げ出してまで、這う這うの体で逃走をする兵士達。

彼らの背中を、漆黒の斬撃《ざんげき》が斬り裂いた。

「何じゃあれは……魔法なのか？」

黒い斬撃によって数十人の帝国兵が吹き飛ばされる。花びらのように軽々と宙を舞っている味方の兵士の姿に、バーゼンは目を見開いてつぶやいた。

どうやら要塞の中には攻撃魔法に長けた魔術師がいたようである。

どうしてこれまで温存してきたのかはわからないが、確かに高位の魔術師ならば戦況に一石を投じる切り札と成り得るだろう。

「……違うよ、おじいちゃん。アレは違う」

「姫殿下？」

セイリアが硬く緊張した声でつぶやいた。

バーゼンがいつになく険しい口ぶりになったセイリアの様子に、怪訝そうな顔で振り返る。

青銀の鎧を身につけた皇女は蒼褪《あおざ》めた顔をしており、唇はキュッと強く結ばれていた。小さな肩が小刻みに震えており、まるで何かに怯《おび》えているように見える。

天真爛漫を絵に描《か》いたような性格のセイリアが、これほどまでに緊張を露《あら》わにしているところを見るのは初めてだった。

「わあああああああああああっ⁉」

「っ……!?」

震える皇女に見入っていたバーゼンであったが、戦場を斬り裂く悲鳴にハッと要塞に目を向けた。

ブレイン要塞の城門はいまだに閉ざされることなく開け放たれている。

城門の周囲には無数の帝国兵が倒れており、無事な兵士達も門から距離を取って怯えた様子で槍《やり》を向けていた。

やがて——多くの帝国兵に見守られながら、城門を潜《くぐ》って一人の男が現れる。

黒い鎧を着た若い男だった。右手に携えている剣すらも漆黒で、黒に塗り固めた姿はまるで伝承に登場する死神のようである。

「フッ！」

「なっ……!?」

男が素早く右手を振るった。剣から禍々《まがまが》しい瘴気《しょうき》が斬撃となって放たれる。

黒鎧の男を中心に円を描くように広がった斬撃が、城門を取り囲んでいる帝国兵の身体を撫でるようにして通りすぎた。

途端、血の一滴も噴き出すことなく兵士達は倒れていき、屍《しかばね》のように地面に横たわってしまう。

「魔法なんかじゃないよ……アレは聖剣。クラウソラスと同じ聖剣だよ」

セイリアが震える声でつぶやいた。

まっすぐに黒鎧の男を睨みつける皇女の瞳に揺れているのは、敵意と高揚——そして畏怖《いふ》の感情である。

セイリアの腰のクラウソラスも、敵として立ちふさがった同格の神器を前にして興奮したようにバチバチと青白い火花を放出していた。

「そうか……ザイン王国にもあるのじゃったな。十二本の聖剣の一本が……！」

「まさか……あれが聖剣ダーインスレイヴ⁉　二百年も所有者が見つかっていない聖剣に選ばれた者がいるというのですか⁉」

バーゼンが表情を歪め、サファリスが愕然《がくぜん》と叫ぶ。

戦場の流れが大きく変わり、確実に掴めるはずだった勝利が手から離れていくのを歴戦の老将は鋭敏に感じ取っていた。

「なんと忌まわしき力よ。邪悪なる呪いの聖剣めが！」

バーゼンの視線の先で、再び男が聖剣をかざした。

呪いの瘴気が黒い竜巻となって戦場に巻き上がり、数百の帝国兵をまとめて薙《な》ぎ倒す。

それは帝国軍にとって悪夢のような光景だった。

「はっ……ははははははははッ‼」

天を衝《つ》く黒い竜巻の中心で、レイドールは狂ったように哄笑《こうしょう》を上げた。

周囲では禍々しい瘴気が狂風となって荒れ狂っている。身体の芯《しん》まで凍《こご》えるようなおぞましい光景であったが、渦中にいるレイドールには恐怖はない。

それどころか、己を取り巻く邪悪な力の奔流に心地よさそうに目を細めて、三日月に唇を吊《つ》り上げる。

「これが聖剣！　これが俺の力！　はははははっ、アハハハハハハハハハハッ!!」

己が神か悪魔にでもなったかのような全能感がレイドールの身体を包み込む。

握った柄を通して津波のように膨大な力が流れ込んでくる。

主人の狂喜に応《こた》えるように、聖剣ダーインスレイヴもますます嵐《あらし》の勢いを強めていく。

ダーインスレイヴから放たれる漆黒の斬撃には呪いの瘴気が込められており、帝国兵の身体には毒や麻痺《まひ》、石化などの効果が発現して一人、また一人と倒れていく。

「こんな、馬鹿《ばか》な……」

「人間じゃねえ、化け物だ！」

「俺達は何と戦ってるんだ……あれは魔神の化身なのか……？」

辛くも呪いから逃《のが》れた帝国兵は逃げることすら忘れて、呆然《ぼうぜん》と荒れ狂う黒い竜巻に見入っていた。

先ほど数百の兵士を薙ぎ倒したばかりだが、それでもまだ数千の兵士が立ちふさがっている。

「多勢に無勢、それがどうした!?　数の違いなんて押し潰す！　地の利なんて踏みにじる！　俺を止められる奴がいるなら出てきやがれ!!」

レイドールが聖剣を抜いたのはこれが二度目である。聖剣の力に身体が馴染《なじ》んできているのか、前回以上の力が湧き出してくるのが感じられた。その圧倒的なエネルギーは亜竜を屠《ほふ》った時とは比べものにならないものである。

巨大な力を手にしたことで、レイドールの心には傲慢《ごうまん》なほどの自信がみなぎってくる。

もともと、レイドールは開拓都市で五年間の歳月を戦いに捧《ささ》げてきており、己が強者と呼べるほどに強くなったと自負しており、自分はすでに剣士として完成したものだとばかり思っていた。

(だけど……まだ上があった！　俺は少しも高みになんて到達していなかった！)

傲慢と蔑《さげす》むならばそうすればいい。

慢心と侮るならばそうすればいい。

ただし、決して弱者とは呼ばせない。

この聖剣に賭けて、初代ザイン国王より二百年の時を越えて己を選んでくれたダーインスレイヴに賭けて、もはや敗北はしない。何物であっても己の道を奪わせはしない。

「もっとだ！　もっと俺に力をよこせッ!!」

『アアアアアアアアアアアアアッ!!』

暴力的な破壊衝動を込めて限界まで力を高めていく。右手に握りしめた聖剣から金属をこすり合わせたような甲高い音が返ってきて、黒い嵐がさらに勢いを増していく。

戦場を覆い尽くすほどに巨大に成長した竜巻は、もはや一匹の黒龍が天に昇っていくようであった。

その光景を目の当たりにした帝国兵が、一人、また一人と戦意を失って膝《ひざ》から崩れ落ちていく。

「勝てない……こんなものに勝てるわけがない」

誰かがぽつりとつぶやいた。それはその場にいる帝国兵全員の想いを代弁する言葉だった。

こんな人知を超えた力に勝てるわけがない。挑むことすらも烏滸《おこ》がましい。

身に浴びた呪いの風に蝕《むしば》まれて、帝国兵の身体は身動きすらままならなくなっている。

戦うことはおろか、逃走という選択肢すらも奪われて膝をつく兵士達の心中は、さながら天上の神の審判を待つ罪人の気分であった。

「おお……！」

「神よ……！」

一方、レイドールの後方で戦いを見守っている王国兵もまた、地面に膝をついていた。

彼らもまた荒れ狂う漆黒の風を浴びていたものの、どうやらダーインスレイヴの力は敵にだけ作用するらしい。呪いの影響は全くと言っていいほどなかった。

しかし、呪いの影響などなくとも、彼らは自発的に跪《ひざまず》いて祈るように両手を組んでいた。

目の前には神か悪魔としか思えない超常の力の担い手。

それが敵であるならば失意と絶望に沈み、帝国兵がそうであるように嘆きの声を上げる他にない。

だが——神の代行者たる聖剣保持者《エクスカリバーホルダー》は敵ではない。自分達の味方なのだ。

ゆえに、王国兵はひたすらに祈りを捧げる。

あの狂風の主が味方であることに感謝して。

あの暴威の化身が敵にならないように懇願して。

ひたすらに、ひたすらに祈り続けた。

「ハーハッハッハッ！　アハハハハハハハッ!!」

そんな兵士達の心中は知らず、レイドールは呵呵大笑《かかたいしょう》する。

どれほど呪いの風を振り撒《ま》いてもなお湧き上がってくる力に、もはや遠慮する気にならなかった。

この力でどこまでやれるか――それを試してみたくて仕方がない。

「呪剣闘法《じゅけんとうほう》【終末の大蛇《ヨルムンガンド》】!!」

レイドールは昂り続ける高揚感のままに前方に向けて剣を振り下ろした。

その矛先が向けられたのは、丘の上に作られた帝国軍の陣地。

レイドールの周囲を荒れ狂っていた風が、聖剣の担い手である青年の意志に従って巨大な斬撃となって戦場を斬り裂く。

「「「「あああああああああっ!?」」」」

それはさながら、巨大の蛇が大口を開いて突き進むようだった。戦場を真っ二つに斬り裂く黒い斬撃に、無数の帝国兵が呑《の》み込まれて消えていく。

それでも斬撃はまるで勢いを衰えさせることはない。轟音《ごうおん》とともに戦場を引き裂きながら、丘の上に構えた帝国の本陣へと直進していく。

「勝ったな……これは防げないだろうよ!」

地形すらも変えかねないほどの攻撃を放ったレイドールは、勝利の確信に口端を吊り上げて嗤笑《ししょう》する。

「ヤアアアアアアアアッ!」

しかし――このまま帝国軍の陣地を斬り裂くかと思われた攻撃を前に、立ちふさがる影があった。

細く小さな人影は巨大な黒い斬撃に比べてあまりにも頼りない。

まるで嵐の海を突き進む小舟のようである。

「みんなを守って！　クラウソラス！」

「むっ……!?」

小さな人影が右手を翻《ひるがえ》した。瞬間、けたたましい轟音とともに雷光が閃《ひらめ》いた。

その少女が右手に握りしめているのは細く青白い剣。そこから放出された眩《まばゆ》いばかりの雷撃が、津波のように押し寄せてくる漆黒の斬撃に正面からぶつかる。

黒と白。瘴気と雷が均衡したのはわずかに数秒だった。

すぐに雷撃が斬撃を打ち破り、禍々しい呪いの風は千々に消えてしまう。

「ああ……そうだった、忘れてたな。俺は馬鹿かよ」

渾身《こんしん》とも言える一撃を無力化されて、全能感に浸っていたレイドールの心が冷えていく。冷静になった頭が状況を整理して把握する。

確かに聖剣に選ばれた人間は神のごとき力を得るのかもしれない。

しかし、神の力を手にしたのは自分だけではない。少なくとも、この戦場にもう一人いるのだ。

「お前が帝国の聖剣保持者《エクスカリバーホルダー》――セイリア・フォン・アルスラインか！」

「調子に乗っていられるのはそこまでよ！　ここからは私が相手になってあげるんだから！」

強敵の出現に牙を剥いて吠《ほ》えるレイドール。

ダーインスレイヴを握りしめるレイドールに、裂帛《れっぱく》の怒声とともにセイリアがクラウソラスを手に飛びかかってきた。

第九章 二つの聖剣

「ああ、まったく！　せっかく良い気分だったのに台無しじゃねえか！」

　忌々しそうに吠《ほ》えて、レイドールはダーインスレイヴの先端を突き出した。剣先から放たれた黒い刃《やいば》が鞭《むち》のようにしなりながら、丘から駆け下りてくるセイリアに襲いかかる。

「呪剣《じゅけん》闘法【蠍突《スコルピオン》】！」

「帝国式聖剣術【瞬雷《フルゴル》】！」

　黒い刃が身体《からだ》に届く寸前、セイリアの身体が閃光《せんこう》とともに掻《か》き消えた。

　次の瞬間、レイドールのすぐ目の前に青白い剣を振りかぶった姫騎士が出現する。

「帝国の敵は私が倒すよ！」

「チッ……！」

　レイドールへと稲光を纏《まと》った聖剣が襲いかかる。

　素早く地面を蹴《け》って後方に飛び、必殺の一撃を躱《かわ》す。しかし、避《よ》けきれなかった雷撃が肩を打って激痛が走った。

「瞬間移動とはいやらしいことをしやがるじゃないか！　それがそっちの聖剣の能力かよ！」

「いやらしいなんて、クラウソラスを馬鹿《ばか》にしないで！　そんな不気味な力を使う貴方《あなた》に言われたくないよ！」

レイドールとセイリアはわずかに距離を取って睨《にら》み合う。

二人はそれぞれ聖剣に選ばれた聖剣保持者《エクスカリバーホルダー》である。しかし、相まみえる二人の姿はあまりにも異なっている。

王弟と皇女。

黒い剣と、白い剣。

禍々《まがまが》しい瘴気《しょうき》を纏う男と、青白い稲光を纏う女。

現代に甦《よみがえ》った生ける伝説であるはずの二人は非常に対照的であり、水と油のように相容《い》れないように見えた。

「聖剣に選ばれた英雄であるはずの貴方が、どうしてこんなことをするの！　貴方のせいでどれだけの人が犠牲《ぎせい》になったと思っているの⁉」

レイドールに剣先を突きつけてセイリアが叫ぶ。

稲光を背に言い放つセイリアの姿は、まるで悪を咎《とが》め断罪する戦乙女《おとめ》のようであり、神話の一説のように神々しい。

「おいおい、何を寝ぼけたことを言ってやがる！」

一方、断罪を突きつけられた悪魔の立ち位置となったレイドールは、わずかに瞳《め》を細めて唇を歪《ゆが》める。

「そもそもザイン王国に攻め込んできたのは帝国のほうじゃないか。自分から戦争を起こしておいて、返り討ちにあったら被害者面とか舐《な》めてんのか？」

「帝国は大陸を統一して、平和な世界を創《つく》るために戦っているの！　帝国が大陸を一つにまとめればみんなが幸せになることができるのに、どうしてそれがわからないのよっ⁉」

「平和……幸せ……？　はっ、頭に虫でも湧《わ》いてるみたいだな！」

レイドールは嘲《あざけ》るように鼻を鳴らす。

目の前に立つ雷の乙女が口にする言葉はあまりにも青臭く、清々《すがすが》しいまでに自分勝手なものである。

この純粋な少女は、己が、帝国が正義であることを疑ってもいない。

平和のためと称して起こした侵略によって、他者が不幸になるかもしれないとは考えられないのだ。

「帝国の聖剣保持者《エクスカリバーホルダー》ってのはこの程度かよ。世間の厳しさも知らないタダのガキじゃねえか！」

「なっ……貴方だってそんなに年は変わらないでしょ！　子供扱いしないでよ！」

「精神年齢の話をしてるんだよ！　温室育ちのガキの夢物語に巻き込まれるこっちの身にもなれっての！」

「っ……馬鹿にして！」

セイリアが林檎《りんご》のように顔を真っ赤にして、レイドールへと斬《き》りかかる。

レイドールもまた素早く斬撃《ざんげき》を繰り出し、二つの聖剣が正面からぶつかった。

「くうっ⁉」

「ぐっ⁉」

ぶつかり合った聖剣の間で小さな爆発が生じて、二人の身体が吹き飛ばされる。

レイドールは空中で体勢を整えて両脚で着地して、セイリアは地面を転がって受け身を取る。

「【蠍突《スコルピオン》】！」

レイドールは地面を転がるセイリアに向けて斬撃を飛ばした。

「【雷電《トニトゥルス》】！」

セイリアは地面から起き上がるや、迫りくる漆黒の斬撃に向けて雷を放った。

青白い雷はレイドールの呪《のろ》いの斬撃を打ち破り、逆にレイドールへと襲いかかる。

「チッ！」

レイドールは舌打ちをして横に飛ぶ。しかし、飛んだ先の空間にセイリアが現れた。

「【瞬雷《フルゴル》】──ヤアッ！」

「ぐうっ……！　舐めんなっ！」

振り下ろされたクラウソラスをレイドールは鉄製の小手によって弾《はじ》き飛ばす。

さらに返す刀でダーインスレイヴを叩《たた》きつけようとするが、無理な姿勢で放たれた攻撃は軽やかなステップで躱されてしまい、セイリアの足元の地面を抉《えぐ》るのみに終わった。

「逃がすかよっ！　呪剣闘法【石眼の女神《メドゥーサ》】！」

「へっ……きゃあ！」

レイドールは剣先で地面を叩いたままの姿勢で範囲攻撃を発動させた。レイドールを中心として半径十メートルの黒いドームが出現する。

それは敵を石化する呪いの空間であり、これに取り込まれた生物は瞬く間に石像へと姿を変えてしまう力があった。

「うひゃあっ……なんなのよ、もう！　気持ち悪い！」

ドームが消失した時、そこから平然とセイリアが現れた。

セイリアは身体に絡みついてくる黒い瘴気を困惑した表情で振り払っているものの、目立った呪いの影響はなさそうである。

「チッ……面倒だな。聖剣の加護か？」

レイドールは己の不利を悟り、苦々しく表情を歪めた。

レイドールとセイリア。二人が聖剣保持者《エクスカリバーホルダー》としてどちらが上手《うわて》なのかはわからない。

しかし、どうやらダーインスレイヴの呪いの力は、聖剣の加護を受けているセイリアに対しては効力が薄いようである。

雷という破壊力に勝る武器を持つセイリアのほうが、相性という点で圧倒的に優位に立っているようであった。

「あれれ？　ひょっとして、お兄さん。追い詰められてるの？」

苦い表情をしているレイドールの顔を見やり、セイリアがにんまりと笑った。

彼女もまた自分の優位に気づいたのだろう。天真爛漫《てんしんらんまん》な顔には勝ち誇ったような色が浮かんでいる。

「降参するなら命は助けてあげようか？　お兄さんは強いみたいだし、帝国に服従するのならパパが雇ってくれるかもしれないよ？　パパは強い人がとおっても好きだから」

「はっ、鬱陶《うっとう》しいお気遣いありがとうよ！」

すでに勝利を収めたような上から目線の言葉に、レイドールは唾《つば》とともに吐き捨てた。

「生憎《あいにく》だが、俺《おれ》は二度と誰《だれ》かの風下には立たないって決めてるんだよ。会ったこともない皇帝陛下とやらに自分の運命を委《ゆだ》ねるなんぞ反吐《へど》が出るんだよ！」

「ふうん、そっか。じゃあいいよ。そろそろ倒しちゃおっかな？」

「っ……！」

再びセイリアが瞬間移動をしてレイドールの間合いへと踏み込んでくる。

レイドールは表情を歪めながら、ダーインスレイヴで迎え撃った。


「このっ……鬱陶しい！」

レイドールは苛立《いらだ》った声で吠えて、頭上から襲いかかってきた雷撃を躱す。

ギリギリのところで直撃を避けているものの、レイドールの身体と衣服にはあちこちに火傷《やけど》や焦げ跡がついていた。避けきれなかった雷によって徐々にダメージが蓄積しており、表情には焦りが目立ってきている。

（あ……コレ、勝っちゃったかも）

追い詰められていくレイドールの姿に、セイリアは自分の勝利を確信する。会心の笑みを浮かべながら、さらなる追撃の雷を放っていく。

本来であれば戦いの最中に笑顔など浮かべるべきではない。それは油断や慢心につながるし、敵に対しても礼を欠く行為だ。

けれど、それでも顔の筋肉が緩むのを抑えきれない。同格の聖剣使いに、これまで戦ったことのない強敵相手への勝利に、抑えきれずに心が弾んでしまっていた。

レイドールとセイリアの戦いが始まってから、時間にしてまだ五分と経《た》っていない。両名ともに目立った外傷は負っておらず、当事者以外にはまだ戦いは始まったばかりのように見えるだろう。

だが、その短い間にセイリアは自分と敵の決定的な力量の差に気がつき、己の優位を確信していた。

レイドール・ザインはセイリアにとって、初めて敵として戦う聖剣保持者《エクスカリバーホルダー》である。

アルスライン帝国にはセイリアのクラウソラスを含めて三本の聖剣が存在するが、味方を相手に本気で戦ったことはもちろんないからだ。

レイドールが聖剣を振るう姿を目の当たりにした時は、セイリアはその力の奔流に脂汗を流したものである。巨大な黒い竜巻を発生させて戦場を一変させる姿は、聖剣に選ばれた英雄というよりも神話に登場する邪神や悪魔のようだった。

そのあまりにも強大な力には、恐怖すらも覚えたものである。

しかし――

(あれだけの力を聖剣から引き出すなんて、本当にすごい……でも、それだけ。出力だけじゃ私には勝てない)

数千規模の兵士を薙《な》ぎ倒すほどの攻撃を放つなど、同じ聖剣保持者《エクスカリバーホルダー》であるはずのセイリアにだってできないことである。

皇帝であり、聖剣保持者《エクスカリバーホルダー》でもある父ならば炎の聖剣デュランダルを使って戦場一面を焼け野原にすることができるだろうが、レイドールの力はそれにも匹敵するだろう。

それでも――セイリアは思う。

自分は決して負けることはない。自分のほうが上である、と。

「ねえ、お兄さん。いい加減に気がついているよね？　その聖剣じゃ、私には勝てないよ？」

セイリアは同情したような口調で言いながら、クラウソラスをレイドールに向けて振り下ろした。

「チッ……！」

レイドールは舌打ちをして、雷光を纏った斬撃をダーインスレイヴで弾いた。

呪いの瘴気を巻き起こす聖剣ダーインスレイヴ――地形を変えるほどの規模で忌まわしい力を振り撒《ま》き、数千の兵士を呪いの斬撃で切り刻んで状態異常にする恐るべき聖剣。その力は間違いなく、単身で戦況を左右し得るものである。

だが、聖剣同士の戦いにおいて、その力はそれほど怖いものではない。

聖剣保持者《エクスカリバーホルダー》は聖剣からの加護を受けており、呪いなどの状態異常に対して強い耐性を得ているからだ。

（ましてや、私の力は雷。呪いの斬撃なんかよりも速くて鋭いっ！）

「ヤアッ！」

裂帛《れっぱく》の気合とともにセイリアが雷撃を放つ。

すぐさまレイドールも斬撃を飛ばして迎え撃つが、瘴気の刃は雷によって斬り裂かれて霧散してしまう。

「ああ、畜生！　やっぱり効かねえか！」

「お兄さんはとっても強いけど、威力も速さも雷には届かない。その聖剣はクラウソラスよりも下だよ？」

「……言ってくれるじゃねえか。人の相棒を虚仮《こけ》にしやがって！」

レイドールが忌々しそうに表情を歪めて言い返すが、セイリアの目には負け犬の遠吠えにしか見えなかった。

ダーインスレイヴが放つ呪いの斬撃は確かに厄介であるが、圧倒的なエネルギー量を誇る雷には遠く及ばない。

いくら一度に使える力の量がセイリアよりも多かったとしても、真っ向から力をぶつければ必ずセイリアが勝ってしまうのだから。

「お兄さんさー、諦《あきら》めて降参したら？　大人《おとな》しく降伏するのなら、悪いようにはしないよー」

セイリアが哀れみすら込めて降伏勧告をする。

もはや皇女の中でレイドールの敗北は決定事項であり、「殺す必要すらない」と格付けがされていたのである。

「私のパパはさ、強い人には寛容だよ？　お兄さんが帝国に仕えて帝国のために聖剣を振るうなら、けっこう重用してくれると思うけどな」

「……魅力的な提案だよな。まったく」

格下として侮られていることに気がつき、レイドールは奥歯を悔しそうに噛《か》む。

それでもその瞳には闘志の炎が燃え立っており、折れることのない戦意にセイリアが首を傾《かし》げた。

「お兄さん、どうしてそんなに頑張るの？　やっぱり、ザイン王国がそんなに大事なの？」

「大事じゃねえよ、こんな国……！」

レイドールは牙《きば》を剥《む》いて、獣が唸《うな》り声を上げるように言った。

「この国は俺を捨てた。俺を利用している。平和のために俺の人生を弄《もてあそ》んでいる！　そんな国に愛着なんてあるものかよ！　俺はこの国を憎んでいる！」

周囲には王国の兵士の姿もある。それでも、レイドールは抑えきれずに感情を吐露する。

「だったら、何でかな？」

「それは……！」

ザイン王国がアルスライン帝国に敗北すれば、兄王グラナードは処刑されるだろう。

対して、レイドールはセイリアが言う通り、聖剣保持者《エクスカリバーホルダー》としての利用価値を認められて生き残ることができるかもしれない。

復讐《ふくしゅう》対象である兄が死に、自分が生き残る。結果だけ見ればそれは悪くないように思える。

「だけどなあ、この想いは俺のもの。俺だけのものだ！　俺は自分の復讐を他人の手になんて預けるつもりはない！　俺は俺の手で復讐を成し遂げる！」

レイドールはセイリアに剣を突きつけ、決然と言い放つ。

「それに……勝てる戦で降伏する意味なんてないんだよ！　俺はお前を、帝国を倒して前に進む！」

「また、そんな出来もしないことを……」

セイリアは聞き分けのない子供に言い聞かせるように口を開き……次の瞬間、両目を限界まで見開いた。

「え……?」

「「「「オオオオオオオオオオオッ!」」」」

戦場に大音声の怒号が響いた。これは鬨《とき》の声、迫りくる戦士の声だ。

セイリアは慌てて首を巡らして声の発生源を探して、後方を振り返った。

「嘘《うそ》っ……どうして私達の陣地が襲われてるのっ!?」

セイリアは悲鳴のように叫ぶ。

振り返った視線の先——小高い丘の上に作られた帝国の陣地が、何者かによって襲撃を受けていたのだ。

「悪いがこれは一対一の決闘じゃあない。戦争なんだよ。お姫様」

レイドールが、練りに練った悪戯《いたずら》を成功させた悪ガキのような顔で言い放つ。

セイリアはその言葉を聞いていない。ただただ呆然《ぼうぜん》と立ち竦《すく》みながら、自軍の陣地から上がる火の手を見上げていた。

「馬鹿なっ！　敵の奇襲だと⁉」

怒号と混乱の坩堝《るつぼ》となった帝国軍の陣地にて、ダラス・サファリスが悲痛な叫びを上げる。

丘の上に作られた帝国軍の陣地に、突如として王国軍が押し寄せてきたのだ。陣地に突撃してきた兵士はわずか五百ほど。数だけを見れば、万に届く兵を有する帝国軍にとって恐れるべき相手ではない。

しかし、まるで予想もしていないタイミングでの攻撃に帝国軍の兵士はまともに応戦することができず、一方的に攻撃を浴びせられている。

「何故《なぜ》だっ！　どうして誰も気がつかなかった⁉　見張りは何をしていたと言うのだ⁉」

サファリスの口から放たれたのは魂の叫び。心の底からの疑問であった。

王国軍が帝国の陣地に攻撃を仕掛けてくる――それ自体は別に不思議なことではない。

敵の本陣を叩くのは戦において常道とも言える戦法であり、当然ながらサファリスもそれは承知している。

わからないのは、どうやって奇襲を成功させたのかだった。

「敵に奇襲を受けないように見晴らしの良い丘に陣地を作ったのだぞ⁉　それなのに、どうして誰も気がつかなかった⁉　どうして我らが一方的にやられているというのだ⁉」

「やめよ、サファリス！」

「ば、バーゼン将軍……！」

信じられないとばかりに声を荒らげる副官の肩に手を置き、グラコス・バーゼンが厳しい口調で言う。

「何故、などと口に出す意味はない。あるのは目の前の結果のみ。目の前の結果を受け入れて、次の行動に移さねばならぬ」

「っ……！　申し訳ありません！」

上官の言葉にサファリスはハッと両目を見開き、すぐに混乱する帝国軍の兵士をまとめ上げようとする。

指示を飛ばしながら陣地を走っていく副官の背中を見送り、バーゼンは強く拳《こぶし》を握りしめて敵の要《よう》塞《さい》を睨みつけた。

「やりおったな……バゼル・ガルスト！」

要塞から遠く離れた丘の上からでは、当然ながら、そこにいるであろう敵将の姿は見えない。

けれど、バーゼンには策略を成功させたバゼルが武骨な顔に会心の笑みを浮かべている姿をはっきりと思い浮かべることができた。

本来であれば、見通しのいい丘の上に作られた陣地が敵から奇襲を受けることなどまずありえない。

夜ならばまだわからなくもないが、いまだ太陽は西の空に照っている。こんな晴れた空の下で敵影を見逃《みのが》す見張りなど、敵に討たれる前に味方から処分されているだろう。

それを可能としたのは、今まさにバーゼンの主《あるじ》であるセイリアと剣を交えている青年が原因である。

「まさか……虎《とら》の子の聖剣保持者《エクスカリバーホルダー》を陽動に使ったというのか!?　我らの目を奇襲部隊から逸《そ》らすために……！」

帝国軍がこうも見事に奇襲に引っかかってしまったのは、陣地にいる全《すべ》ての帝国兵が眼下で繰り広げられているレイドールとセイリアの戦いに目を奪われていたからである。

呪いの風を撒き散らすレイドールと、天の怒りのごとく雷を放っているセイリア。二人の聖剣保持者《エクスカリバーホルダー》の戦いはまるで神話の一場面を切り取ったようであり、この場にいる誰もが息を呑《の》んでその戦いを見守っていた。

そのため、戦場とは真逆の方角から迫っている王国軍の伏兵に気がつくのが遅れてしまったのである。

「聖剣保持者《エクスカリバーホルダー》は一軍にも匹敵する切り札……それをまさかこちらの目を引き付けるために使うとは……！」

バーゼンは髭《ひげ》を生やした顔を悔しそうに歪めた。

否、たんなる陽動や囮《おとり》ではない。釣り上げられたのはバーゼン達の視線だけではなく、主君であるセイリアもだ。

聖剣保持者《エクスカリバーホルダー》であるセイリアが陣地にいたままではどうやっても襲撃など成功しない。レイドールが竜巻を巻き起こして派手に暴れたのは、同じ聖剣保持者《エクスカリバーホルダー》であるセイリアを誘い出して陣地から切り離す目的もあったのだろう。

「やってくれおって、若造めが……いや、反省は後じゃな」

バーゼンは青筋の浮かんだ額をペシリと叩いて、意識を切り替える。

敵の襲撃を受けた帝国軍の陣地はいまだに混乱に包まれており、帝国兵は完全に統率を失っていた。

サファリスが声を張り飛ばして立て直しを図っているものの、バーゼンの元まで敵がたどり着くのは時間の問題だろう。

アルスライン帝国西方侵攻軍の総大将は、名目上は王族であるセイリアということになっている。しかし、実質的な指揮を執っているのはバーゼンであり、もしもこの老将が討たれることがあれば、帝国軍は瓦解《がかい》してしまうだろう。

「流石《さすが》にここは敗北を認めるしかなさそうじゃのう。一度引いて、態勢を立て直すとしようか」

「申し訳ないですけど、それはちょっと困りますねー」

「誰だっ!?」

背後からかけられた声に、バーゼンは慌てて振り返る。

いくつもの戦を潜《くぐ》り抜けてきたはずの自分が、まさかこうも容易《たやす》く後ろを取られたのか——そんな驚愕《きょうがく》の事実に動揺するバーゼンの目に移ったのは、戦場には似合わない格好をした少女であった。

「メイド……じゃと？」

「はあい、メイドさんですよー。ふりふりー」

いったい、何の冗談なのだろうか？

バーゼンの背後に立っていたのは女の使用人が着るような服を身に纏った少女である。

セイリアと同年代に見える黒髪の少女は、何がおかしいのか、スカートの裾《すそ》を両手で掴んでフリフリと楽しそうに振っている。

「何故、メイドが戦場に……？　まさか王国軍の……？」

「はいはーい、申し訳ないですけど時間がないのでこちらの用件を済まさせていただきますねー……【影の拘束《シャドウ・バインド》】」

「ぐぬうっ……!?」

少女の足元から黒い影が伸びて、触手のようにバーゼンの身体に巻き付いた。

長年、帝国軍を支えてきた老将が瞬く間に手足を拘束《こうそく》されて、地べたを舐めるように這《は》いつくばってしまう。

「ぬ、ぐ……貴様はいったい……!」

「うーん、やっぱりお年寄りを縛ってもつまらないですねー。まあ、王国軍よりも先に貴方を捕まえれば、ご主人様がご褒美をくれるそうですから。とりあえずはこれで良いとしましょうか？」

「ご、ご主人……？　お主は王国兵では……」

「ああ、そういうのはいいですよー。帝国の人達が来ちゃいますから、さっさと引き上げましょうねー？」

「がっ……！」

メイド服の少女がパシリと手の平を合わせる。瞬間、バーゼンの目の前が真っ暗な闇《やみ》に包まれる。

(姫殿下……どうかお逃げを……！)

薄れゆく意識の中でバーゼンが叫ぶ。最後に案じるのは、やはり孫のように可愛《かわい》がっている皇女のことである。

けれど、その言葉は口から出ることはなく、バーゼンの意識とともに闇の中へと消えていった。

「バーゼン将軍、撤退の準備が…………え？」

副官のサファリスがバーゼンの下へと戻ってきたときには、尊敬する上官の姿は跡形もなく消えていたのであった。

○　○　○

「おじいちゃんっ！　みんなっ！」

王国軍の攻撃を受けている味方の陣地を見上げて、セイリアが堪《たま》らず悲鳴を上げた。

奇襲を仕掛けた王国兵がどこから現れたのかはわからないが、自分達の陣地がまさに落とされようとしているのは遠目にもわかった。

陣地には皇女である自分の配下達――特に、実の祖父のように敬愛しているグラコス・バーゼンもいるのだ。

セイリアは冷静さを欠いて、自軍の陣地に向けて駆けだそうとする。

「皇女殿下ッ、危ないっ！」

「っ……!?」

背中に鋭い声がかけられた。戦場に生き残っていた帝国兵のものである。同時に、冷たい殺気が首の後ろを撫《な》でる。

セイリアが慌てて振り返ると、ゾッとするほどすぐ近くに剣を振り上げたレイドールの姿があった。

「よそ見をするなんてつれないじゃねえか。傷つくぜ！」

「くうんっ⁉」

迎撃する余裕などない。セイリアは回避に全神経を集中させる。

もつれそうになる脚で後方へと跳びながら、背骨に激痛が走るほどに身体をのけぞらせた。

「フッ！」

「きゃっ……！」

短い裂帛の声を吐いて、レイドールが斬撃を見舞う。

エビぞりになったセイリアの顔のすぐ前を漆黒の剣が通過していく。一瞬、回避が遅ければ首を両断されていたかもしれない。

「【瞬雷《フルゴル》】！」

一刻も早く陣地に戻らなくては——そんな焦りに追い詰められながら、セイリアが聖剣の加護を発動させる。

ミスリルの鎧を身につけた皇女の身体が消失して、十数メートル後方へと瞬く間に移動する。

「今日のところは勝負はお預けよ！　この借りはいつか必ず……え？」

「阿呆《あほう》がっ！　逃がすわけねえだろうがっ！」

レイドールの間合いの外へと退避したセイリアであったが、予想外の光景を目の当たりにして驚愕に目を見開くことになった。

セイリアの目の前に黒い円盤が迫ってきている。

否、円盤ではない。それは恐るべき速さで回転しながら飛んでくる一本の剣であった。

まるでギロチンの刃のように迫りくる剣の向こうに、何かをぶん投げた体勢のレイドールがいた。

その手の中に聖剣ダーインスレイヴはない。

(投げたっ⁉　聖剣をっ⁉)

そんな馬鹿な——混乱するセイリアの頭に理不尽な悲鳴が響きわたる。

いったい、どこの世界に神が創りたもうた秘宝を敵に投げつけるような馬鹿がいるというのだ。

この男には、伝説の武器に対する敬意はないのだろうか。

「かっ飛べえええええええっ！」

迷わずダーインスレイヴを投擲《とうてき》したレイドールは、尖《とが》った犬歯を剥き出しにして叫んだ。

レイドールにとって聖剣ダーインスレイヴは誰よりも頼もしい相棒であったが、同時に自分の人生を決定的に狂わせた諸悪の根源でもある。勝利のために放《ほう》り投げることくらい、平然とやってのけるのだ。

「ひぐうううううっ！　このおおおおおおっ‼」

一方、セイリアとて無抵抗ではない。

予想外の攻撃に度肝を抜かれはしたものの、それでも必死に敵の攻撃を受け止めようとする。

瞬間移動の技——【瞬雷《フルゴル》】は一度使用すると、クールタイムを置かなければ再び使用することはできない。

回転しながら肉薄する刃を防ぐ手段は、もはや己の手の中の剣しかない。

「くうんっ!!」

ダーインスレイヴはクラウソラスと比べて一回り以上は大きく、分厚い形状をしている。回転して飛んでくるダーインスレイヴの質量はもはや鉄塊と変わらず、とてもではないが正面から受け止められるものではない。

二本の聖剣は互いに重なり、互いにもつれ合うようにして後方へ飛ばされていってしまった。

「ハアアアアアアッ!!」

「く、クラウソラスが……きゃあああああっ!?」

聖剣を失ったセイリアの顔に影が落ちる。太陽を背にして飛び込んできたのは、当然ながらレイドールである。

レイドールもセイリアも聖剣を失っている。武器を持たないレイドールが取った攻撃手段は――ただの飛び蹴りだった。

天高く舞ったレイドールが、駆け抜けてきた勢いのままにセイリアの腹部を蹴りつける。

「くはっ……！」

セイリアが着ているミスリルの鎧《よろい》は打撃で壊れることはなかったが、それでも衝撃まで殺すことはできない。

セイリアの身体が『く』の字に曲がり、勢いよく後方へと吹き飛ばされる。ボールのように地面を何度も跳ねてようやく停止する。

ぐったりと四肢を投げ出して倒れるセイリアはピクリとも動かず、完全に気を失っていた。

「帝国皇女セイリア・フォン・アルスライン！　王弟レイドール・ザインが討ち取ったり!!」

レイドールがダーインスレイヴを拾って天に掲げ、高々と宣言する。王国軍の兵士からワッと歓声が上がった。

「ああ……」

「そんな……皇女殿下……」

対する帝国軍の兵士は絶望の声を上げて、膝《ひざ》を地面につく。陣地を失い、主君も敗れた帝国軍には、もはや戦おうとする者は誰もいなかった。

西の空に太陽が沈む頃《ころ》、ブレイン要塞を巡る戦いは終結した。

ザイン王国とアルスライン帝国。二人の聖剣保持者《エクスカリバーホルダー》がぶつかり合った戦いは、王国軍の勝利によって幕を下ろしたのである。

第十章 終戦と波紋

ブレイン要塞を巡る戦いの数日後。ザイン王宮にて。

「……そうか、レイドールは勝利したか」

「はい！　王弟殿下の戦いぶりはまさに神話のごとく！　聖剣保持者《エクスカリバーホルダー》として恥じない見事な奮戦ぶりでした！」

ザイン王国国王グラナード・ザインは要塞《ようさい》から送られてきた使者の報告を聞いて、右手で顔を覆う。

隠された顔にはあからさまに面白くなさそうな表情が浮かんでおり、戦勝の知らせを聞いているとは思えないような仏頂面である。

そんな王の陰鬱《いんうつ》とした変化に気がつくこともなく、使者の兵士は興奮した様子で戦争の様子を詳細に語った。

「敵の聖剣保持者《エクスカリバーホルダー》が放った雷を殿下は漆黒の斬撃《ざんげき》で受け止め、さらに返す刀で反撃の一撃を……本来であれば我等も助太刀《すけだち》せねばならない状況だったのですが、聖剣に選ばれた二人の戦いはあまりに激しく誰《だれ》も手出しができず……」

「……もうよい」

「は？」

「もうよいと言っている。下がっていいぞ」

グラナードは犬でも追い払うようにしっしと手を振り、兵士に退出を命じる。

兵士は不思議そうな表情を浮かべていたが、主君の命令であれば従う他《ほか》にない。最後まで英雄譚《たん》を語り切れなかった不満に唇を尖《とが》らせながら玉座の間から出ていった。

兵士がいなくなったのを見計らい、王の隣で報告を聞いていたロックウッドが口を開く。

「これでひとまず帝国の脅威は退けられましたな。グラナード陛下」

「うむ、真にめでたいことだ」

短く答えた王の顔は、言葉とは裏腹に不満そうに歪《ゆが》んでいる。

その複雑そうな顔からは王国軍が勝利したことへの喜びと、疎《うと》んでいた弟が活躍をしたことへの劣等感がありありと刻まれている。

「欲を言うのであれば、あの愚弟が敵と相討ちにでもなってくれれば言うことはなかったのだがな」

グラナードは胸の前で両手を組み、ポツリと本音の言葉を漏らした。そのあまりの内容にロックウッドが唇を引きつらせる。

「陛下、それはいくらなんでも……」

「間違ったことは言っておらぬ。帝国の危機が去った以上、アレは危険分子でしかあるまい」

「それは否定できませんが……」

もはや取り繕うこともない王の言葉に、ロックウッドは苦々しく顔をしかめた。

（これは……もはや和解は不可能ですか）

ロックウッドは叶《かな》うことならば、グラナードとレイドールの二人の兄弟に和解をしてもらい、戦禍《せんか》にさらされた王国を共に再建して欲しいと願っていた。

グラナードが政《まつりごと》、レイドールが武をそれぞれ司り、お互いを補い合っていくことができたのであれば、間違いなくザイン王国はさらなる発展を遂げたに違いない。

そのためにはグラナードが形だけでも弟に頭を下げて許しを請うことが不可欠なのだが……今のグラナードの態度を見る限り、その可能性は皆無である。

（レイドール殿下は確かに憎悪を抱いているようでしたが、同時に理性的でもありました。決して復讐《しゅう》に囚《とら》われて支配されている様子はありません。陛下が非公式であっても、ないがしろにしたことを謝罪すればあるいはと思ったのですが……）

グラナードはもはやレイドールのことを弟とは思っていない。己の玉座を狙《ねら》う政敵にしか見えていないのだろう。かつての睦《むつ》まじい兄弟の姿を知るロックウッドは、なんともやるせない気持ちになってしまう。

そんな宰相の内心を察してか、玉座に腰かけるグラナードが鋭くロックウッドを睨《にら》みつける。

「ロックウッドよ。この国の王は私だ。そして、お前はこの国の宰相だ。どちらを優先するべきかはわかるはずだ」

「……無論、心得ております」

「アレは私に呪《のろ》いまでかけたのだ。国を脅《おびや》かす反逆者であると思え」

「はっ……」

グラナードの胸には今も呪いの刻印が刻まれている。

宮廷魔術師が総動員になって解呪《かいじゅ》を試みているのだが、レイドールが使用している術式は一般に奴隷や犯罪者に使われている契約の呪いとはまるで違う術式を使用しており、解析すらも困難なものだった。

筆頭宮廷魔術師であるババロア老でさえ、白い髭《ひげ》を蓄えた顔を困り顔にして匙《さじ》を投げていた。

『おそらくは三百年以上は昔の術式ですじゃ。魔女の厄災によって当時の文献は大部分が失われておりますし、解呪には少なくとも半年はかかるでしょうな。いやはや、王弟殿下はどこでこのような術式を入手したのやら』

ババロア老はそれでも寝る間も惜しんで解析を続けてくれている。こうなると、老の体力が保《も》つかどうかも不安になってきてしまう。

「呪いが解け次第、レイドールを逆賊として討ち取る。今のうちに準備をしておけ」

「……お言葉でございますが、まだ帝国の出方がわかりません。さらに軍勢を送り込んで攻めてくる可能性もありますゆえ、王弟殿下を処分されるのは時期尚早《じきしょうそう》かと」

グラナードの容赦のない指示にロックウッドは沈痛に首を振った。

「帝国の聖剣保持者《エクスカリバーホルダー》は捕らえたのだろう？　ならばその身柄を人質に和平を結べばよい。戦を避けることさえできればアレに利用価値などない」

「…………」

そう上手《うま》くいくだろうか？　ロックウッドは心中で自問する。

確かに帝国皇女であり、聖剣保持者《エクスカリバーホルダー》でもあるセイリア・フォン・アルスラインを生け捕りにできたことは重大な交渉のカードとなるだろう。交渉次第で和平を勝ち取ることは難しくない。

（だが……はたしてそう簡単に事が運ぶだろうか？）

数年前に皇帝となったザーカリウス・ヴァン・アルスラインという男は、大陸中に勇名を轟《とどろ》かせる不世出の覇王である。

平和主義者だった先帝を殺《あや》めて帝位を簒奪《さんだつ》し、大陸制覇のために各地で戦争を起こしているような野心家が、人質を取られたくらいで覇道を捨てるだろうか。

（やはり最悪の場合に備えてレイドール殿下を殺すわけにはいかない……帝国の聖剣はまだ二本もあるのだ）

いっそのこと呪いが解けなければいいものを。

ロックウッドはそんな臣下としてあるまじきことを考えながら、主君を宥《なだ》めるための言葉を探して頭を抱えた。

○　○　○

一方、その頃《ころ》。王国より遥《はる》か東にあるアルスライン帝国。その中心にある帝都では、一つの政変が勃発《ぼっぱつ》しようとしていた。

アルスライン帝国は大陸で最古の王朝である。三百年前に起こった『大厄災』からいち早く復興を遂げて生まれた帝国の歴史は長く、都《みやこ》の中心部には古めかしくも由緒ある建築物が並んでいた。

その場所――アルスライン王城もまたその一つである。

重厚な石造りの建築様式はおよそ王族が生活する場所という華やかなイメージからはかけ離れており、まるで戦地の最前線に建てられた要塞のような外観をしていた。

しかし、城の内部に一歩踏み込めば、そこは贅《ぜい》を尽くした家具や調度品、美術品が多数並べられている。その一つひとつが大陸各地から集められた名のある一品であり、庶民の一生分の収入を費やしても購入できないような高価な品ばかりであった。

積み重ねられた歴史と発展による財。それは大陸最古にして、最大の軍事国家である帝国の在《あ》りようそのものを象徴しているような光景である。

そんな王城の奥深く。皇帝が臣下や他国からの使者と面会するための謁見の間に、武装した兵士達が雪崩《なだ》れ込んだ。兵士達はよどみのない機敏な動きで絨毯《じゅうたん》が敷かれた床を蹴《け》っていき、突入からわずか十数秒で玉座を取り囲む。

一様に緊張した顔をしている兵士達が持つ槍《やり》の穂先は玉座に腰かけた男へと向けられている。

獅子《しし》の鬣《たてがみ》のような赤い髪に、武骨で精悍《せいかん》な顔立ち。年の頃は五十を過ぎているようだが、大柄な身体《からだ》はガッチリと筋肉で覆われており、年齢による衰えなどはまるで感じられない。

その男こそが、この城の主《あるじ》にして帝国の王——皇帝ザーカリウス・ヴァン・アルスラインである。

「ほう、随分と喧《やかま》しいではないか。いったい、これは何の騒ぎだ？」

ザーカリウスが肘《ひじ》かけに頬杖《ほおづえ》をついて、不思議そうに尋ねた。

十本以上も槍の穂先を向けられた皇帝の顔には恐怖の色はない。ただ状況がわからずに困惑に目を瞬かせている。

不思議なことに、謁見の間には皇帝を守るための兵士は一人もいない。

事前の根回しによって人払いがされていたのか、それともたんに警備が杜撰《ずさん》なだけなのか。皇帝は見事に孤立無援《こりつむえん》を絵に描《か》いたような状況に追い込まれていた。

やがて、皇帝を取り囲む兵士達が二つに割れて、一人の男性がザーカリウスの前へと進み出てくる。

「……お久しぶりでございます。父上」

「おお、ギルバートではないか。新年の宴《うたげ》以来になるな。確かに久しい」

ザーカリウスの前に現れたのは第一皇子であるギルバート・ヴァン・アルスラインである。皇帝の百人以上もいる子の長子であり、同時に正妻の子でもある青年だった。

ザーカリウスと同じく赤毛の皇子は、射殺すような鋭い目つきで父親を睨みつける。その双眸《そうぼう》の鋭さを見て、ザーカリウスは怪訝《けげん》そうに首を傾《かし》げた。

「随分と恐ろしい顔をしているではないか、息子よ。それは父に向ける目ではないぞ？」

「……戯れを。父上ならば、私が何をしに来たのかわかっているはずでしょう」

「……ふむ、帝位が欲しくなったか。まさかお前が動くとは思わなんだ。驚いたよ」

恨めしそうに睨んでくるギルバートに、ザーカリウスは惚《とぼ》けたように肩を竦《すく》めた。

ザーカリウスはかつて父である先帝を討ち、帝位を力づくで奪い取った経験を有している。

そのため、いつかは自分も同じように子や孫から命を狙われるのではないかと思っていた。

「それでもお前が余を殺そうとするとは本当に予想外だぞ？　そんなに恨まれるようなことをした覚えはないのだがな」

人の恨みとは知らぬうちに買っているもの。

ザーカリウスは気づかないうちに息子に殺されるほど憎まれていたのかと、謀反《むほん》の理由を考える。

だが、いくら頭をひねってもそれらしい動機が見当たらなかった。

「良ければ答え合わせをしてもらえぬか？　このままでは今夜は眠れなくなりそうだ」

「…………」

状況がわかっていないのではないかと思うほど緊張感のない父の態度に、ギルバートは奥歯を音が鳴るほどに噛《か》みしめた。

ギルバートは父親のこういうふざけた態度がずっと嫌いで、同時に好ましく思っていた。

息子に裏切られた今でさえマイペースな態度を崩さないザーカリウスに、苛立《いらだ》ちが込み上げてくる。

「……父上、私は貴方《あなた》のことを尊敬しておりました」

ギルバートは沈痛な顔つきのまま、ぽつぽつと話し出した。

「貴方の強さに憧《あこが》れていました。貴方のような皇帝になりたいと、ずっと目標にしておりました」

「うむ、そうか。照れるな」

「……時折、道化のように羽目を外す貴方を苦々しく思っていましたが、同時にそこに親しみを感じていました。女好きの貴方に呆《あき》れていました。それでも母や他の妃《きさき》を平等に愛する懐の深さに、感心しておりました」

「ふむふむ」

「貴方を………父として愛しておりました」

「そうか……余もお前のことを愛しているぞ。愛《いと》しい息子。ギルバートよ」

「ならば何故《なぜ》！」

ザーカリウスの応答にギルバートは噛みつくように声を荒らげる。

「何故、私を皇太子から廃嫡なさるのですか!?　正妻である母上の子であり、長子でもある私が何故臣籍に降《くだ》らねばならぬのですか!?」

今から一ヵ月ほど前、ギルバートは軍を率いて帝国の北東にある小国シャイターン王国の占領に成功した。

戦勝を皇帝へと報告して、きっとお褒めの言葉をいただけるだろうと胸を弾ませて返答を待っていたのだが……王宮から戻ってきた使者が持っていた書状に書かれていたのは、『皇籍から外れて公爵となり、シャイターン王国領を領地として治めよ』という事実上の廃嫡宣言である。

予想だにしていない通達を受けて、ギルバートはしばし呆然《ぼうぜん》と立ち尽くすことになった。

自分が最《もっと》も皇帝の椅子《いす》に近い場所に立っていると信じていたのに、まさかそこから一方的に遠ざけられるなどとは夢にも思っていなかった。

ギルバートは嘆き、涙を流し……そして、やがて理不尽を受けた怒りのままに剣を振り上げる。

皇帝であるザーカリウスを討ち取り、力づくで帝位を簒奪することを決意したのだった。

「父上！　どうか、どうかお答えください！　何故私を廃嫡したのですか!?」

ギルバートはかつて誰よりも尊敬していた父へと、血の涙を流さんばかりに問い詰めた。

そのあまりに悲痛な姿に、ザーカリウスに槍を突きつけている兵士達も涙を誘われてギュッと唇を噛みしめる。

しかし――

「ああ、なんだ。そんなことか」

ギルバートの魂からの叫びは父親に全く届かなかった。

ザーカリウスは拍子抜けしたとばかりに両手を広げて、嘆かわしげに首を振った。

「そんなつまらん理由で謀反を起こすとは思わなかったぞ。このうつけめが」

呆れ返ったザーカリウスの言葉に部屋の空気が凍りついた。

玉座に座る皇帝を囲む兵士が恐るおそる振り返ってギルバートの顔を見やる。辛らつな罵倒《ばとう》をぶつけられた皇子は、能面のように表情を消していた。

ザーカリウスは黙り込んでしまった息子に哀れみの視線を向けて、「はあ」と深々と溜息《ためいき》をつく。

「お前が皇帝たる余に反逆をしたのだからさぞや立派な大義を抱えているかと思っていたら……まさかつまらない嫉妬《しっと》が原因だったとはな。どうやら余はお前のことを過大評価していたようだな。失望したぞ、息子よ」

「嫉妬、だと……」

父の嘲弄《ちょうろう》に皇子は顔を憤怒に紅潮させ、ようやく言葉を絞り出した。

「私がこれまでどんな思いで、貴方に尽くしてきたと思っているのですか!?　それを嫉妬などという言葉で……あんまりではありませんか！」

「フッ……それが嫉妬でなく何だと言うのだ。我が息子ながら女々しいことだ」

「っ……！」

ギルバートが腰の剣を握りしめる。

怒りに小刻みに震える手は、今にも刃《やいば》を抜き放って父親の首を刎《は》ねようとしていた。

ギルバートはしばし荒い息を繰り返していたが、やがて落ち着きを取り戻したのか、再びザーカリウスへ詰問の言葉を叩《たた》きつける。

「……これが最後です、父上。私を廃嫡した理由を教えていただきたい」

「ふむ」

息子の眼《め》に宿る狂気の色を見て、ザーカリウスも真面目《まじめ》な顔つきになる。そして、端的にギルバートの疑問に答えた。

「簡単なことだ。お前が聖剣に選ばれなかったからだ」

「それはっ……まさかそんなことでっ！」

「そんなことだと？　異なことを言うではないか」

表情を歪めるギルバートに、皇帝は退屈そうに鼻を鳴らした。

「帝国は覇王の国。武力をもって大陸をまとめ、世に太平を築くが皇帝たる者の使命。人を喰らう悪鬼、大地を焼く悪竜、そして、終末のラッパを吹き鳴らす邪悪な魔女を討ち滅ぼして人類の安寧を守ることこそが、覇王たる皇帝が背負うべき宿業よ。ゆえに皇帝となるものは救世の神器である聖剣に選ばれなければならない」

「………」

「だが、息子よ。お前は雷のクラウソラスにも、氷のギャラルホルンにも、我が佩剣《はいけん》──炎のデュランダルにも選ばれることがなかった。故にお前に皇帝の資質がないものとして廃嫡した。どうだ、この回答で満足したか？」

「……父上、貴方は本当に強いかどうかだけで皇帝となる者を判断されるのですか？　知略も、人脈も、人の上に立つために無意味だとおっしゃるのでしょうか⁉」

「無論だ」

血を吐くような息子の言葉に、ザーカリウスは短く答えた。

「どことも知れぬ平和の国であれば、優しいだけで王となることもできよう。小賢《こざか》しいだけで王となれよう。しかし、ここは帝国。大陸の統治者たる覇王の国ぞ。弱者に王たる資格はない。人望があるだけの弱き王がどれほど人を苦しめるか知らぬわけではあるまいな？」

言い含めるように言葉を重ねるザーカリウスの脳裏には、己の父親の顔が浮かんでいる。

先帝は心優しく、誰よりも人徳に溢《あふ》れて民に愛されていた偉大な仁王だった。

けれど、柔和な王は対外的にも強い態度を取ることはなく、そのせいで周辺の国々で勃発する争いを止めることができずにかえって戦禍を広げてしまったのだ。

人々から愛され、敬われる王。それは素晴らしいことだ。けれど、愛されているが故に舐《な》められて、軽んじられるくらいならば優しさなどない方がいい。恐れられ、忌み嫌われている方がよほど皇帝の役割を果たすことができるだろう。

「帝国に弱い王はいらぬ。どう足掻《あが》いたところで、お前を次期皇帝にはさせぬよ」

「……それで？　私を廃して、あの奴隷の子を王にするおつもりですか？」

ギルバートは聖剣ギャラルホルンの保持者となった腹違いの弟の顔を思い浮かべ、重ねて問うた。

「シャンドラのことか？　まあ、奴《やつ》でもいいし、セイリアも候補に入っているな」

「セイリアは女です！　皇帝にふさわしくはない！」

「良いではないか。国が長く続けば女の皇帝が出ることもあるだろう」

「父上……貴方は私よりもあの奴隷の血を引く男や、女のセイリアを選ぶのですか⁉　第一皇子として貴方と帝国に尽くしてきた私よりも、聖剣に選ばれただけの二人を……！」

ゆらり、とギルバートの身体が左右に揺れる。

幽鬼のような佇《たたず》まい、光を失った瞳《ひとみ》には自暴自棄《じぼうじき》な狂気が宿っていた。

「ならば……私は聖剣などなくとも十分に強いということを証明してやる！　聖剣保持者《エクスカリバーホルダー》の皇帝を殺して、己の力を見せつけてくれる！」

バッとが手をかざす。皇帝の周囲を包囲していた兵士達が、槍の穂先を向けたままジリジリと距離を詰める。

「ほう⁉　それは面白い！　反抗期とは成長の証《あかし》。何と喜ばしきことか！」

「黙れ！　力を振りかざすことしか知らぬ愚帝め！　地獄へ落ちるがいい‼」

ギルバートが剣を抜き放つ。同時に、十数人の兵士達が一斉に槍の穂先を突き出した。

一本の剣と十数本の槍。不可避の死が玉座に腰かけたままのザーカリウスへと殺到する。

「その野心。その志、誠に見事！　だが……」

ふっ、とザーカリウスは息をついた。

哀れむように、悼《いた》むように、酷《ひど》く優しい眼差《まなざ》しで剣を振りかぶった息子を見やる。

「惜しむべくは非力。力が伴わぬことか。やはり皇帝の資質は武力と暴力ということか」

ザーカリウスは悲しそうにつぶやいて、玉座に立てかけてあった一本の剣を手に取った。

柄《がら》にルビーをあしらった年代物の大剣――それを鞘《さや》から抜くことさえなく、座った姿勢のままで横に薙《な》いだ。

座ったままの姿勢で、腕の力だけで放たれた斬撃はあまりにも拙《つたな》く、攻撃とすら呼べないようなものである。

「ぎゃあああああっ⁉」

しかし、その剣先から紅蓮の炎が噴き出して、刃のように襲いかかる兵士達を斬《き》り払う。胴体を焼き切られて上下に両断した死体が謁見の間に崩れ落ち、肉が焼け焦げた臭《にお》いが煙とともに部屋の中に充満する。

骸《むくろ》の中には第一皇子のものまであった。ギルバートは自分に何が起きたのかすら気がつかなかっただろう。斬りかかった時の怒りの形相のまま絶命していたのである。

「我が命を狙うとは……親子というのは似て欲しくないところばかり似るものよな」

「心中、お察しいたします。皇帝陛下」

息子の遺体を見下ろしているザーカリウスの背中に、しわがれた老人の声がかけられた。

柱の陰から灰色のローブを被《かぶ》った老人が現れて、玉座のそばへと歩み寄る。

「なんだ、爺。いたのか？」

「ええ、助太刀をせずに申し訳ございませぬ。かえって邪魔になるかと思いまして」

「ああ、よいよい。親子の最後の語らいに横やりなど無粋《ぶすい》なだけだ」

ザーカリウスが鷹揚《おうよう》に手を振って答える。

ローブを着た禿《は》げ頭の老人の名はサヴェイ・ラザ。王宮に仕えている魔術師であり、『賢人』の位階を与えられている大魔法使いである。ザーカリウスにとっては己の養育係を務めていた「じいや」でもあった。

「ギルバートは良い息子であった。だが……少々、真面目が過ぎたな」

ギルバート・ヴァン・アルスラインは紛れもなく、名君の資質を有した皇族だった。少々、血筋や地位に凝り固まった保守的な部分はあるものの、彼が皇帝となればきっと人々に親しまれる英邁《えいまい》な君主となっただろう。

ザーカリウスもまた聡明《そうめい》な息子のことを愛していたが……だからと言って、殺されてやるわけにはいかない。

『帝国の金獅子』と呼ばれる皇帝の覇道はまだ始まったばかりであり、大陸を統一して太平の世を創《つく》るという使命があるのだから。

「さようでございます……こんな時に申し訳ありませんが、陛下。ご報告したいことがございます」

「む？　構わん、言うてみよ」

「はっ」

皇帝が続きを促すと、サヴェイは恭しく頭を下げて口を開いた。

「西方侵攻軍……バーゼン中将が率いる軍が壊滅いたしました。バーゼン中将は行方《ゆくえ》不明、現在は副官のサファリス大佐が指揮を執っているようです」

「ほう？　西方侵攻軍が戦っているのはザイン王国だったな。セイリアはどうした？」

ザーカリウスの娘である皇女セイリア・フォン・アルスラインは名目上、西方侵攻軍の大将として従軍していた。実質的な指揮官はグラコス・バーゼンであったため、お飾りに近い大将なのだが。

「セイリア様は敵将と一騎打ちをした末、敗北して捕虜となりました」

「ほう！　セイリアを倒せる戦士がザイン王国にいたのか！」

ザーカリウスはバシリと膝《ひざ》を叩いて声を上げる。

セイリアは軍を率いる将としては素人《しろうと》に毛が生えたレベルだったが、聖剣クラウソラスに選ばれた聖剣保持者《エクスカリバーホルダー》である。その剣腕は単騎をもって一軍を打ち破るほどだった。

そんなセイリアをいったい、誰が打ち破ったというのか。ザーカリウスは好奇心に目を輝かせた。

「そうか、そうだな！　あの国にも聖剣があったな！　敵にも聖剣保持者《エクスカリバーホルダー》がいたのだな!?」

「ご推察の通りでございます。呪いの聖剣ダーインスレイヴ……かつて大陸西部を脅かした闇《やみ》の魔女ネイミリアを打ち倒したと伝承される聖剣ですな」

「ほお！　ダーインスレイヴとな！」

ザーカリウスは口の端を吊《つ》り上げて愉快そうに笑みを浮かべた。

好戦的な皇帝はたとえ敵であったとしても、強者を公平に好んでいる。娘が捕虜となったという状況も忘れて、まだ見ぬ強者に関心を引かれていた。

「ダーインスレイヴの保持者についてはいまだ調査中でございます。バーゼン中将とセイリア殿下を失った西方侵攻軍は国境のバルメス要塞まで引き上げて、軍の立て直しを図っております」

「ふむ……調査を急がせよ。場合によっては生かしたまま帝国に取り込まねばならぬな！」

ザーカリウスの頭からはすでに殺めた息子のことは抜け落ちていた。それ以上に、新たな聖剣保持者《エクスカリバーホルダー》の存在に心を奪われていた。

「陛下……お楽しみも結構ですが、このままでは西方侵攻に差し障りますぞ？」

「む、そうだな……いかんいかん。ついつい血が騒いでしまった」

サヴェイの諫言《かんげん》にザーカリウスは頭を掻《か》いた。

帝国に五つある大軍の一つである西方侵攻軍が壊滅して、さらに聖剣保持者《エクスカリバーホルダー》の一人を失うことがあれば、帝国の戦力は大きく目減りしてしまうだろう。そうなれば大陸制覇という野望にも修正を入れなければならなくなってしまう。

皇帝は今後の対策について真面目に思案する。

「そうだな……セイリアは何としてでも取り返さねばならぬ。場合によっては奪った領地を放棄しても構わん」

「よろしいのですかな？　このまま攻め続ければザイン王国は帝国の手に落ちますが？」

「よい。クラウソラスも奪われているのだろう？　聖剣の力を失うわけにはゆかぬ。敵にも聖剣保持者《エクスカリバーホルダー》がいるとなれば本腰を入れねばならぬからな」

ザーカリウスはニカッと野生的に笑い、デュランダルの柄を撫《な》でる。

「場合によっては余も出るぞ。聖剣ダーインスレイヴの力を見極めてくれようぞ！」

○　○　○

ブレイン要塞を巡る戦いは、レイドールと聖剣ダーインスレイヴの力によってザイン王国が勝利した。

これによりアルスライン帝国西方侵攻軍は国境のバルメス要塞まで後退して、ひとまずザイン王国は滅亡の危機を乗り越えたことになる。

ザイン王国軍は帝国皇女であるセイリア・フォン・アルスラインを捕虜として捕らえるという大金星を挙げた。その情報は瞬く間に王都に広がっていく。

それまで敗戦ムードに暗く沈んでいた王都の住人であったが、降って湧《わ》いた勝利の知らせにお祭り騒ぎに沸き返っていた。

「ははは、ざまあみろ帝国め！」

「ザイン王国、万歳！　グラナード陛下、万歳！」

「いやいや、これはレイドール殿下のご活躍だろう！　流石《さすが》は聖剣の英雄様だ！」

喜びに包まれた王都の住民の口に上がるのは、やはり聖剣保持者《エクスカリバーホルダー》であるレイドール・ザインの名前である。

王国軍が勝利した報告を受けた際、グラナードは弟の活躍について緘口令《かんこうれい》を布《し》いてレイドールの存在を隠そうとした。

王国が勝利したのはバゼル・ガルスト将軍の活躍であり、さらに言うとその主君であるグラナード・ザイン王の采配《さいはい》によるものである。そんなふうに情報操作を行おうとしたのだ。

しかし、実際に戦場で戦った兵士が口々にレイドールの活躍を広めてしまい、その目論見は失敗に終わった。

兵士らはダーインスレイヴとクラウソラスという二本の聖剣がぶつかり合う戦いを目の当たりにしており、神話の目撃者となった彼らが、自分達が目にした生ける伝説を隠すことなどできるわけがなかったのである。

「これはここだけの話だ」、「誰にも言わないように」などと前置きをしながら、レイドールの活躍は数日のうちに王国中に知れ渡っていったのだった。

そうして王都中が新たな英雄の登場に喜び騒ぐ中、再びレイドールとグラナードの二人が顔を合わせる機会がやって来た。

「……此度《こたび》の戦いぶり、真に見事だった。褒めて遣わす」

「はっ、光栄でございます。兄上」

仏頂面を絵に描いたような表情のグラナードが、膝をついたレイドールに言う。レイドールもまた、どうだとばかりに嘲《あざけ》るような笑みを浮かべて兄の言葉に応じる。

「そなたの活躍はすでに聞いている。敵の大軍を打ち破り、さらにクラウソラスの使い手を捕らえたそうだな？」

「ええ、これも全《すべ》ては兄上の御威光ゆえにございます。私の活躍など微々たるもの」

称賛するグラナードも、謙遜《けんそん》するレイドールも、言葉とは真逆に互いを牽制《けんせい》するように視線を交わしている。

そんな二人の様子を横で見て、宰相ロックウッド・マーセル、将軍バゼル・ガルストは並んで溜息をついた。

「この二人は……」

「もはや是非もない。諦《あきら》めよ、ロックウッド」

頭痛を堪《こら》えるように額を押さえるロックウッドに、バゼルがぼそりとつぶやく。

「ですが……このままでは二人は永遠に和解することはできませんよ？　二人が支え合うことができればこの国は……」

「世の中にはどうしようもならぬ流れがある。二人を和解させたいのであれば、もっと早く行動を起こすべきだったな」

かつてはレイドールの追放に関わった二人であったが、いずれ時を見てレイドールを王都に呼び戻したいと考えていた。

先王が病床の頃はどうしても後継争いを避けるためにレイドールを犠牲《ぎせい》にするしかなかったが、グラナードが王としての地位を盤石にすればレイドールを持ち上げようとする者もいなくなる。

王としての実績を積めばグラナードもまたレイドールに対する劣等感を捨てて、かつてのように兄弟として接することもできるはずだ。

そんなふうに考えていたのだが……。

「それも帝国の侵略によってふいになってしまいました。全てが台無しですね……」

帝国の侵略によってレイドールを強制的に呼び戻すことになり、和解もすることなく一方的に戦いを命じることになってしまった。

結果、もはや二人の間の亀裂は決定的で仲の良い兄弟に戻ることなど永久に叶わないだろう。

「仕方があるまい。あの二人はいずれ戦うことになるだろうな……貴公も覚悟を決められよ」

「……ガルスト将軍、まさか貴殿はレイドール殿下につくつもりではないでしょうな？」

妙に悟った様子の将軍に、ロックウッドは疑念を込めて問いかけた。

バゼルは神妙な面持《おもも》ちで腕を組みながら「ふむ」と頷《うなず》く。

「あの二人のどちらが勝つにせよ、私は武人としての忠義を貫くのみ。もっとも、レイドール殿下が勝たれたのであれば後見は息子に任せるつもりだが……」

「……武人の忠義は王に捧《ささ》げられるものではないのですか？」

「それを言われると耳が痛いのだがな」

バゼルは苦笑して肩を竦めた。

「平時であればそれも良いのだがな。帝国が一度の敗戦で諦めるとも思えぬ。兵力の損耗を避けるためにも、政争に我ら軍は口出しせぬ」

「…………」

「そう睨んでくれるな。すでに賽《さい》は投げられているのだ。私や貴公にできることは多くない」

横目で睨みつけてくるロックウッドから顔を背けて、バゼルは眼前の主君へと目を向けた。

「謙遜をすることはない。聖剣に選ばれたお前が戦いだけは優秀であることは誰もが認めるところだろう」

「そういう兄上こそ、玉座が非常にお似合いですよ？　貴方がそこに座っているだけで、何もせずとも帝国を打ち倒すことなど容易《たやす》いことでしょう。いや、まったく。国の大事に何もしなくてもいいとは、国王とは良いご身分だ」

二人の王族は相変わらず、能面のような顔で嫌味の応酬を繰り広げている。

兄弟ケンカというにはあまりにも陰湿で幼稚なやり取りを見て、将軍はそっと目を閉じた。

そうこうしているうちに、話し合いは次の段階へと進んでいく。やがて話題は捕虜となった皇女の話となった。

「さて、レイドールよ……セイリア・フォン・アルスライン皇女はどこにいる？　何故ここに連れてきていないのだ？」

段差の上にある玉座から弟を見下ろして、グラナードが訝《いぶか》しげに問うた。レイドールはようやく尋ねてきたかと唇を吊り上げ、堂々と胸を張って答える。

「麗しの姫君だったら俺《おれ》の屋敷で寛《くつろ》いでもらっているぜ？　もらった屋敷の初めての客人が他国のお姫様とは光栄極まる話だよな」

「馬鹿《ばか》な！　敵の王族を捕らえておいて、主君である私に引き渡さないとはどういうことだ⁉　貴様、国のために戦うという約束を違《たが》えるつもりか⁉」

「そちらこそ、奪った財宝と捕虜は俺のものにするというのが誓約での取り決めだ。忘れたのかよ？」

「なっ……まさかそのためにあんな条件を……！」

グラナードが怒りに顔を赤くしてなおも言い募ろうとして、グッと言葉を呑《の》んだ。

もしもここで因縁をつけるようなことをすれば、グラナードの胸に刻まれた誓約の呪いが発動してしまうかもしれない。

奥歯をギリギリと噛みしめながら、不敵に笑う弟を鬼の形相で睨みつける。

「どうせこれから帝国と和睦《わぼく》の交渉に入るんだろ？　交渉が終わるまでの間、セイリア皇女のもてなしは俺がさせてもらおう。心配せずとも、無事に交渉がまとまったら皇女の身柄は解放しよう」

「……何が目的だ？　皇女の身柄など、貴様が預かっていたところで意味はあるまい」

「目的ねえ。さてなあ、愛らしくも美しい皇女殿下を口説く時間が欲しいとかじゃないか？」

「……真面目に答えるつもりはないようだな」

グラナードはさらに目元の険を深めて、苛立たしげに踵《かかと》を踏み鳴らした。肘かけに頬杖をついてしばし考え込み、やがて諦めたように溜息をつく。

「……いいだろう、セイリア皇女と聖剣はお前に預ける」

「結構、ご慈悲に感謝いたしますよ」

「ただし、いつまでも調子に乗っていられると思わぬことだ！　いずれ貴様がかけた呪いも宮廷魔術師によって解除されることだろう。今のうちに命乞《ご》いの言葉を考えておくことだな！」

グラナードは胸元に刻まれた呪印《じゅいん》を服の上から指差して、忌々しげに言い捨てる。

呪いが解けたら覚えていろ——はっきりと言葉に出して脅しつけられて、レイドールは降参するように両手を上げた。

「あまり脅かしてくれるなよ。おっかないな」

「……用件はこれで終わりだ。さっさと失《う》せるがいい！」

「承知……ああ、ちゃんと開拓都市への援助金は送っておいてくれよ？　約束を違えるようなら……」

「早く消えろ！　何度も言わせるな！」

「はいはい。わかりましたよっと」

いよいよ怒り心頭の兄王に肩を竦め、レイドールは玉座の間を後にした。

グラナードは弟が消えた扉をしばらく睨みつけていたが、やがて横で控えている家臣へと噛みつくように命じる。

「ロックウッド、早々に帝国との講和を進めて奪われた領土を取り返せ！　宮廷内部の裏切り者の炙《あぶ》り出しも忘れるな！　ガルストは講和が終わるまで要塞の守りを固めておけ！」

「はっ」

「御意に」

主君から王命を受けて、宰相と将軍が即座に頭を下げた。

臣下の礼を取った二人に、グラナードはなおも表情を歪めて怒声を吐きつける。

「いいな、あの愚弟におかしな企《たくら》みをする暇を与えるな！　一刻も早く帝国との戦いを終わらせて奴を排除するのだ！　この私に呪いをかけるなど今度は辺境追放などでは済まさん……少なくとも牢獄《ろうごく》に幽閉、場合によっては首を落としてやる！」

「…………」

「…………」

ロックウッドとガルストは揃《そろ》って黙り込み、剣幕を露《あら》わにして怒鳴り散らす国王の姿に何とも言えない微妙な表情になるのだった。

一方、兄王との謁見を終えたレイドールは、王宮の正面玄関を目指して廊下を歩いていく。

途中で王宮で働いている貴族や騎士とすれ違うが、彼らがレイドールを見る目には以前とは異なり敬意のような感情が宿っている。

戦争前にこの場所にやって来た時には、王宮の人々は追放された王子と関わることを恐れて、露骨に避けているような雰囲気を放っていた。

しかし、今はそんな固い空気も軟化しており、遠くからレイドールを見つめている者の中には、何とか救国の英雄とお近づきになろうと話しかけるタイミングを窺《うかが》っている者さえいるくらいだ。

(……戦争に勝ったくらいでここまで態度が変わるのかよ。人間ってのは現金な生き物だな)

激戦に勝利した戦士として崇敬《すうけい》の念を向けられ、称《たた》えられるのは気分が良いものである。

しかし、彼らの中には辺境から表舞台に躍り出て英雄となったレイドールに取り入り、私腹を肥やすために利用しようと企んでいる者も少なからずいるだろう。

王都で躍進するためにそういう連中と関わらなければいけないことは理解しているが、今のレイドールはそんな気分ではなかった。

せっかく帝国の聖剣保持者《エクスカリバーホルダー》に勝利して、さらに自分を疎んでいる兄王をやり込めてやったのだ。

もう少し、心地良い勝利の美酒に酔っていたかった。陰謀やら策謀やらを張り巡らせるのは、その後でもいいだろう。

レイドールは周囲の貴族らに話しかけられる前に、足早に王宮を後にした。

「屋敷までお送りいたします。レイドール殿下」

王宮から出たレイドールに、表で待っていたダレン・ガルストが恭しく頭を下げた。

ダレンはわざわざ馬車の扉を開いてレイドールを中へと迎え入れる。レイドールとダレンはいつかのように馬車に向かい合わせに座ることになった。あの時と異なるのは、ネイミリアがいないことだろうか。

「そういえば……お前はよかったのかよ。兄貴に挨拶《あいさつ》をしなくて」

断続的な馬車の揺れに身を任せながら、レイドールが思い出したように口を開いた。

今回の戦争における一番の功労者はセイリアを倒して捕縛したレイドール。二番目は軍の総指揮を執っていた将軍バゼル・ガルストである。

そして、あえて三番目の功労者を挙げるとすれば、間違いなく前線で指揮を執っていたダレンになるだろう。

グラナードとの謁見にダレンもついていくことができたはずなのに、千騎長であるこの男は王宮に一歩も足を踏み入れることなく、ずっと表の馬車でレイドールの帰りを待ち続けていた。

「ええ、今の私には国王陛下に合わせる顔がありませんので」

「ん？　どういう意味だ？」

「私はもはや陛下の臣であるつもりはありません。故に、陛下の御前に顔を見せることなどできるはずもございません」

ダレンは穏やかながらも迷いのない口調で言って、レイドールに真剣な眼差しを向けた。

「殿下、貴方はかつておっしゃられましたな。グラナード陛下を裏切り、自分につくつもりはあるのか……と」

「言った……ような気がするな。たぶん」

レイドールは記憶を掘り起こしながら、曖昧《あいまい》な口調で答えた。

おそらく、開拓都市から王都に向かう馬車の中でのことだろう。確かに、売り言葉に買い言葉といった具合にそんな意味合いのことを口にしたような気がする。

「その問いに、今こそ答えさせていただきます。私——ダレン・ガルストはこれよりレイドール殿下に忠誠を誓わせていただきます。貴方の覇道を共に歩み、剣となり盾となって戦いましょう」

「おいおい……本気で言っているのかよ」

胸に手を当てて深々と頭を下げるダレンに、レイドールは驚き以上に呆れを込めてつぶやいた。

ダレンはレイドールがグラナードと対立していることを知っている。それを承知の上でレイドールにつくことを宣言したということは、事実上グラナードと決別するに等しい。

「お前の父親……バゼル・ガルストだって中立を宣言しただけで、俺の味方をするとは言っていなかったぜ？　王国の千騎長であるお前が、王に嫌われている俺の側に立つつもりかよ」

「無論、騎士の言葉に二言はありません。臣下の礼が必要とあらば、馬車を降りてからいくらでも跪《ひざまず》きましょう」

「そういうことじゃないんだが……いったい、どんな心変わりだよ」

「…………」

レイドールの問いかけに、ダレンはしばし口を閉ざす。それは王を裏切る内容の言葉を声に出すことを躊躇《ためら》っているというよりも、自分の考えをまとめているように見えた。

「……今回の戦争に参加して、私はつくづく痛感したのです。これから先、この国が必要とする君主はグラナード陛下ではなく、レイドール殿下であると」

数十秒ほど黙っていたダレンであったが、やがて朗々とした口調で語り出す。

「ザイン王国は帝国の侵略を退けることに成功しましたが、これで戦争が終わったとは思えません。帝国にはまだ二本の聖剣がありますし、兵力だって十分に有しています。もしもアルスライン皇帝が人質であるセイリア皇女を見捨てる決断をすれば、再び王国は戦火に包まれることでしょう」

「……まあ、そうだろうな」

「そして、そんな危機に立ち向かうことができるのは、国の存亡の危機に王宮から一歩も出てこないグラナード陛下ではありません。最前線に立って兵と共に剣を取って戦うことができるレイドール殿下こそが、この国を救うことができる唯一のお方であると」

レイドールを褒め称えるダレンの目に浮かんでいるのは、深い憧憬《しょうけい》と畏怖《いふ》の念である。

ブレイン要塞でレイドールとダーインスレイヴの力を直《じか》に目の当たりにしたことにより、ダレンの中で王の理想像が大きく塗り替わっているようだ。

「王に必要な資質は国を守ることです。いくら政治に長《た》けていたとしても、長子として玉座に就く正当性を有していたとしても、国難に自ら立ち向かう気概のない者に王たる資格はありません。帝国という敵を前にしたこの国で、王たる資格があるのはレイドール殿下ただ一人」

「………」

「それ故に、私はこれよりレイドール殿下が次代の国王となられるべく全力でお仕えいたします。そのためならば、たとえグラナード陛下に矛《ほこ》を向けることになっても構いません」

「……なるほどな。そういうことならば、その忠義を受け取ろう」

レイドールはくつくつと愉快そうに笑った。

ダレン・ガルストという男はもっと冷静でスマートな男だと思っていた。礼儀正しく、杓子定規《しゃくしじょうぎ》でしかものを測れない男であると。

しかし、それはどうやらレイドールの思い違いだったようである。ダレンはレイドールが思う以上に馬鹿になれるようだ。

(だが……だからこそ、面白い。俺がそばに置いておきたい仲間はそういう奴なんだよ)

賢い人間。馬鹿な人間――どちらの方が優れているかと訊《き》かれれば、大抵の人間は前者と答えることだろう。

だが、誰にもできない偉業を成し遂げるのはいつだって馬鹿な夢想家である。

リスクを恐れず自分の意志を貫くことができる人間だけが、誰も目にしたことがない光景を目にすることができるのだ。

「いいだろう。俺の右手はネイミリアに預けているが、左手はお前にくれてやるよ。俺の片腕になってせいぜい働いてもらうぜ！」

「はっ、承知いたしました。我が王よ！」

夕日に染まる王都を駆ける馬車の中、レイドールとダレンは忠臣の誓いを交わす。

それはこれから数多《あまた》の戦いを共にすることになる二人の男にとって、一つの始まりとなる瞬間であった。

○　○　○

やがて、レイドール達を乗せた馬車は貴族街にある屋敷へと到着した。

レイドールは馬車から降りて頭を下げるダレンと別れて、一人で屋敷の中へと入っていく。

帝国との戦いが始まった当初こそ、貴族街の中央にある広大すぎる屋敷にはメイドのネイミリアと二人きりというもの寂しい有様だったが、現在は三人目の住人が住みついていた。

「ちょっとお兄さん！　どこに行ってたのよっ！」

「……帰ってきた家主にいきなりじゃないか。セイリア皇女？」

屋敷に入るや怒鳴り散らしてきた少女に、レイドールは困ったような笑みを返す。

レイドールに詰め寄ってきたのは金髪をなびかせた美貌《びぼう》の少女。帝国皇女であり、聖剣クラウソラスに選ばれた聖剣保持者《エクスカリバーホルダー》のセイリア・フォン・アルスラインであった。

捕虜としてこの屋敷に連れてこられたセイリアは、今は軍服でもミスリルの鎧《よろい》でもなく、白いブラウスに紺のスカートという簡素な出で立ちになっている。

一応は捕虜としてこの屋敷に住まわされているセイリアであったが、特に枷《かせ》などを嵌《は》めることもせず、屋敷の中では自由にさせていた。

わざわざ首輪をつけなくとも、セイリアが逃げることなどありえない――レイドールはそれを確信しているのだ。

「俺が言えた話じゃないが……仮にもやんごとない身分の人間ならば、もう少し品性ある振る舞いをして欲しいんだがな」

「その通りですねー。セイリアさんには淑女としての落ち着きが足りません！」

「……お前に言われたらお終《しま》いだよ、本当に」

セイリアの後ろから出てきたネイミリアに、レイドールは呆れた言葉を向ける。

帝国との戦争では敵将グラコス・バーゼンを生け捕りにするという大金星を挙げたネイミリアであったが、惚けた表情からはとてもではないがそんな戦果を成し遂げたようには見えない。

普段からメイド服を愛用しているネイミリアは、本日は少し変わった格好をしていた。メイドらしくエプロンドレスという格好はいつも通りなのだが、スカートの裾《すそ》が極端に短く、胸元が大胆に開いているのだ。それは使用人というよりもまるで路地に立って客を誘っている娼婦《しょうふ》のような姿である。

「……ネイミリア、その服はどうした？」

レイドールはそこはかとない嫌な予感を抱きつつ、恐るおそる尋ねた。

「もちろん、ご主人様にご奉仕をするための服ですよー。今日は戦争に勝ったお祝いにごちそうを作ったんですからね！」

「……………」

自信満々に胸を張ってくるネイミリアに、レイドールは顔を引きつらせた。

露出過多な服装を見る限り、その「ごちそう」とやらにネイミリア自身も含まれているのは明白である。何をされるかわかったものではなかった。

「あー……それは……」

レイドールは言葉を濁しながら、どうにか目の前に立ちふさがるエロメイドを抑え込むための言葉を探す。しかし、なかなかこの場を切り抜ける方法が思い浮かばなかった。

そもそも、グラコス・バーゼンの捕縛を命じる際にネイミリアには「ご褒美」を与えることを約束しているのだ。そのことを持ち出されたら強くは拒絶できない。

(こいつへのご褒美はまた考えるとして、どうにかこの場は誤魔化さないと。どんな変態行為を強要されるかわかったもんじゃないぞ……！)

レイドールは頭痛を堪えながら頭をひねるが、そこで意外なところから助け舟が入った。

「ちょっとちょっと！　私を無視しないでよ!?」

甲高い声で喚《わめ》き散らしながら、セイリアが二人の間に割って入ってくる。

ずいっと近づいてきたのは幼さが残る端正な顔であったが、眉《まゆ》は吊り上がって目元も険しく、明らかに怒っている様子であった。

「そんなことより、お兄さん！　私にクラウソラスを返してよ！　もう戦争は終わったんだからいいでしょう!?」

セイリアが必死な形相で訴えてきたのは、愛剣である聖剣のことだった。レイドールは不思議そうな顔になって首を傾げる。

「返すも何も……クラウソラスだったら、お前の部屋に置いてあるだろうが。別に取り上げたりしてないぞ？」

「そうじゃなくて！　どうして私がクラウソラスを持てなくなってるのよ!?　絶対にお兄さんが何かしたんでしょ！　白状しなさい！」

現在、雷の聖剣であるクラウソラスはこの屋敷の、セイリアにあてがわれた部屋に置かれている。

捕虜から武器を没収しないなどありえない待遇であったが、その剣は所有者であるセイリアにも持つことができない状態になっているのだった。

「へえ？　何で俺が何かしたと思うんだよ？」

レイドールは惚けた口調で聞き返した。セイリアはさらに目を怒らせて、八重歯を剥《む》き出しにして怒声を発する。

「お兄さん以外にこんなことできる人はいないでしょ！　聖剣の力を封じるなんて……同じ聖剣の力じゃないとありえない！」

「……ふむ。まあ、その通りだな。大正解だ」

レイドールは肩を竦めて、セイリアの追及を肯定した。

捕虜となったセイリアから武器を、それも聖剣という一軍に匹敵する力を持つ兵器を没収していないのは、今のセイリアにはそれを使うことができないからである。

「お察しの通り、君が気絶している間に呪いをかけて、聖剣とのつながりを断たせてもらった……ほれ、コレだよ」

「ひゃあっ!?」

レイドールはセイリアが着ているブラウスの襟《えり》を掴《つか》み、容赦なく胸部を開いた。

なだらかに膨らんだ女の胸には、心臓の真上に黒い刻印が刻まれている。

グラナードの胸に刻んだものとよく似たそれは、呪いの聖剣であるダーインスレイヴによって付けられた『封印の呪い』である。

「それはかつて俺の祖先が一人の魔女を封じるのに使った呪い……それを応用したものだ。いくらダーインスレイヴの力とはいえ、同格の聖剣であるクラウソラスの力を封じきることはできない。それでも、聖剣保持者《エクスカリバーホルダー》の力を封じて一時的に聖剣と切り離すことくらいなら可能だ」

「ひ……あ……あっ……」

「あくまでも一時的な呪いだから、いずれは解いて…………どうした？」

説明を聞いているのかいないのか、セイリアは剥き出しになった自分の胸元を見下ろしてワナワナと震えている。

そんなに呪いの刻印を刻まれたのがショックだったのかと、レイドールは首を傾げた。

「心配しなくても、呪いを解けば刻印は消えて……」

「きゃあああああああああああっ!!」

「うおおっ!?」

セイリアの口から甲高い悲鳴が放たれた。鼓膜を貫くような絶叫を至近距離から受けて、レイドールは大きく身体をのけぞらせる。

「離してっ！　触らないでよう！」

「ちょ、なっ……どうした!?」

「やだっ！　やだやだやだっ！」

「お、おい、あんまり引っ張ると……おわあっ!?」

セイリアが己の胸を掻き抱いてレイドールから距離を取ろうとした。しかし、レイドールはいまだ彼女のブラウスを掴んだままである。

悲鳴に驚いて姿勢が崩れていたこともあって、後ずさるセイリアに引っ張られるがままレイドールは前のめりになって倒れ込んでしまう。

「ぐっ……！」

「ひっ……!?」

レイドールとセイリアは折り重なるようにして床へと倒れてしまう。その衝撃でぶちぶちと音が鳴り、残りのボタンが引きちぎられる。

白い皇女の肌が首筋から臍《へそ》の辺りまで一気に露わになってしまい、下着をつけていない二つの乳房が露出する。

あれよあれよという間に半裸となってしまったセイリアはレイドールに押し倒される形になってしまった。当然ながら、皇女である彼女がこんな暴虐を受けるのは初めての経験である。

「あ、ああ……」

「痛っ……危ないな、何を急に暴れていやがる」

「やだ……やだよう。こんなのやだ……うっ、えっぐえっぐ……」

「はあ……？」

ブラウスを剥かれて、男に押し倒されて……とうとう張りつめていた緊張の糸が切れてしまったのだろう。セイリアはまるで幼い子供のように「えーん、えーん」と泣き出してしまう。

捕虜になった女性兵士が敵兵からどんな目に遭わされるか——セイリアはそれを知識として知っていた。

戦争で負けて敵に捕らわれて、頼りにしていた聖剣の力を封じられて。おまけに服を剥かれて押し倒されてしまった。

それはいかに聖剣に選ばれたとはいえ、十代の皇女の心を極限まで追い詰めるには十分すぎる要因だった。

「ええっと……何だ？」

「あーあ、泣かせちゃいましたの」

一方、レイドールはセイリアを押し倒した姿勢のまま、目を白黒させて困惑していた。横からはネイミリアが揶揄《からか》うような声を挟んでくる。

目の前で子供のように泣いている女と、かつて戦場で自分を追い詰めた聖剣保持者《エクスカリバーホルダー》の姿がまるで重ならない。

レイドールはしばしセイリアの泣き顔を見つめて、やがて一つの事実に思い至る。

「あ……そうか。普通の女は裸を見られるのを嫌がるんだったな……」

「ご主人様は変なところ抜けていますねー。ところで、今夜は三人でなさるおつもりですか？」

「お前は黙っとけ！　話がややこしくなるだろうが！」

何故かウキウキとした顔をしているネイミリアを一喝して、レイドールはセイリアの裸身に自分の上着を被せた。

セイリアはそのまま半時間ほど泣き続けていたが、やがてレイドールが暴行をする気がないということに気がついたのか嗚咽《おえつ》を漏らしながらも涙を止める。

「許さない……こんな屈辱。絶対に許さないんだから……！」

「はあ……そんなに怒るなよ」

レイドールの上着をきっちりと羽織って身体を隠し、セイリアが激しい憎悪を込めて目の前の男を睨みつけた。

皇女の青い瞳《め》はいまだに目端に涙の粒が残っており、目の周囲は泣き腫《は》らして赤くなっている。

そんな烈火の視線を受けたレイドールは困り果てて頭を掻きながら、ペタリと床に座り込んでいる女を見下ろした。

「悪かったと思っている。いや、悪気はなかったんだ。まさかあんなに嫌がるとは……」

「嫌に決まっているじゃない！　あ、あんなふうに胸を……」

セイリアは顔を真っ赤に紅潮させて拳《こぶし》を握りしめ、今にも殴りかかろうとしているようだった。

自分が凌辱《りょうじょく》されるわけではないと気づいたことで、セイリアは心の余裕を取り戻していた。代わりに湧《わ》き出したのは激しい怒りと羞恥《しゅうち》。感情に任せて、これでもかとレイドールに罵倒の言葉をぶつける。

「いやらしい！　一国の王子様が女の子にこんなことをするなんて……ケダモノ！　動物！　ワンちゃん！」

「ワンちゃんは悪口かあ？」

呆れ果てた声を返しながらも、レイドールは大人《おとな》しくセイリアの罵倒を受け続ける。

ちなみに、セイリアの胸をはだけさせたレイドールであったが、本当に帝国皇女を辱めてやろうとか悪意があったわけではない。

本心から、心の底から、セイリアがそこまで胸を見られることを嫌がるとは思っていなかったのである。

レイドール・ザインという男は十三歳という年齢で王都を追放されて、開拓都市へと送られることになった。

訳ありの移民ばかりの開拓都市には同年代の女子は皆無であり、レイドールはもっとも異性を意識する多感な年頃を女性とほぼ接することなく過ごしている。

レイドールと接触する女性は男の視線などまるで気にしない女冒険者か、女として見ることができない年配女性、あとは開拓都市まで流れてきた変わり者の娼婦くらいである。

例外として二百年の封印から解き放たれたエロメイドもいるのだが、彼女もまたレイドールに裸を見られることはなんとも思っていない。むしろ、隙《すき》あらば脱ぎだそうとするような痴女である。

そんな環境下で思春期を過ごしてきたため、レイドールには女性が裸を見られて嫌がるという心境がまるで理解できていないのであった。

「もうイヤッ！　こんな屋敷出てってやるんだから！」

「いやあ、それは流石に困るんだが……」

「そうそう、さんぴーができなくなりますから」

「黙れ、エロメイド！」

余計なことを言ってくるネイミリアの頭をはたき、レイドールは「はあっ」と肩を落とした。

「……だから悪かったと言っているだろうが。お前は捕虜なんだから、帝国との交渉が終わるまでここにいてもらわないと困るんだよ。それに……こんなことは言いたくはないが、お前が逃げたら将軍のじいさんを殺すことになっちまうぜ？　どれだけ先があるかもわからない老体の命を奪うのは、こっちだって気が進まないんだよ」

「将軍って……まさかバーゼンおじいちゃんのこと!?」

レイドールの言葉に、セイリアは大きく目を見開いた。

ブレイン要塞の戦いでは、奇襲部隊が帝国陣地を攻撃した混乱に乗じて、ネイミリアが敵将グラコス・バーゼンを拉致《らち》していた。

バーゼンはとある場所に幽閉されており、かの老将がレイドールの手に落ちていることはグラナードやバゼルにも知らせていない。

（帝国との取引材料を増やすためにとネイミリアに命じていたんだが……皇女殿下に対しても有効な

カードになるとは嬉《うれ》しい誤算だったな)

セイリアがバーゼンを実の祖父のように慕っていることは後から知ったのだが、そうでなければ皇女を押さえつけるために、もっと乱暴な手段を取ることになっていただろう。

「……おじいちゃんは無事なの!?　ケガはしていない!?」

「問題はない。ある場所で軟禁させてもらっているが、三食食事は与えているし、寝る時は毛布を二枚も渡している。敵国の捕虜としてはありえないくらいに優遇しているよ」

「会わせて……くれないよね？」

セイリアが上目遣いで尋ねてくる。流石にそれは無理だとレイドールは苦笑した。

「心配せずとも、帝国との交渉が終われば君と一緒に解放しよう。約束する」

「…………」

レイドールの言葉にセイリアは疑わしそうな目をしながら、やがて力なく肩を落とした。

どうやら、逃げ出すことを諦めたようである。落ち込んだような表情でゆっくりと口を開く。

「……お兄さんは何が目的なのかな？　私やおじいちゃんを捕まえただけでも、十分な手柄なはずなのに。こんな遠回しなことをしたりして、いったい何がしたいの？」

「王国が帝国と交渉することが重要なんじゃない。俺が帝国との交渉材料を握っていることに意味があるんだよ」

レイドールは唇を歪めて冷笑した。

帝国との交渉における主導権を握っているのは、兄王グラナードではなく弟のレイドールである。

それは確実にレイドールが兄を追い落とす上で切り札になるに違いない。

「お前はしばらく、王都で静養してくれればいい。何だったら観光したっていいぜ？　この近くには綺麗《きれい》な湖だってあるからな。今度、案内してやるよ」

「………………」

恨めしそうな顔になって黙り込むセイリア。代わりに、「はいはい！」とネイミリアが右手を上げた。

「ああっ！　デートだったら私も行きたいです！　セイリアさんばっかりズルいですよー！」

「わかったわかった……お前もとっておきの場所に連れていってやる。例のご褒美はそれで勘弁しろよ」

「えー!?　ご褒美ってエッチなことじゃないんですか!?」

「うー……何で私がこんな目に……」

不満そうに叫ぶネイミリア。落ち込んで座り込んでいるセイリア。

メイドと皇女。魔女と聖剣保持者《エクスカリバーホルダー》。タイプも立場も異なる二人の美少女を交互に見やり、レイドールはやれやれとばかりに肩を竦めるのであった。

かくして──レイドールはアルスライン帝国に勝利して、帝国皇女セイリアは若き王弟の手に落ちた。

それがザイン王国の将来にどのような結末をもたらすのか。王弟レイドールと国王グラナードの争

いにどのような影響をもたらすのか。
それはまだ誰も知らない未来のことである。

書き下ろし番外編

王都観光

「むふふふっ。ご主人様、気持ち良いですかぁ？」

「っ……！」

ネイミリアの細い指がゆっくりと胸を撫《な》でてきた。柔らかな二つの膨らみが腹部に押しつけられて形を変え、上質な絹のように滑らかな肌がすりつけられる。

レイドールは、全身の神経が過敏なほどに興奮し、ネイミリアの一挙一動に合わせて昂《たかぶ》っているのを感じていた。胸の奥で激しい熱が生じて、ぶわりと汗になって噴き出してしまう。

「おまっ、やめろそこは……！」

「ああ、ここが弱いんですね。そんなに反応しちゃって可愛《かわい》いです」

「ぐうっ……!?」

赤い舌がチロチロと首筋をくすぐってきて、背筋に鳥肌が立ってしまう。ネイミリアの指が、舌が、悪辣《あくらつ》なほど巧みにレイドールの弱点を突いてくる。

(何だこの状況は!?　どうしてこんなことになっていやがるっ!?)

淫乱《いんらん》なメイドの手練手管《てれんてくだ》に弄《もてあそ》ばれながら、レイドールは疑問の叫びを心中で放つ。

夜半の闇《やみ》の中――ベッドで激しく絡まり合う男女の身体《からだ》。堪《こら》えきれずに漏れる熱い喘《あえ》ぎと、官能的に響く湿った音。

レイドールとネイミリアが、どうしてこんなことになっているのか？

それは半日前へと時間を遡《さかのぼ》る。

○　○　○

ブレイン要塞《ようさい》を巡り、ザイン王国とアルスライン帝国が戦いを繰り広げてから二週間が経《た》った。

少し前まで帝国の侵略に怯《おび》えて葬式のような空気に包まれていた王都は、レイドールの活躍で帝国の脅威が退けられたことにより現在はお祭りムードに包まれている。

都《みやこ》の大通りには多くの露店が並んで戦勝祝いが行われており、購入した商品を山のように抱えた主婦や、屋台で買った菓子を片手に走り回る子供がそこら中にいた。

そんなお祭り騒ぎの都の中を、レイドールとネイミリアが連れ立って歩いていた。

レイドールはいつものように黒を基調とした服を着ているのに対して、ネイミリアは珍しくメイド服ではなく白地のワンピースを着ていた。

レイドールは王族としての身分を隠し、お忍びで来ているのだろう。目立たないように、ネイミリアもメイド服から着替えさせているようだ。

二人が並んで歩く姿は、デート中のカップルにしか見えなかったが——ネイミリアの表情は何故《なぜ》か不機嫌なものである。

「むうっ……」

「……いい加減に機嫌を直せよ。ほれ、菓子を買ってやるから」

「だって……ご主人様」

レイドールが膨れ面になっているネイミリアに、露店で購入した菓子を手渡した。ネイミリアは棒付きの飴《あめ》を素直に受け取りながら、金色の瞳《め》を恨めしげな色で染めてレイドールを睨《にら》みつける。

「ご褒美をくれるって聞いていたから、てっきりご主人様の方からいやんあはんな絶頂プレイをしてもらえるかと思ったのに……一緒にお出かけするだけだなんて詐欺《さぎ》ですよ！」

「何だよ、そんなに俺《おれ》とのデートが不服なのか？　傷つくことを言ってくれるじゃねえか」

レイドールは苦笑しながら肩を竦《すく》める。

今日は戦争で活躍をしたメイドを労《ねぎら》うために、『ご褒美デート』として外出していた。とはいえ、ネイミリアはその報酬が気に入らなかったらしく、朝から不機嫌な様子である。

「そういうことを言ってるんじゃないですー！　ご主人様とのデートはとっても嬉《うれ》しいですけどっ！　だけど……デートって二人きりでするものですよね!?」

「あっ！　お兄さん、何食べてるのかな!?」

不満を吐露しているネイミリアと、メイドを宥《なだ》めているレイドール。二人の元へと、少し離れた場所にいた三人目の同行者が駆け寄ってきた。

飾り気のないワンピースに身を包み、目深い帽子を被《かぶ》って簡単な変装をしている少女の正体はセイリア・フォン・アルスライン。捕虜としてレイドールの屋敷に囚《とら》われている帝国皇女である。

レイドールと同じく聖剣保持者《エクスカリバーホルダー》のセイリアであったが、今日は聖剣クラウソラスを持つことなく、美しい金髪も頭の上で結って帽子の中に隠していた。

「そこの店で買った飴だが……ほれ、お前も食ってみろよ」

「んぐっ……甘いっ⁉」

レイドールが自分のぶんの飴をセイリアの口に突っ込むと、麗しの皇女が驚愕《きょうがく》に目を見開いた。

「何これっ、リンゴみたいに見えるけど表面に蜂蜜《はちみつ》みたいなのが塗ってあって……こんなお菓子、初めて食べた！」

「大げさな奴《やつ》だな。別に珍しい菓子じゃないぞ？」

感動したように渡された飴にしゃぶりついているセイリアに、レイドールは不思議そうに尋ねた。

「クッキーとかパンケーキはお城でもよく食べてたけど、こんなお菓子は食べたことない！」

「庶民の菓子だから王宮では出ないかもな。観光を楽しんでくれているみたいで何よりだよ」

屋敷から連れ出した当初こそ、セイリアは自分を倒したあげく、聖剣の力を奪った男との外出に警戒を露《あら》わにしていた。だが、お祭り騒ぎの町並みを巡るうちに機嫌はすっかり直っており、好奇心に目を輝かせてあちこち見て回っている。

「むうっ……セイリアさんばかり構って！　やっぱり、こんなのデートじゃないですよっ！」

見ようによっては恋人同士にも見えかねないやり取りに、ネイミリアが不満の声を上げる。

「仕方がないだろう。いくら人質を取って逃げられないようにしているからって、捕虜を一人で屋敷に置いてくるわけにもいかないだろうが」

セイリアがレイドールの屋敷に滞在しているのは、帝国との和睦《わぼく》交渉がまとまるまでの人質としての意味合いが強い。いくら聖剣の力を封じ、セイリアと親しい老将グラコス・バーゼンを手中に収めているからといって、ほったらかしにして出かけるわけにもいかなかった。

レイドールがセイリアを同行させたのは当然の判断なのだが、二人きりのデートを邪魔されたネイミリアには納得しかねることである。

「えっと……ごめんね、ネイミリアさん」

不満そうなメイドの様子に気がついて、セイリアが飴を食べるのを中断した。

「やっぱり、私がついてきたら迷惑だよね？　邪魔するつもりはなかったんだけど……ごめんね？」

申し訳なさそうに頭を下げるセイリア。予想外の謝罪を受けて、ネイミリアは目を白黒させる。

「いえ、セイリアさんが悪いわけではないのですけど……私も悪かったですね。拗《す》ねてごめんなさい」

今度はネイミリアのほうが頭を下げる。

『雷』の聖剣保持者《エクスカリバーホルダー》と『闇』の魔女。全く異なる立場の二人であったが、意外なことに相性は悪くないようだ。同居して数日ほどしか経っていないが、屋敷でもケンカすることはなかった。

元々、ネイミリアはレイドールに害が及ばない限りは穏やかな性格で、魔女というわりに争いは好まない。セイリアは天真爛漫《てんしんらんまん》で悪意とは無縁、立場の違いなども気にしない無邪気な性格だった。二人の少女がこうして親しくなるのも自然なことなのかもしれない。

セイリアは『ネイミリア』という名前を聞いても反応しなかったため、そもそも『破滅の六魔女』のことを詳しく知らない可能性もあるのだが。

「むむっ……セイリアさんは意外と見どころがありますね。こうなったら、ご主人様を挟んでさんぴーをしてもいいかもしれません……！」

「……やめてやれ。皇女殿下におかしなことを仕出かしたら、国際問題になって戦争が再開しそうだ」

よからぬ野望を企《たくら》むネイミリアを窘《たしな》めてレイドールは二人を連れて騒がしい大通りを進む。

子供の頃に『冒険』と称して都を探検したりしていたが、五年前から町並みは変わっていない。ところどころに懐かしい建物があり、レイドールは自分が生まれ故郷に帰ってきたと改めて感じた。

「おやっ！　レイドール王子じゃないかい!?」

しみじみと歩いているレイドールの姿に気がついて、通りを行く住民の一人が声をかけてきた。五十を過ぎた辺りの中年女性である。

「アンタは……確か、雑貨屋の女将《おかみ》さんか？」

「覚えていてくれたんだねえ！　随分と立派になっちゃって！」

王族を相手にするには気安い口調で言いながら、女性はレイドールの手を取って握りしめる。

「五年前に突然、都からいなくなって、無事でいるかずっと心配してたんだよお！　生きて帰ってきてよかったわあ！」

「あー……そうだな。女将さんも元気そうでよかったよ」

レイドールは幼い頃の記憶を思い返しながら、心からの言葉を口にする。目の前の女性は幼少時、城を抜け出したレイドールと何度も顔を合わせていた。王宮から連れ戻しに来た追手を撒《ま》くために、店に匿《かくま》ってもらったこともあったのだ。

「レイドール殿下だって!?」

「おおっ！　救国の英雄様のお出ましじゃないか！」

女将の声に気がついて、辺りにいた人々まで集まってきてしまう。

「ありがとうよ、英雄様！　おかげでこの国は救われた！」

「流石《さすが》は聖剣の勇者様だ！　さあ、うちの店の肉を食ってくれよ！」

「お酒もあるぞ！　ほらほら、そっちのお嬢ちゃん達も飲んでくれ！」

周囲に大勢の人が集まってきて、次々と料理や飲み物、お菓子などを手に押しつけてくる。レイドールはわずかに顔を引きつらせながらも、拒否することなく食べ物を受け取っていく。

本当はお忍びでやって来たつもりだった。五年間も王都から姿を消していたのだから、知り合いに会ってもわからないだろうと変装などもしてこなかった。

けれど、レイドールの銀髪赤眼《め》という特徴は自分で思う以上に王都の住民の印象に残っており、多少背が高くなって顔つきが鋭くなったくらいで誤魔化されるものではなかったのである。

「お、姉ちゃん達も可愛いな！　殿下のガールフレンドかい？」

「え、ええっと。私は……」

「ほらほら、果実水を飲みなよ！　こっちの魚料理とよく合うぞ！」

まさか自分が敵国の皇女ですとは言い出せない様子のセイリアの手にも、次々と料理と飲み物が集まっている。セイリアは戸惑った表情ながらも素直に受け取っていた。

「……やれやれ、流石にこれだけ集まってくると面倒だな。ネイミリア」

「承知いたしました、【影の暗幕《シャドウ・カーテン》】」

いよいよ集まってきてしまった人波に、ネイミリアが身を隠すための魔法を発動させる。闇のカーテンが三人を包み、周囲からの視線を遮断した。

「へっ⁉」

「何だあっ⁉　急に暗くなったぞ⁉」

「よし、ついてこい！」

「ひゃっ……お兄さん⁉」

レイドールが食べ物で両手がふさがったセイリアの肩を抱き、素早く集まってきた人々の間をすり抜ける。ネイミリアも影のように付き従っていく。

三人はいくつかの路地を抜けて集まってきた人々を撒いて、人気《ひとけ》のない空き地へ逃げ込んだ。

「やれやれ……参ったな。有名人も苦労するぜ」

「人気者《にんき》になりましたね。あまりに大勢の人がいて、ご主人様がまわされちゃうかと思いました」

「…………」

冗談めかしたことを口にするレイドールと、卑猥《ひわい》な内容の言葉を返すネイミリア。惚《とぼ》けた口調の二人に対して、セイリアはどこか表情を暗くしながら、もらった食べ物に視線を落としている。

「やっぱり、俺《おれ》も変装くらいしてくるんだったな。完全に油断してたぜ。さて……せっかく静かなところに来たことだし、ここでもらったものを食っちまうか」

「……ねえ、お兄さん」

「ん……どうかしたのか？」

レイドールは地面に座り、ようやく沈痛な表情をしているセイリアに気がついた。初めて来た王都にはしゃいでいたはずの皇女が、今は思いつめた顔をしている。

「さっきの人達、すごい喜んでたよね。私達の……帝国の侵略が失敗して」

「ああ……それは、そうだろうな」

レイドールは麗しの皇女の表情を曇《くも》らせる原因を察して、頷《うなず》いた。

「彼らにとってザイン王国は生まれ故郷。それが敵国に滅ぼされるところだったんだから、さぞや勝って嬉しいに違いないな」

「そっか……そうなんだね」

セイリアは地面の上にちょこんと座り、両手をふさいでいた食べ物を膝《ひざ》の上に置く。

「私は帝国が正しいことのために戦ってると思ってた。帝国が大陸を統一すれば世の中から戦争がなくなって、みんなが平和に暮らすことができるって。でも……あの人達のことを見て、わからなくなっちゃった。私達がしてきたことは本当に正しかったの？　みんなを幸せにできたの？」

「……ガキ臭い悩みだな。呆《あき》れちまうぞ？」

「え……？」

突き放すようなレイドールの言葉を受けて、セイリアが瞬きを繰り返す。

「唯一無二《ゆいいつむに》、誰の目から見ても絶対的な正義なんて存在しない。帝国には帝国の正義があって、王国には王国の正義がある。それが相容《い》れないものだったから、俺達は戦うことになったんだろうが」

レイドールは必ずしも、帝国が間違った道を歩んでいるとは思っていない。

帝国が目指す平和――それは圧倒的な強者によってあらゆる地域と民族が統合され、戦争がなくなることである。強者が強《し》いる支配は弱者の理想よりも遥《はる》かに現実的であり、口先で平和を説くよりも、争いをなくす抑止力として機能することだろう。

レイドールの活躍によってザイン王国は帝国の侵略を退けたものの、十年先、百年先の未来のことを考えれば、あるいは大人《おとな》しく屈服していた方が平和な未来が待っていたかもしれない。

「俺は帝国のやり方が間違っているから抗《あらが》ったわけじゃない。ただ、俺には俺の譲れない『道』ってやつがある。だから、その道を潰《つぶ》されないように剣を取って戦った。どちらかが正しくて、どちらかが間違っているんじゃない。俺達はお互いの正しさを貫き通すために戦ったんだろうが」

「正しさ……」

セイリアはレイドールの言葉を反復する。言わんとすることがどこまで理解できたかわからないが、気持ちは伝わったらしい。セイリアの瞳には迷いとは別種の思案げな色がちらついている。

「……お兄さん、私はやっぱり帝国に世界を統一して欲しいと思う。だけど、ごはんとかお菓子を分けてくれた人達を悲しませたくもない。どちらも両立させたいと思うのは、ワガママなことなのかな？」

セイリアが上目遣いになって尋ねてくる。レイドールは「はっ！」と鼻で笑って、セイリアの膝の上に置かれている焼き菓子を掴《つか》み取った。

「帝国と王国、どちらも守りたいなんて、確かにとんでもないワガママだろうな！　だけど……それがお前が貫きたい道だと言うのなら、お前にとっては完全無欠《かんぜんむけつ》の正義と呼べるんじゃないか？」

「うん……」

「お前の正義が俺の道と重なるようなら、手伝ってやる。逆に邪魔になるなら潰すけどな」

レイドールは焼き菓子を宙に投げて口に放《ほう》り込む。カリカリと小気味良い音を鳴らして香ばしい感触を味わい、ゴクリと嚥下《えんげ》する。同時に、隣に座っているネイミリアが飲み物を差し出してきた。

「私の道はご主人様の道と一緒ですよ。それが一番気持ち良いですから！　セイリアさんも自分の欲望に正直になって、好きなプレイを好きなだけ犯《や》ればいいんですよー」

「……色々と台無しだな。お前は」

レイドールは呆れ顔で飲み物を受け取り、ゴクゴクと喉《のど》に流し込んだ。ネイミリアはニコニコと微笑《ほほえ》みながら、そんなレイドールの太ももを怪しい手つきで撫でている。

「ぷっ……」

セイリアは思わず吹き出した。仲睦《むつ》まじくも噛《か》み合わない二人の姿を見ていると、自分が抱えている悩みがどうしようもなくちっぽけなものに思えたのである。

「そうだね、ウジウジ悩んでいるなんて私らしくない！　助けたい人はみんな助けるし、悪い人はみんなやっつける！　それが私の正義だったよ！　お兄さん、話を聞いてくれてありがとね！」

「参考になったのなら何よりだ。俺もお前を人質にして利用しているんだから、これくらいのアドバイスは対価として安いものだ」

「セイリア」

「あ？」

「『お前』じゃなくて、私の名前は『セイリア』だよ。わかってるよね、お兄さん？」

「…………」

どうやら、名前で呼ぶことを要求されているらしい。可愛らしく首を傾《かし》げて顔を覗《のぞ》き込んでくるセイリアに、レイドールは怯《ひる》んだように黙り込む。

考えても見れば、幼馴染《おさななじみ》のメルティナや、メイドであるネイミリアを例外として、同年代の女性をファーストネームで呼んだことなどほとんどないかもしれない。

しかし、ここであからさまに拒絶をするのも大人《おとな》げないだろう。レイドールは渋々ながら口を開く。

「あー……改めて、これからよろしく頼む。セイリア」

「うん！　私のほうこそよろしくね、お兄さん？」

「…………」

花のつぼみが開くように笑顔になるセイリアに、レイドールは照れ臭くなって視線を背けた。

「……やはり逸材ですね。セイリアさん――『強敵』と書いて『親友』と呼べる人になりそうです！」

レイドールの隣で、ネイミリアがグッと拳《こぶし》を握りしめる。黒髪メイドの瞳は謎《なぞ》の闘志で燃えており、将来的に起こるであろう女の戦いをはっきりと見据えていたのだった。

「それじゃあ……最後にもう一か所だけ、付き合ってもらおうかな」

王都の住民にもらった食べ物で昼食をとってから、レイドールが二人の女性に言う。

レイドールは馬借から馬を二頭ほど調達して、城門を潜《くぐ》って王都の外へと走らせる。

捕虜の皇女を都の外に連れ出そうとしているのだから城門で揉《も》めるかもしれないと思っていたが、意外なことに咎《とが》められることなく外に出ることができた。

どうやら城門の警備をしていた兵士がブレイン要塞の戦いに参加していたらしい。無断外出を王宮に黙っておく代わりに、握手を求められることになったのだが。

レイドールが先頭で馬を駆り、背中にはひしっとネイミリアが抱きついている。もう一頭の馬には乗馬服に着替えたセイリアが跨《また》がっていて、慣れた手つきで手綱を操っていた。

「上手《うま》いもんじゃないか！　誰に習ったんだ？」

「お城で騎士の人に教えてもらったんだ！　私、馬の遠駆けは大好きなの！」

レイドールとセイリアは競うように馬を走らせて、王都北方の街道を駆け抜けていく。

空は晴れ渡って青々としており、風を切るように進んでいく馬はまるで空を飛ぶように軽やかである。

一時間ほど馬を走らせると、目的地に到着した。そこは王都の北にある小さな山の上だった。

「わあっ……！」

馬から降りて前方の景色《けしき》に目を向け、セイリアが感嘆の声を漏らした。

小高い山からは北に伸びていく街道と、その終着点である港町。そして、さらに向こうに広がった青い海が見えている。

「あれって海だよね！　綺麗《きれい》……！」

「天気が良くて良かったな。曇ってるとあまり見えないんだが……」

レイドールも馬から降りて、後ろに乗っていたネイミリアに手を差し伸べた。災厄の魔女が馬から一人で降りられないわけがないだろうに、ネイミリアはわざとらしく「えいっ！」とレイドールの身体に抱きついてくる。抱きつく際に主人の顔に胸を押し当ててくる辺りが、非常にあざとかった。

「ここがご主人様の来たかった場所ですか？　確かに景色はいいですけど、ただの海ですよね？」

「えー？　すっごく綺麗じゃない！　ネイミリアさんには見えないの？」

「見えてますけど……セイリアさんは海を見たことがないのですか？」

ネイミリアが尋ねると、セイリアはコクリと頷いた。

「帝国にも海はあるけど、私は帝都とその周りしか行ったことがないから」

「なるほど、箱入りのお嬢様というわけか」

レイドールは苦笑しつつ、辺りの草むらを探っている。せっかくの景色に背を向けているレイドールに、セイリアが首を傾げた。

「お兄さん、何してるのかな？」

「ああ、ちょっと探し物が……あった」

レイドールが探り当てたのは、生い茂った草の中に倒れた長方形の石だった。よく見ると石には文字が刻まれており、石碑であることがわかる。

「それは……誰かのお墓ですか？」

「いや、墓ではないが……まあ、似たようなものだな」

レイドールが石碑の表面を覆っていた土を払うと、刻まれた文字がうっすらと読めるようになる。

『生涯《しょうがい》ただ一人の妻、レイティアの安らぎを願う。バーナード』

「レイティア……バーナード……？」

「俺の両親。つまり、先代の国王と王妃だな」

背中から覗き込んでくるセイリアに答えて、レイドールは倒れていた石碑を起こした。

「随分と荒れていやがるな。ほったらかしにしやがって」

「えーと……これが何かとか、聞いたらダメかな？」

デリケートな話題であることを感じ取ったのか、セイリアが恐るおそる尋ねてくる。

「別に構わないさ。秘密にするほど重要なものでもないからな」

レイドールは肩を竦めて、何事もないかのようにその石碑の謂《いわ》れを簡単に説明する。

レイドールの母親――レイティア・ザインは大陸北方にある国から嫁いできた異国人だった。

父であるバーナード・ザインとの関係は良好だったが、それでも、レイティアは時に望郷の念に囚われることがあったようで、遥か北方にある故郷を恋しく思うことがあった。

そんな時、先王バーナードは決まって妻を連れてこの山を訪れており、故郷とつながっている北の海を見せてレイティアを慰めていたのだ。

石碑はレイティアが病で亡くなった際、バーナードが設置したものである。バーナードは子供達を連れて時折この場所を訪れては、亡き王妃のことを思い出していたのだった。

「父が病に倒れてからは、俺と兄貴がたまに掃除とかをしてたんだが……どうやら、俺が辺境に追放されてからは、ずっと放置されていたみたいだな」

父と母との思い出の場所を荒れ果てたままにする――果たして、グラナードはどのような心境でそんなことをしていたのだろうか。国王代理としての仕事が忙しくて来られなかっただけなのか。それとも、弟を追放したことへの後ろめたさから、母に合わせる顔がなかったのか。

「まあ……気持ちはわからなくもない。どんな顔でここに来ればいいって話だよな」

汚れた石碑を指先で撫でながら、レイドールはポツリとつぶやいた。

レイドールはすでに兄王と険悪な関係になっており、いずれ玉座を巡って本格的にぶつかることになるだろう。

兄弟が争うことは両親だって望んでいないに違いない。それを思うと、申し訳ない気持ちになってしまう。

「とはいえ……俺も男だ。一度、決めたことを簡単に曲げるわけにはいかない。いつかそちらに行く日が来たら、土下座でも何でもするから許してくれよ」

「…………」

隣でレイドールの独白を聞いていたネイミリアであったが、無言でその場に膝をついて雑草を引き抜いた。すぐにセイリアも同じように石碑の周りを掃除していく。

「おい、お前ら？」

「ご主人様のお母様がいらっしゃる場所なら、きちんと手入れをしないといけませんね！」

「そうそう！　私だって草むしりくらいできるから！　お姫様育ちを舐《な》めないでね！」

二人は服が汚れるのも構わず、石碑の周りを綺麗に整えていく。レイドールは思わず苦笑して、自分も手伝おうとその場に腰を下ろした。

○　○　○

こうして、レイドールと二人の女性の王都観光は無事に終えられた。

戦で活躍をしたネイミリアにはデートという形で『ご褒美』を与え、捕虜であるはずのセイリアとの距離を縮めることに成功した。結果だけ見るのならば、大成功と言えるだろう。

しかし――まだ一日は終わってはいない。夜はまだ、始まったばかりだった。

「ぐ……があっ……!?」

「むふふふっ……どうやら、お薬が効いてきたみたいですね！」

屋敷のベッドに横になってうめくレイドールに、ネイミリアが得意げに言った。

「やっぱり、私はデートだけではご褒美が足りないのですよ！　夜食にご主人様をいただいてしまいまーす！」

「ね、ネイミリア！　お前、まさか夕食に毒を……！　俺に効く毒などあるわけが……！」

レイドールは聖剣の加護により、毒物の類《たぐい》は効かない身体になっていた。故に警戒することなく料理を食べたのだが、夜になって正体不明の熱と酩酊《めいてい》、極度の興奮に襲われていた。

「ご主人様に召し上がっていただいたのは、亀のお肉に蛇《へび》の生き血、熊の睾丸《こうがん》、滋養強壮のお酒と薬草……いずれも精力増強作用があるものばかり！　毒ではなく、全《すべ》て薬なのですよ！　どうやら、聖剣の加護も身体を元気にするだけの食材は無力化できないようですね！」

「ぐっ……まさかそんな抜け道があったとは……！」

レイドールは戦慄《せんりつ》を込めてつぶやく。確かに身体はビックリするほど元気で、特に『ある部分』はかつてないほど逞《たくま》しい姿になっている。元気になりすぎて、逆に身動きが取れないくらいだ。

「さあ、今夜はスーパーな夜にしましょうか！　とっておきの玩具《おもちゃ》も用意いたしましたから！」

ハアハアと興奮に息を荒らげるネイミリアの両手には、蝋燭《ろうそく》や鞭《むち》、さらに名称不明だが一目で卑猥な目的で作られたことがわかる玩具が握られている。

いったい、自分はどんな特殊なプレイの犠牲《ぎせい》になるのだろうか。レイドールは顔を引きつらせた。

「ま、待て待て待て！　お前はいったい、俺に何をするつもりだ!?　この屋敷にはセイリアだっているんだぞ!?　ちょっとは恥を知りやがれ！」

「ああ、それでしたら心配いりませんよ？　セイリアさんだったら、隣の部屋で聞き耳を立てているみたいですから」

ネイミリアが言うと、隣室からガタゴトと物が倒れる音が響き、「キャーキャー」と甲高い悲鳴が聞こえてきた。どうやら盗聴がバレた皇女が慌てふためき、部屋ですっ転んでしまったようである。

「そんなに気になるのなら、一緒に混ざればいいのに……セイリアさんは慎ましいですね」

「ど、どこがだ……思春期をこじらせてるだけだろうが……！」

「さて……お子ちゃまは放っておいて、ここからはアダルティな時間にいたしましょうか。ご主人様、すぐに天国にお連れいたします！」

「ぎゃあああああああああっ!?」

空中で服を脱ぎ捨てて、ネイミリアが雌獅子《じし》のようにレイドールに飛びかかってくる。

薬による興奮で身動きが取れなくなっているレイドールは、なすすべもなく変態エロメイドに抱きつかれた。

かくして、レイドール達の束の間の休日は更けていく。

聖剣に選ばれた英雄と、敵であるはずの英雄に恋をした魔女。帝国皇女にして聖剣の乙女。

数奇な運命を歩む三人が進む道には間違いなく熾烈《しれつ》な戦いが待ち受けているのだろうが、そんな暗雲の未来をまるで感じさせない馬鹿《ばか》騒ぎの夜である。

あとがき

はじめまして。レオナールＤです。

まずは本作を手に取っていただいた読者の皆様、出版に携わってくれた編集さん、イラストレーターの冬ゆき先生。ここまで応援してくださった全ての方々に、心より感謝を申し上げます。

私が本作を『小説家になろう』に投稿してから一年。こうして書籍として世に出すことができて、心から嬉しく思っています。

『聖剣を巡る異世界ファンタジー』という王道なテーマを、王道とはかけ離れた主人公とヒロインでやってみよう。そんな思いつきから発進したこの物語ですが、試行錯誤の末、呪いの剣を持った主人公とエロメイドという異色のカップルを生み出してしまいました。

「コイツら、本当に大丈夫かよ」と不安いっぱいで書き続けてきた物語がこうして書籍になり、皆様の下に届いたのは感無量な気分です。

今後とも、レイドール達の反逆と戦いの物語にお付き合いいただければ感謝感激です。ひょっとしたら、エロメイドが提供する素敵なサービスシーンがあるかもしれません!?

それでは、またお会いできる日が来ることを全ての神と仏と悪魔に祈って。

レオナールＤ

レイドール聖剣戦記《せいけんせんき》

初出……「レイドール聖剣戦記」
小説掲載サイト「小説家になろう」で掲載

2021年5月5日　初版発行

著者：レオナールD《ディー》
イラスト：冬《ふゆ》ゆき

発行者：野内雅宏

発行所：株式会社一迅社
〒160-0022 東京都新宿区新宿 3-1-13 京王新宿追分ビル 5F
電話　03-5312-7432（編集）
電話　03-5312-6150（販売）

発売元：株式会社講談社（講談社・一迅社）
印刷所・製本：大日本印刷株式会社
DTP：株式会社三協美術
装丁：bicamo designs

ISBN978-4-7580-9361-3

おたよりの宛先
〒160-0022 東京都新宿区新宿 3-1-13 京王新宿追分ビル 5F
株式会社一迅社　ノベル編集部
レオナールD先生・冬ゆき先生